晒幸福

中国当代故事文学读本系列六

33 言情伦理系列

上海故事会文化传媒有限公司

图书在版编目（CIP）数据

晒幸福 / 故事会编辑部编. -- 上海 ：上海锦绣文章出版社，2015.8

（中国当代故事文学读本. 言情伦理系列）

ISBN 978-7-5452-1666-0

Ⅰ. ①晒… Ⅱ. ①故… Ⅲ. ①故事－作品集－中国－当代 Ⅳ. ①I247.8

中国版本图书馆CIP数据核字(2015)第164017号

责任编辑：朱　虹
装帧设计：周艳梅
责任督印：张　凯

书　　名：晒幸福
著　　者：《故事会》编辑部编

出　　版：世纪出版集团　上海锦绣文章出版社
出　　品：上海故事会文化传媒有限公司
　　　　　（200020　上海市绍兴路74号　www.storychina.cn）
发　　行：世纪出版股份有限公司发行中心
印　　刷：上海中华印刷有限公司
开　　本：787×1092　1/32　印张8
版　　次：2015年8月第1版　2015年8月第1次印刷
书　　号：ISBN 978-7-5452-1666-0/I·658
定　　价：15.00元

版权所有·不准翻印

故事会 大众文化出版基地 www.storychina.cn　上海故事会文化传媒有限公司 出品（00553）www.storychina.cn

上海故事会文化传媒有限公司所有图书可办理邮购，免收邮费（挂号除外）
汇款地址：上海市南绍兴路74号（200020）；　收款人：上海故事会文化传媒有限公司出版发行部
联系电话：021-64338113
如发现本书有质量问题，请与印刷厂质量科联系　T：021-65376981

编者的话

一、中华民族自古以来便有讲故事的传统。五千年的文明绵延不断，五千年的故事口耳相传，故事成为中华民族弥足珍贵的精神财富。

二、创刊于 1963 年的《故事会》杂志是一本以发表当代故事为主的通俗性文学读物。50 年来，这本杂志得风气之先，发表了一大批脍炙人口的优秀作品，许多作品一经发表便不胫而走、踏石留印，故而又有中国当代故事“简写本”之称。

三、50 年来，这本杂志眼睛向下、情趣向上，传达的是中华民族最核心、最基本的价值观。

四、为让读者在最短的时间内阅读最大面积的精品力作，同时也为纪念《故事会》杂志创刊 50 周年，故事会编辑部特组织出版《中国当代故事文学读本》丛书。

五、丛书共分六个板块：悬念推理系列、幽默讽刺系列、惊悚恐怖系列、言情伦理系列、古今传奇系列、社会写真系列。并按系列逐年推出若干部作品集。

六、古人云：登东山而小鲁，登泰山而小天下。对于喜欢故事的读者来说，本丛书的创意编辑将带来超凡脱俗的阅读体验。

《故事会》编辑部

目录
Contents

目录
Contents

沉默·隐情

禁忌·苦情

至真·纯情

zhizhen chunqing

真情，可以直抵每个人内心最柔软的地方。

爱的方式

有一对夫妻，两人都是高级知识分子，都在南方的一个大城市工作，唯一的儿子又考上了北京大学。所以，说起这个家庭，左邻右舍都很羡慕。

转眼，这家男孩大学快毕业了，随着学识一同增进的，还有他那完美的品格、健壮的体魄和得体的举止。亲朋好友开始关心男孩的终身大事，经常打电话问长问短的。经他们这么一提醒，父母觉得怎么这么大的事一直忽略了呢？打电话给男孩时，父母就说了自己美好的愿望。

不料电话那端传来男孩笃定的声音："你们别操心，我有女朋友了。"

儿子恋爱了？女孩是什么样的？和儿子相配吗……一连串的问号，搅得父母寝食难安，于是坐了飞机赶到北京。见到女孩的第一眼，父母不约而同地交换了眼色：女孩很普通很一般，但在父母面前，男孩却毫不掩饰他对女孩的喜欢。

父母觉得女孩配不上自己的儿子，二十年来，对于儿子，他们第一次感觉到了困惑。不过父母非常理智，他们意识到：如果阻挠儿子，那么可能儿子失去女孩的同时，他们也就失去了自己的儿子，从此远离幸福和安宁。

回家之后的一个星期以后，父亲终于做出了决定。他对妻子说："儿子爱的，我们也爱！他们俩是同学，一个是班长，一个是团支书，彼此的了解应该是很深的，我们要相信儿子的选择，既然爱她，就一定有值得爱的理由。"

果然，男孩郑重地写了信来，讲了关于女孩的两件小事。

女孩家在农村，家庭条件不富裕，但是女孩坦然地面对贫穷，朴素而刻苦，对同学友好温和，对误解不卑不亢。有一天，男孩请女孩吃饭，男孩已经明确表示出对她的好感，所以特别渴望尽可能在物质上体贴女孩一点。但是，结账的时候，女孩仍然像以前那样掏出钱来，笑着说："AA制。"男孩要推回女孩的钱，女孩用眼神制止了他。那眼神里，女孩克制、自尊、自爱的庄严情感令男孩肃然动容。

男孩和女孩学习都很努力，经常一大早到图书馆排队占位子。细心的女孩会一并把两人的午餐也准备好。两个饭盒：红的是女孩的，绿的是男孩的；饭菜很简单，却有足够的营养。男孩从来都是只管享受这份体贴，从没有发现两个饭盒里会有什么两样。这一天早上，女孩忘了东西，要回寝室去拿，于是把两个饭盒交给男孩。男孩站在图书馆门口等她的时候，很偶然地打开了这两个饭盒。

这一看，他的心"怦怦"跳动起来，就在这一瞬间，他认定了：她就是我要找的爱人。

饭盒里是两个相同的面包，不同的是绿盒的面包中间夹着厚厚的一块牛肉，红盒的面包中间却什么也没有。对于家境贫寒的女孩来说，一块牛肉是她能默默奉献的全部爱情。

读完信的父亲母亲，完全消除了对儿子选择女孩的困惑。只是，母亲觉得自己应该做点什么，让儿子感觉到他们作为父母，对孩子们真诚的祝福，以及对女孩隐隐的歉意。

爱有多大的创造力？母亲终于有了一个主意：她给女孩宿舍的四个姑娘，每人寄了一个包裹，里面的东西一模一样，她坦然告诉女孩们：这只是一个同学母亲的心意，东西并不贵重，所以请她们不要介意。

儿子在电话里激动地说："爸、妈，我真感谢你们！"

于是，毕业前夕的最后几个月里，女孩和她的室友每个月都会一起收到来自南方的包裹，有时是南方时令的水果，有时是女孩们喜欢的衣衫。每个月收到包裹的这一天，女孩的宿舍里就充溢着浓烈的母爱的气息……

咀嚼着这段真实的情爱，世俗的心因感动而柔软。

（云　娘）

（题图：安玉民）

晒幸福

饭桌上的亲昵

小金大学毕业参加工作后，找了一个女朋友叫成音，女朋友是个时髦的都市女孩。

春节快到了，小金要带成音回乡下父母家过年，一来让父母见见未来的儿媳，二来也让成音体验一下乡村生活。

这天，小金和成音两人买好礼物，坐了火车转汽车，又步行了好几里才来到小金老家的小山村。

成音长这么大从没徒步走这么远的路，累得她浑身散了架，一到小金家，就像一堆烂泥样瘫软在烧得热乎乎的火炕上，嗲声嗲气地喊小金帮她捶腰揉腿，还缠着要小金亲吻她算是慰劳，小金当着自己父母的面，哪好意思表现出过分的亲昵，一时闹得好不尴尬。

父母望着天仙般的儿媳妇，乐得嘴都合不上了，围前围后地忙个不停，先是父亲拖着一条有点瘸的腿烧了一盆热气腾腾的开水，端来让未来的儿媳妇泡脚解乏，热水盆都放到成音的脚边上了，成音却撒娇地一伸腿，对小金说："来，你帮我洗！"

小金犹豫了一下，还是蹲了下来，用手试了一下水温后，捧起成音的双脚放进水盆里慢慢地搓揉起来。父亲见了，看不懂了，因为乡下的规矩都是女人替男人洗脚，现在咋倒过来了！

小金刚给成音擦干脚上的水，母亲就把香味扑鼻的猪肉炖酸菜、小鸡炖蘑菇等家乡特色菜摆了一桌子，成音瞅瞅这个，看看那个，不知先吃哪道菜好，突然，她小嘴一噘说："亲爱的，我也不知哪道菜好吃，你夹好吃的菜喂我吧！"

听她这么一说，小金父母全都停下筷子，怔怔地看着小金和成音，小金迟疑了一下，还是夹了一块鸡肉放进了成音的嘴里，成音边嚼鸡肉边对小金说："真香，你夹的菜吃起来就是香！"说着，噘起油光光的嘴唇"叭"地在小金的腮帮子上亲了一下，这把老两口看得一愣一愣的。

什么是"晒幸福"

第二天一大早，母亲悄悄把小金叫到了身边，劈头就问："你媳妇平时就对你这样，还是特意在我们面前显示你俩感情好？要是平时对你那样，你们婚后的日子还怎么过啊！"

小金一笑说："老妈，你就把心放回肚子里吧，其实成音是个挺贤惠的女孩，在你们面前表现出来的亲昵行为是情之所致的自然流露，也是都市人正在流行的‘晒幸福’，用咱老家的话讲，就是显摆幸福。”

母亲似懂非懂地摇摇头："现在的年轻人真是越来越看不明白了，真正处得好干吗非要在人前显摆呢，有晒粮食晒衣服的，没听说还有晒幸福的，晒得我和你爸心里怪别扭的。”

这天下午，小金陪成音到村外欣赏雪景，小金拐弯抹角地劝成音在父母面前不要表现得过分亲昵，因为父母看着心里别扭，成音眨巴着眼睛反问道："怎么，我晒咱俩的幸福，二老应该看着高兴啊，怎么会别扭呢？”

小金长叹一声说："我爸妈老两口一辈子没有什么感情，我害怕咱俩的行为刺激了他们。”

成音听了，不理解地摇摇头说："多可悲啊，他们老两口一辈子也没有晒幸福的机会了。说到父母的情况，小金顿时失去了继续赏雪的兴致，他带着成音闷闷不乐地往家走去。

真正地“晒幸福”

小金和成音牵着手走到家门口时突然愣住了，他们看到小金父母坐在暖洋洋的墙根下，父亲斜歪在母亲的怀里，微闭着眼睛，满脸的幸福惬意。原来母亲正在用一根火柴棍给父亲掏耳朵眼呢。掏完耳朵眼，母亲拍拍父亲的花白脑袋，轻声说："老东西，好了，累坏我的腰了。”

父亲却赖在母亲怀里不起来，哼哼着说："老婆子，太舒服了，要不我给你捶捶腰补偿一下算是扯平？”

母亲假装生气地拍了父亲一下说："我这一辈子侍候你家老的又侍

候小的，算是交给你们家了，你怎么扯平？”

父亲得寸进尺："既然扯不平，那就再服务老东西一次吧，我的后脊梁又痒痒了，给我挠挠吧。"

母亲说："儿子不是给你买挠痒棍了吗？自己挠去。"

父亲却说："那玩意儿硬邦邦的，哪有你的老爪子舒服，快来吧，别拿五作六了。"

于是，母亲把手伸进了父亲的衣服里，轻轻地挠起痒来，老两口全是满脸满脸的幸福。

父亲舒服得摇头晃脑直哼哼，母亲"呸"了一口，嗔道："老东西，美得你！"说完在父亲的身上掐了一下。

父亲假装很疼的样子跳了起来，一瘸一拐地边跑边喊："老太婆要害我，要害我喽！"

母亲笑骂道："这个老东西，还赖我呢。"母亲说着话，不经意地一回头，看到了站在那儿发呆的小金和成音，母亲爬满皱纹的脸上竟浮出几许红晕，她不好意思地说："没事干，我们俩在晒太阳呢。"

成音和小金开心地笑起来，成音一把拉过小金的手，说："你看，你看，谁说咱俩的行为会刺激他们二老啊，他们这才是真正地晒幸福呢！"

（孙秀利）

（题图：安玉民）

父爱如山

“住回去吧”

我下岗回家后，跟已经下岗在家的妻子小雪大眼瞪小眼，瞪着瞪着，就瞪得不顺眼了，时不时就有些小摩擦。为了早点找到工作，我每天早上出去，傍晚回来，都一个月了还没找到，这怨气在心里窝着，越积越多，真不知哪天就会把自己爆了。

这天，小雪对我说：“我找了个工作，工资不高，但维持咱俩的生活没问题……”

我连忙说：“好呀。”

“不过——”

“不过什么？”

“单位在另一座城市，要周末才能回。”

我心里突然涌出股辛酸，狠狠心，果断地说：“行，你去吧！”

小雪的眼睛一下湿了，说：“你一个人在家，要照顾好自己。”

我手一挥，连忙转过头。

小雪上午一走，下午我父母亲就来了，母亲在屋里为我收拾，父亲和我在客厅抽着闷烟，抽了一阵子，父亲把烟一摁，说：“打你弟弟参军走后，我和你妈两个人在家挺孤单的，不如你住回去，等周末小雪回时再住过来……”

母亲在里屋听到父亲的话，也连忙跑出来，紧张地盯着我，说：“住回去吧，孩子……”

我说：“爸、妈，我都快三十的人了，靠老婆养着，再回去吃父母的，我还是男人吗？不做出个样子来，我不会跟你们回去的！”

他们听我这样说，只好不吭声了。

我又像没头苍蝇一样在外面找了好几天工作，依然没一点影子。这天晚上我在家胡乱翻着报纸，突然灵机一动，心想，我以前大大小小发表过不少文章，干脆，就在家写写稿子，用稿费养家。

说干就干。我把家里仅有的一点存款取出来配了台电脑，便开始没日没夜地写起来……

小雪走后，父亲三天两头爱往我这跑，这天一早他又跑来了，看到满屋子乱七八糟的东西，就说：“儿子，你这还是人住的地儿不？整个一狗窝！”

我睁开惺忪的睡眼朝父亲笑笑，朝电脑一指，说：“爸，我找到事做了，你就放心吧，这可是动脑子的活儿，我能管好自己的，你别三天两头跑过来，会打断我思路的……”

“为你弟弟来”

我这么一说，父亲有好几天真的没来。这天，我又写了一个通宵的稿子，躺在床上睡得正香，哪知父亲又来了，这回他端来一盆花，把花往桌上一放，说：“我这回是为你弟弟来的。他再过两年要从部队复员，找工作的事得提前准备。我想将你弟弟弄到我以前的厂子去，民政局那头咱不怕，关键是厂子这头。听人说，厂里新来的人事科长老肖喜欢养花，所以，我弄了这盆花来。”父亲说着，指指带来的这盆花。

我看看这盆花，长长的叶子绿油油的，虽还有点嫩，但已生机勃勃。

我问：“爸，这花是‘君子兰’吧？”

“对……对，是君子兰！”

“君子兰很贵呀，你从哪里弄来的？”

“昨天我到花市特意买的，卖花的说，这花很娇气，不好养。你也知道，家里老平房又阴又潮，整天连个太阳都难晒着，我和你妈年纪又大，从没弄过这花花草草的精细活，想来想去，你这儿阳台宽敞豁亮，养花种草最好了！所以我和你妈就想把花放在你这儿，让你来养。这盆花关系到你弟弟的前程，你这当哥哥的，可得用点心思……”

我对养花一窍不通，莫说是娇贵的君子兰，即便是一盆普通花，我也未必能养好。可能因为我平时嘴皮子利索，啥都喜欢说出个子丑寅卯，父亲就以为我养花也是好手。而这花又关系到弟弟两年后的就业，我是无论如何也不能推脱的，只好点了点头。

父亲说：“这花就留在你这里，你好好地养，等你弟弟退伍时，这花估计也就长成了，到时我亲自给老肖送去！”

父亲的话让我心里一颤：真是可怜天下父母心！当初我结婚时，父亲为了给我买一套新房，连最爱的酒都戒了，如今，他又早早地为弟弟操心劳神！父亲出门后，我轻轻关上门，通过猫眼看着他下楼时的背影，鼻子酸酸的……

我一定要养好这盆君子兰！

我马上在网上搜索有关君子兰的相关知识，方知这花的确不好养。别的不讲，单浇水就很复杂：给君子兰浇水要根据温度的变化，光照的强弱，环境的干湿程度，尽量做到定时、定量、定周期，不能想什么时候浇就什么时候浇。而且，浇水的温度一定要和盆土的温度相近，否则，水与盆土的温差过大，会影响正常生长，时间一长，轻者根系干瘪，重者整株死亡。

我的天呀，居然这么多讲究！

从此，我时时惦记着这盆君子兰，有事没事总要到花盆前看上两眼，按照我刚学到的养花知识，精心地为它浇水、采光、松土。这样一来，本来一贯生活懒散的我，渐渐变得勤快细心起来。

这天下午，门卫室的党大爷来收水电费，他可是个养花好手，我便请他看看我养的这盆君子兰。

党大爷歪着脖子将花看了好几眼，肯定地说:“不对，这不是君子兰，是‘朱顶红’！”

党大爷说，朱顶红和君子兰在外形上十分相似，但朱顶红没君子兰那么娇气，价格要便宜很多。

党大爷的话让我一阵心痛:父亲买这盆假君子兰一定花去了很多钱，倘若他知道买来的是假君子兰，一向节俭的他肯定会很痛心，这事我不但不能说，还得把这盆朱顶红养得好好的，即使父亲将来知道了真相，也多少有些安慰……

周末一大早，小雪从外地回来，见家里井井有条，不禁大吃一惊："大懒猫，你什么时候变勤快了，竟然还养起了花……"

我跟妻子说了父亲托我养花的事，妻子说："爸要是知道买的是假君子兰，不定会多难受呢，要不，我们去买盆真的君子兰，放进这个花盆里养！"

我和妻子来到花市，但转了一大圈也没见卖君子兰的，一连问了几家，都说，咱们这是小县城，谁种那么名贵的花？要买君子兰，得上省城。

既然买不到君子兰，那就好好养这盆朱顶红吧。

"爸今儿高兴"

又过了一个多月，这天中午，我到外边办了点事，回家时，老远便见父亲站在家门外，我连忙开门把他让进屋。

父亲进来就四处瞅瞅，脸上笑嘻嘻的，我几次想张口跟他说花的事，但他只是瞄了一眼，似乎并不在意。

我见他心情挺好，便叫了几碟熟食，摆出一瓶白酒，一起喝了起来。

几杯下肚后，我问父亲："爸，你买那盆君子兰花了多少钱？"

父亲喝了个满面红光，他一边抹着头顶上的汗珠，一边说："我的傻小子，你真以为那是君子兰啊？我买的是朱顶红……"

这下轮到我疑惑了：把朱顶红送人，能办事吗？

"来，小子，喝酒，爸今儿高兴，咱爷俩好好喝几杯！"

父亲又是几杯下肚，舌头有些打卷了："小子，爸买这盆花，其实不是送人家老肖的，我是送给你的！你眼瞅着三十，也算个男子汉了，爸明白你的心思。你打小就性子强，现在吃老婆的工资，你觉着憋屈、窝囊……后来你买了电脑，开始写稿子挣钱，可你写稿子的那股拼命劲儿，都把自己弄成啥样子了？小雪平时又不在你身边，没人照顾你，你年轻，不把身体当回事儿，这怎么行！为这，你妈没少掉眼泪，总算你老爸我脑子好使，才想到弄盆花给你侍弄侍弄，兴许你的生活就能规律些。这不，买不到君子兰，就说成君子兰，让你觉着金贵，又扯出你弟弟的前途，这样你就不能不用心了。哈哈哈……小子，我知道你嫌我唠叨，我还是要说，挣钱要紧，身体也要紧！你平常要多运动，少抽烟，尽量不熬夜，写不出来的时候，别逼自己……”

“爸——您别说了……”我几乎是带着哭腔说，“来，咱喝酒！”

父亲终于躺在沙发上睡着了，他微微打着鼾，脸上是笑嘻嘻的表情，睡得很香！

我为父亲盖上毛巾被，悄悄走到阳台上，跑到花盆前，捧着朱顶红那绿绿的叶子，再也控制不住自己的眼泪……

（马　强）

（题图：安玉民）

手语爱情

大学生活是浪漫的，但随着学生时代的结束，一切海誓山盟似乎都了无踪影。我和女朋友林倩心里都明白，她心里有她的王子，我心中有我的公主，因此，毕业前，林倩对我说："阿姜，我们好聚好散吧。"我听了十分坦然，大方地和她握手，并祝她幸福。

其实我心中的人，不是公主，而是一个丫头，一个傻丫头。丫头是她的绰号，不过班里的男生似乎没有叫过她的真名，丫头平日寡言少语，从不在男生面前献殷勤，总爱一个人坐在教室里看书写东西。开头的一年，除了我，几乎没人注意到丫头。我承认，我是一个能疯能闹的男孩，事事爱出头，但心里喜欢的，是丫头那样沉稳的人。

丫头这个名字就是我给她起的，后来，大家都约定俗成，这样喊开了。丫头开始引人注意是在大二，那时她的一首诗在校刊上发表，简直让人刮目相看。我们几个朋友在一起闲聊，说别看这人不言不语的，心里不知爱着谁呢！但分析下来，又都觉得不太可能，因为她跟男生说话，没有超过三句的。后来，有意无意中，我和丫头的交往多了起来，文艺主持人索要台词，我主动跑去请求她帮忙；班上的活动安排，我又主动询问她。每次我找到她，她都只是点一点头，算是应了下来，但第二天，就不声不响地交给我。

同宿舍的哥儿们觉察出了味儿，他们为我和丫头安排了一场电影，那是部爱情片，丫头就呆呆地坐在我身边，散场后，我对她说："我送你吧！"

本来回宿舍的林荫路很长，但那天却好像特别短，转眼就到了，我对她说："我走了。"

她点点头，我尽可能慢地往回走，终于，她在背后说话了："阿姜！"

我回过头，丫头先是站着，随后做了一连串奇怪的动作：双手点太阳穴，然后双臂交叉抱在胸前，最后又伸向我，然后就跑开了，简直是落荒而逃。

回到寝室，室友们都问我怎么样，我没说话就睡下了，他们也就不吱声了。

第二天，我悄悄委托一位女生，向丫头打听，那手势是什么意思。女生回来告诉我，丫头说，是"对不起"的意思。那一阵子，我心情很不好，一个丫头，居然……

就在这时，林倩出现了，她是系里有名的靓女，也很浪漫，她每天都约我一起在校园里散步，朋友们都说，她对你多好啊，也为我们安排了一场电影，是部爱情片，散场后，林倩对我说："我爱你。"

我一听，泪都差点儿掉下来了，紧紧地抓住了她的手。

我注意到，丫头还是一个人，仿佛一个孤独的守望者。毕业前的一天，我在林荫路上和丫头走了个对面，像普通同学那样点了点头。擦肩而过时，我看到她的嘴动了一下，但什么也没说……

毕业后，我选择了一家酒店做公关企划，成了所谓的“白领”，每天忙碌的工作，复杂的人际关系，压得我气都喘不过来。

一天，我刚刚忙完一个公益广告的文字企划，坐在座椅上休息，内线电话响了，是部门经理打来的，她也是我们大学毕业的，高我四届。电话里，她把我刚交给她的文稿批得体无完肤，最后关照道：“以后要注意啊，小师弟！”

挂了电话，我朝经理办公室看了看，百叶窗没关，经理在看着我，我连忙双手点太阳穴，然后双臂交叉抱在胸前，最后又朝她伸了伸手，做了个丫头式的“对不起”手语。我看到经理笑了，她马上给我打电话，说：“好你个阿姜，不愧是学文科的，居然知道中文系女生的传统手语，不过，你干吗说‘我爱你’，你应该说‘对不起’才对啊？”

我脑子顿时一片空白。不知道当时，我是怎么回答经理的，只记得那天下午，全在回忆着丫头，回忆着丫头的手语：她在说“我爱你”，在说她爱我啊！

也许，六年前的一些女孩子，都像丫头那样表现深沉，只能用手语来表达自己的爱，而丫头的同龄人，如林倩和林倩们，却急不可待地用口舌来表白，于是传统手语失传了，丫头成了中文系最后一个使用手语表达爱情的人，而我也因此失去了爱丫头的机会。

丫头现在在哪里？我幻想着她的手语再次出现……

（潇潇精灵）

（题图：安玉民）

叫他一声哥

自打两个星期以前，我接到录取通知书后，全家就处于一种兴奋状态之中。妈妈不知是哭还是笑，不时地用手揉眼睛。通知书没到，她总担心我考不上；如今通知书到了，她又念叨着我路上咋走。我对妈说没事，我大了，自己能走的。妈叫我别犟，说不是叫黑娃送，就是叫他爸送，反正得陪个人一起去。

没办法，最后我只好妥协了，同意让黑娃送。

黑娃是谁？按理说，我要叫他哥。自从我爸去世后，后爸爷儿俩，就从甘肃老家一起到我们家来。他们一来，我就觉得家里处处不自然，眼睛鼻子都碍事，总不想看到他们，更不想跟他们说话。每天天一亮，我就上学，天黑透了，才回家。一天三顿饭，我一个人端到自己房间里去吃，从不跟他们在一起吃。我讨厌看到那两双眼睛，更讨厌后爸那黑黑的手，动不动就往我碗里夹菜。他每次夹给我的菜，我都偷偷地丢到桌下边喂猫吃。我知道，我这样做，妈心里是很难过的，她很希望我跟他们好，跟他们说话，叫声爸，叫声哥。可是，我办不到，怎么努力，也办不到。看到他们爷俩，总觉得像小数点后边除不尽的数字，多余。我只有一个决心，一定要考上大学，离开这个家，永远不跟他们住一起……

有道是苦日子长，甜日子短，两个星期一眨眼就过去了。明天，我就要上路了。妈说今夜要跟我睡会儿。可妈倒在我床上，老是睡不着，压低声音叫着我的小名："秀，你明天就要离开妈了……"妈刚说话，就开始抹泪，"妈对不起你，秀。你爸死后，妈也实在是没法，才走这一步。妈又有病，这么多的地，家里没个劳力，多困难哪！不用说供你上学了，就是每月的面粉也打不回来。你四年大学，少说，还要两三万，这还得靠他们爷俩。哎，妈也知道你看不起他们，女儿家，人大心大，妈也不怪你。天亮，你就要走了，妈也没什么别的话说，天亮临走，叫黑娃一声哥，好吗？他今年二十了，比你大一岁。"

我不说话。我知道妈这一辈子不容易，爸死了，她那样困难，也没让我辍学。这一点，我深深地懂得，我知道妈心里很难受。但要我叫他爸，叫他哥，实在是难办到。为了临行前能安慰妈，我把手放到妈的手上，表示我愿意听话。可天亮了，还是一次又一次地错过叫爸叫哥的机会。

说实在话，他们爷儿俩，人并不坏，一老一小，两个老实疙瘩，来到这个世界上，似乎天生就是干活的命，天生就是往地里下力气的人。每天，天不亮下地，天黑透了，也不见回家。平时，吃好吃坏，穿好穿坏，一声不吭。我家承包的一百多亩棉花地，从春到秋，他们父子俩就像两头牛，没白没黑地干。就连到了团场拾棉花最忙的时候，他们也不让我缺一节课。不管地里的活多么紧，每到下雨下雪，妈妈还叫黑娃给我送雨伞，送雨鞋。

其实，我宁可淋着，也不想让黑娃到学校来。每次，我一见黑娃走到学校前面的大门时，老远地，我就跑出教室，去接黑娃手里的东西，生怕班里的同学问我他是谁。后来，黑娃也自觉，一次也不往学校大门里走，就站在学校前面路旁边的林带里，淋着雨，等我放学出来，身上披块塑料布，湿透了，也不敢撑开我的小花伞。

如果我不带任何偏见的话，其实，黑娃长得并不难看，高高的个子，长长的脸，眉宇间还带有几分帅气。新疆一天十五六个小时的日照，将黑娃晒得很黑。要是命运能够公平地让他上学的话，我敢说，黑娃比我们班上许多男生都长得好看，黑娃完全有资格成为一名优秀的大学生。可是，很不幸，他妈死得早，甘肃老家，山沟里穷，上不起初中。来到我家那年，他才十五，我妈想让他继续上学，可家里这么多地，他爸就早早地拿他当成了整劳力，整天在一眼望不到边的戈壁滩上晒日头……

我和黑娃上了火车，随着一声声有节奏的“轧轧、轧轧”声，我与家的距离越拉越长。

坐在火车上，我第一次有了离家的感觉。这种感觉使我好想哭。我知道，我这一去，不是永别，但要很久很久才能回家一次。我好想妈妈，我就从车窗往外看，想看到妈妈。看累了，就把头放在小茶桌上，假睡。反正不想朝对面看。我知道，黑娃正端坐在那儿，双手夹在两腿中间，也在朝窗外傻看，他在看什么呢？

我下意识地向对面的他瞥了一下，他仍像根木头一样，不说，也不动，眼睛永远是那样老老实实地看着窗外。他似乎也知道，一般情况下，我不会跟他说话的。所以，他也就一心一意，一个人看那车外不停地流动的风景线。

一天一夜过去了，同坐在一起的旅客，根本不知道我们是一起来的，更不知道我们还是一家人。

我捧着本书觉得十分寂寞，几次鼓足勇气想跟他说话，但都没有成功。

火车快到兰州了。再有一天一夜，就到西安了。也就是说，我们之间，已经是两天一夜，五十多个小时，互相没说一句话。有时，黑娃去给我打杯水来，啥也不吭，就那么不声不响地放在我跟前的小茶桌上。

火车进了兰州站，停车十分钟。那些卖东西的人，一个个扒着车窗叫卖。我看见一个卖五香花生的乡下妇女，就问："哎，花生多少钱一包？"

"一块，要不要？"那个乡下妇女拿起一包花生，举在手里。

我见价钱还可以，就拿出一张五块钱，说："买两包。"

那乡下妇女收了钱，先给了我两包花生。随即，手在袋子里抓了抓，不找钱，调头想走。

我正要喊，只见黑娃眼疾手快，立即从车窗中探出大半个身子，一把将那个乡下妇女的头发抓住，凶狠狠地说："找钱！"

天哪，我还是第一次看到黑娃那怒不可遏的样子。如果那个乡下妇女再不老老实实地找三块钱，黑娃一定会把她从车窗里提进来的。

我接过那妇女找来的三块钱，再转身看看黑娃，只见他已恢复了先前的平静，安详地看着窗外。

车又开动了。

我朝黑娃看了一眼，将手里的两包花生，分给他一包。他说他不饿，要我留着慢慢吃，到西安还早着哩。

于是，那包花生就在小茶桌上放着。一直到西安，我收拾东西准备下车时，才将那包花生装在兜里。

到西安火车晚点了，夜里十一点才到。西安火车站好大呀！车站到处都是拥挤的人。我下了车，头晕晕的，不知东西南北。在人海中，到处看不到一个熟人，我才真正觉得，我已经离开了家，离开了妈妈，来到了一个陌生的世界,心里好想哭。大概是因为自己胆小的缘故,提着包，一步不离三寸地跟着黑娃往前挤，原先那种厌恶、傲慢的感觉，不知哪去了。只觉得他就跟我的亲哥一样，那么贴心，那么卖力，肩上背着两个大包，手里又提着小包，走得那么艰难，还不时地回过头来看我，生怕我被挤丢了。

我没钻过火车站地道，心里很害怕，问："这走到哪了？对不对？还是问问人家再走吧。"

他说："不用问，对着呢，就打这儿出口。"

"你走过吗？"

"走过。那年，跟爸来新疆，也是这样钻的。没错，走，跟着我。"

我心里暗自庆幸，幸好听妈的话，让他来送我。否则，这大包小包的，拖不动，扛不动，又不识方向，这会儿，准该哭鼻子了。

几个弯儿一拐，忽见前方灯火辉煌，车站出口处好不热闹。我一眼就看到人头上举起一溜的牌子，都是各个高校来接新生的。

打老远地，我看见一块牌上写着"陕西师范大学"几个字，高兴得大叫："哎，陕西师大！那儿，你看，在那儿！有人来接我们了！"我高兴得跳起来，连忙从人群中挤过去，拿出入学通知书。

那些大学生们便热情地接待了我。一个戴眼镜的高个儿男同学，忙从我手里接下包，往他们车上送。他叫我们动作快些，说他们夜里还要接三趟新生。

另一个男生走过去，从黑娃肩上往下拿包，问我："他是你什么人？你哥吗？"

我点点头。

那男生又说：“那好，就一起上车吧。学校有招待所，对家属全部免费。”

黑娃放下包，说：“不了。妹妹交给你们，我就放心了。我在车站上坐会儿，明天天不亮就回。”

那个大学生说：“明天天不亮就回？忙啥？到了西安，还不好好玩玩？难得来一趟，去看看半坡呀、兵马俑呀，去华清池洗个澡呀……来来来，上车。”

“不了，俺家里还有事，地里棉花开始拾了，俺爹俺娘忙不过来。”他说着，硬从车上往下跨。

说话间，车开了。那个大个子男同学看我好像傻了，赶快捅我，说：“咦，跟你哥说再见呀。”

“哥……”我从车窗伸出手，一下子觉得心里泪汪汪地，好想哭。

他一听，连忙转过身，笑着对我挥手。

这是我第一次看到他笑。

（刘殿学）

（题图：黄全昌）

爸爸的惩罚

见见未来的爸爸

大学毕业后，相楠和同在一个班的郑长宇确定了恋爱关系。相楠是家里的独生女，家住北京，父母都是高干。而郑长宇则来自大西北一个偏僻的小山村。对于他们的婚恋，很多人不理解，好在相楠的父母比较通情达理，见女儿对郑长宇一片痴情，也就默许了。

眼瞅就到年底了，相楠提出要跟郑长宇回乡下过年，见见未来的爸爸。她知道，郑长宇母亲死得早，是他的父亲将他和妹妹拉扯大的。

郑长宇一听，先是惊喜万分，可随即眼神就暗淡下来，头摇得像拨浪鼓一样。他推说家里穷，吃住都不方便，怕委屈了相楠。

相楠见郑长宇紧张的样子，不由得笑了，把头紧贴在他怀里柔柔地说："你放心，我会像你一样爱你的家人……" 郑长宇见此很受感动，便答应了相楠。

经过几天的旅途奔波，相楠随郑长宇来到一个只有三十多户人家的小山村。郑长宇的家，是一间低矮破旧的土坯房，紧靠村南，他们推开破旧的院门，一个老人正弯着腰劈柴禾。郑长宇紧走两步，高声叫道："爹，你瞧谁来了？"

郑老汉一看儿子回来了，而且还带回个漂亮姑娘，慌得一下子扔掉斧头站了起来。

相楠忙走上前，甜甜地叫了一声："大伯！"

老人一见相楠叫他，手都不知往哪儿放了，只是"嗯嗯"地答应着，扭头冲着屋里高声喊道："长慧，快点，你哥回来了……" 话音未落，打屋里就跑出一个人，是郑长宇的妹妹长慧，郑长宇忙把相楠介绍给她，长慧乐坏了，一进屋就拽了床被子铺在床上，让相楠坐了下来。

相楠尽管有十二分的准备，也没想到郑长宇家竟穷到如此地步。为了不使郑长宇和家人难堪，她竭力让自己随和一点，直乐得郑长宇一家人嘴都合不拢了。

哪受过这种委屈

第二天是年三十，吃过早饭，郑长宇给母亲上坟去了。相楠发现他们日子虽然过得穷，但忙起年来却挺乐呵的，特别是郑老汉，因为相楠的到来，乐得都不知道做点什么好了。后来，他从一个木箱子里拎出半桶油，让长慧弄了一点萝卜丝剁吧剁吧，和上一些白面，在院子里支起一口小黑锅炸起丸子来。

一家人什么活儿也不让相楠干，可相楠看他们忙里忙外的，自己闲着很不自在，就围前围后给他们打下手，这时长慧拿出一件衣服，关心地说："嫂子，别把你的衣服炝上油味儿，换上我这件吧。"

听长慧称她嫂子，相楠不好意思地笑了笑，换上了长慧递过来的衣服。

相楠很快就学会了炸丸子，而且她独揽了这项活儿。虽然手忙脚乱的，但心里却挺高兴。炸完丸子，相楠先浇灭了火，又把院里的东西收拾到屋里，最后端起锅把炸剩下的废油往墙角的脏水沟里泼去。可她刚泼完，还没来得及直起腰，臀部就被人重重地踹了一脚，相楠站立不稳，向前抢了两步，一下子扑倒在脏水沟里。

相楠惊恐地回过头，郑老汉正横眉立目地站在她身后，大声骂："败家子！有你这么过日子的吗……"见相楠眼里含怒，郑老汉直愣愣地盯着她，立时停止了叫骂，涨红着脸，大张着嘴巴，"啊"了好半天，却再也没说啥，只是站在那儿直抖双手。

相楠长这么大哪受过这种委屈！她气坏了，哭着从地上爬起来，已是满身泥水，她也顾不得了，胡乱地划拉了些自己的东西，流着泪气呼呼地就往外走……

郑老汉急得直跺脚，语无伦次地说："这、这、闺女，你别走，听、听我说……"说了些什么，相楠一句也没听清。在自己家里，相楠虽然很少干家务活，可她见过保姆炸东西。炸剩下的油向来都是倒掉的。她恨自己到底是吃错药还是打错针了，竟来到这么个小气人家。此时，她恨不得马上离开这个鬼地方……

长慧不知发生了什么事，跟着追了出来，拽着相楠不让她走。就在此时，郑长宇也回来了，忙问出什么事了，相楠只是哭着要走，什么话也不听，什么话也不说。郑长宇只好追着相楠出了村，陪着她坐上了返程的火车。

爸爸的一块心病

回到北京，相楠对郑长宇说要重新考虑他们之间的关系。郑长宇落泪了，他说，他们村的人家，穷得根本买不起油，都是吃攒油。

相楠好奇地问："什么是攒油？"

郑长宇说，他们村的人家每天都勒着腰带省粮食，省出点粮食或者小鸡下个蛋什么的，都拿到集上换点豆油，然后把油攒起来，家境好一点的人家一年能攒个十斤八斤的，留着过年炸点丸子啥的。他们村有个风俗，过年供奉祖宗必须有油炸物。炸剩下的油就留起来做来年一年的吃菜油，家家都是这样的。

听了郑长宇的话，相楠心里有些酸楚，没想到，自己倒掉的是人家一年的吃菜油。又一想，就是这样郑老汉也不该踹她呀，自己毕竟是未过门的儿媳妇，无论如何也不应这样对待她。相楠爱郑长宇，但一想到郑老汉踹她那一脚，心里就特别不痛快……

这天郑长宇来找她，一进门，他就给相楠跪了下来，哭着说他的父亲病得很重，妹妹来信说他特别想见见相楠，要不死不瞑目！

相楠暗暗吃惊，郑老汉那么硬实的身子，才一年的时间，怎么就快要死了！说心里话，她实在不想再见到那个野蛮的老汉，但在郑长宇的苦苦哀求下，她心软了，答应再跟他回一次乡下。

郑老汉躺在破床上，已是瘦得皮包骨头，一脸的菜青色。他一见相楠来了，顿时流露出惊喜的神情，喘息着说道："闺女，那天，你穿了长慧的衣裳，我看错了眼，以为是长慧那丫头糟蹋油，才踹了那一脚。我要知道是你，打死我也不会那么做啊，你来了好，我向你赔罪！"郑老汉说着，眼里滚着泪水，挣扎着就要从床上爬起来。

原来如此！相楠忙上前按住郑老汉不让他起来，紧紧攥住他枯瘦粗糙的手，哽咽着说道："大伯，是我不好，赔罪的应该是我……你得的什么病，赶紧治，缺钱有我呐！"

相楠话音刚落，站在一旁的长慧"哇"的一声哭了起来，说："爸爸的病，都是他自己弄的，他有一年没吃油了……"

相楠和郑长宇不由得大吃一惊，急忙追问是怎么回事。长慧说，自从去年相楠哭着走后，爸爸就特别内疚，总是在责备自己，他时不时地敲着脑门骂自己混蛋。一开始，家里没有油，炒菜根本不放油，不久哥哥寄钱买了油，爸爸也坚决不吃，他就是用这种办法来惩罚自己，向相楠表达忏悔之情……

相楠的眼泪再也止不住了，她哭着说道："爸爸，你快快好起来，咱们还炸丸子吃，我给你炸，我再也不会把油泼了……"

（胡秀欣）

（题图：谢　颖）

三个女人一件衣

温茹芳在大学城附近开了一家服装专卖店，来她这儿买衣服的大多是一些老师和学生，生意很不错。这天傍晚，天上飘起了雪花，街上行人稀少，温茹芳以为不会再有生意了，正要关门时，来了一位女顾客，从穿着打扮看，这女人像是一位乡下来的大嫂，她在店子里转了转，最后站在挂有羽绒服的货架前。

温茹芳迎上去，热情地招呼，可那大嫂说话吞吞吐吐的，接着，她从随身携带的包里掏出一件跟货架上一模一样的女式羽绒服，小声说道："托您帮个忙，帮我把这衣服卖掉行吗？看，挺新的。"

温茹芳开服装店已经好些年了，这种典当衣服的事倒是第一次碰上，她本想拒绝，恰在这时，她认出这件衣服正是前天卖出去的一件，记得买这衣服的是师范大学一位姓童的女教师，想到这里，温茹芳心里一惊：不会是销赃吧？莫非这大嫂是个小偷？不像啊！但她还是多了个心眼，试探道："你打算卖多少钱呢？"

大嫂一听这话，顿时舒了口气，笑道："你看着给吧，我也不识货。这种衣服你的标价好像都在1000块以上，你给我200块行吗？"

看来她是急于脱手了，温茹芳接过衣服，说："好吧，你先放我这儿，等卖掉了我再给你钱。"

大嫂一下急了："不行，我急等钱用。"说着她就从温茹芳手上夺回衣服，转身要走。

这下轮到温茹芳急了，心想：不能让她这样走掉，便一把拽住她，说："我可以给你付现金，不过你得告诉我，这衣服是哪来的？这不过分吧？"

大嫂愣愣地看着温茹芳，说："原来你把我当小偷了，好吧，实话告诉你，这衣服是师范大学的童老师送我的，我看还跟新的似的，舍不得穿，就拿到你这儿来看能不能换点钱……你要不信，我给你看身份证。"说着，她真的掏出了身份证。

看过大嫂的身份证，温茹芳相信了她的话，二话没说，付给她200块钱。大嫂拿到钱后很感激，连声说："谢谢，谢谢你啦！"

等大嫂走后，温茹芳突然觉得还是有点不对劲：照这大嫂所说，这衣服本来就是童老师送给她的，那她完全可以稍稍打点折，怎么会这么便宜卖了呢？

温茹芳怕背上销赃的罪名，立即和童老师取得联系，以"售后服务"的名义和她聊起了那件羽绒服："童老师，前天你买的那件羽绒服质量还行吧？"

"我想应该行吧，对了，我刚刚送人了。"童老师很健谈，接着她告诉温茹芳：她家有一个保姆，是乡下的一位大嫂。这保姆心眼好，人勤快，童老师一家都很喜欢她。前几天，大嫂因为家里有事，要辞工回家，临走前两天，童老师想对她表示点什么，大嫂知道后生了气，说啥礼物也别买，买了她也不会要。正巧那几天寒流来了，童老师看大嫂穿得单薄，便决定给她买件羽绒服，但想到大嫂那犟脾气，决不会接受这么贵重的礼物，童老师便使了个小心计：临送大嫂出门时，说天气太冷，让大嫂添件衣服，说着就从柜子里装模作样"翻"出了那件新买的羽绒服，谎称是自己穿过的，因为不合身，一直放在家里，不如送人算了。大嫂信以为真，这才接受了那件衣服。

听完童老师的电话，温茹芳愣在了那儿，和童老师相比，她觉得自己的心黑透了，从这天起，她就把那件衣服随意地挂在一个不起眼的角落，失去了向人推销的兴致。

这衣服一挂就是两年，两年后的一天，一位姑娘走进了店里，温茹芳认识她，知道她是一位留校不久的大学毕业生，是中文系的，曾以学习刻苦而名扬大学城。

姑娘想买件衣服，她意外地发现了那件挂在角落里的羽绒服，仔细看了看，非常满意，喜形于色地叫道："再合身不过了，我就要这件，多少钱？"

面对这件衣服，温茹芳的心隐隐有些作痛，她没有了开价的勇气，只是说道："随便给吧。"

姑娘有点吃惊，但她倒是很痛快，说："我打听过了，这种衣服售价也就是 800 块左右，给你 800 块吧。"说着，她就从包里掏出钱来，递给温茹芳。

温茹芳有些迟疑，但还是接在手中，数也懒得数，直接放在了包里。

姑娘提醒道："你怎么不数一下？还差你100块呢。"

温茹芳说："没事。"说着她就把衣服取下来，要给姑娘装进提袋里，没想到姑娘一把拦住她，说："别这样，继续挂你这儿。"

温茹芳不解，望着姑娘，问："啥？还挂我这儿？"

"对，就挂你这儿。"姑娘说，"待会儿我会带我妈来你这里买衣服，我妈这人啊，在自己身上花一分钱心都疼，这些年节衣缩食供我上大学，吃了不少苦。我现在有了工作，第一次拿到工资，想给我妈买一件好一点的羽绒服，让她穿个暖和，可我妈怕花钱，我就说现在羽绒服便宜了，她死活也不相信，所以我只好让她亲自来，待会儿你就说这衣服减价了，才卖100块，只有这样，我才能说服我妈买下这件衣服，这也是我为什么刚才只给你700块的缘故。"

温茹芳听了，心里顿时涌起一股暖意，她答应了。天底下的事情居然真有那么巧，下午，姑娘带着她的母亲走进了温茹芳的店，温茹芳一眼就认出了她——这位让自己负疚两年的大嫂！温茹芳惊讶得说不出话来，倒是大嫂显得格外平静，她笑着冲温茹芳点点头，巧妙地暗示道："这么好的服装店，我还是第一次进来呢。"

温茹芳会意地笑笑，而心里却突然有一种想哭的感觉。

"戏"就这么开始演了：姑娘随手取下早已买下的那件羽绒服，拽着让母亲试穿起来，她母亲嫌贵，不肯穿，温茹芳在一旁就说这衣服不贵，才卖100块，大嫂显然不相信这么便宜，她拿过衣服，左看右看，似乎发现了什么，最后抬头盯着温茹芳，问："真的才卖100块钱？"

温茹芳知道大嫂认出了这件衣服，她突然生出一个大胆的主意，也许只有这样才能诱使大嫂买下这件衣服，于是便不慌不忙地说："大嫂，老实跟你说吧，这是我两年前进的货，当时进价200块，可不知为什么，一直卖不出去，所以我只好自认倒霉，折价一半卖掉算了。”

姑娘急得干瞪眼，这哪叫配合？简直是胡闹，可让她意想不到的是她母亲听了那席话，沉吟片刻，突然对女儿说：“好吧，这衣服我买下了。”

这一招果然见效，温茹芳冲姑娘笑了笑，姑娘这时高兴坏了，等不及温茹芳把衣服装进提袋里，就急着掏出100块钱塞给温茹芳。

这时，大嫂在一旁发话了：“人家做生意也不容易，进价200块，哪能让人家亏本？平常我把钱看得太死，但也不能昧着良心做事。”说着她从自己口袋里摸出一张百元钞票，按在了温茹芳的手心上，并意味深长地说了句：“妹子，谢谢你啦！”

姑娘也不在乎母亲额外多付的那100块钱，只要母亲接受这件衣服，她就心满意足了，她哪里知道，两年前的那个风雪夜，母亲给她送去的200块钱，就是这件衣服换来的。

送走母女俩，温茹芳来到邮局，填写了一张700块钱的汇款单，收款人就是刚才替母亲买衣服的那位姑娘，同时还给她写了一封信，诉说了一件浸润着浓浓亲情的羽绒服的故事……

（许申高）

（题图：魏忠善）

为爱留住这一天

这天一早，祥瑞集团老总周天祥的手机响了起来，他刚接通，电话里立即传来一个妇女惊慌失措的哭声:“大侄子，你妈她、她……她走了，刚走的，你、你们快回、回来……”

一听老母亲去世了，周天祥这个已经当爷爷的半老头子，竟像个孩子似的哭了起来。

在周家，周天祥是老大。他十几岁时，父亲就没了，是母亲一手把五个子女拉扯成人。如今，他们个个在各地成家立业，十分风光。他们原想把老人接到城里，让她享享清福，可老人坚持守着老家几间老屋，不肯进城，无奈之下，他们只得请本村李婶照顾老人，并在老屋装上电话，以便老人与子女们通话联系，没想到老人家突然去世了。

周天祥无法接受这个现实，儿时的一幕幕又浮现在眼前：母亲的音容笑貌，母亲为了他们兄弟姊妹忙里忙外、吃糠咽菜的情景……想到这些，周天祥就鼻子发酸，不禁潸然泪下。

周天祥立即先后拨通了三弟、五弟、二妹、四妹的电话，哽咽着把母亲去世的噩耗告知他们后，就带领全家，由司机驱车开往老家乌鸡岭去了。

回家的途中，在车里周天祥先拨通了市殡仪馆馆长的电话，请他明天派一辆车到他老家，车子要气派，要全用鲜花装饰。他准备组织一支车队，浩浩荡荡、风风光光为母亲送葬。接着，他又拨通市乐队的电话，让他们把乐队全班人马拉到他老家，说他母亲过世了，要丧事喜做，传统乐队与现代乐队都要，要唱戏，要演三天唱三天。最后，他拨通大富豪酒家老板的电话，让他准备五十桌酒席。周天祥作了这些安排后，便斜靠在车椅上困困地睡去了。

转眼车到了家门口，周天祥从车里钻了出来。尽管他有好几年不回老家了，可那老枣树、土坯墙、小桥流水、鸡鸭牛羊还是那么熟悉；老屋的气息还是那么浓烈、清晰。

周天祥迈进老屋院里，一抬头，他呆住了：只见老母亲正好端端倚靠在祖上留下的老藤椅上打盹。周天祥脱口喊道："妈，您……您……"他想说，您老没死啊！但话到嘴边又咽了回去。

老太太听到声音微微睁开双眼，当她看到大儿子站在眼前，浑浊的双眼立刻放出光彩。她支撑着要坐起来，周天祥忙跨上一步扶她坐好。

老太太撇了撇没牙的嘴笑了，边笑边说："大子，你怪妈没死吧？俺老了，这几天老梦到你爸，俺想俺也快去下面见他了……唉！好长时间没见到你、二丫头、老三、老四、老五，还有大孙子小伟、孙女小燕……”老太太顿了一下又缓缓说道，“俺想你们，俺想见见你们，不要怪李婶，是俺叫她骗你的。我死了你们只能见到没有气的我、冰冷的我，可俺却看不到你们了……”说着两颗泪珠顺着凹陷的双眼滚落下来。

周天祥见了，鼻子一酸，“通”地跪在老太太跟前，哽咽着说：“妈，都怪我们没常回来看您……妈，您别难过，今天大家都会回来，您老好好看看吧……”

老太太用袖口抹了下眼角，笑了：“大子，起来，俺叫隔壁王大爷的孙子小山为小伟、小燕摘了好多甜枣。唉，有时人穷也不是不好，你看王大爷一家虽然日子紧巴些，可儿孙都在身边，天天听到叽叽喳喳的笑声、叫声，妈好羡慕呀！”

周天祥沉默了，心里想：周家是村里最让人羡慕的一户，五个子女都事业有成、出人头地；可从来就没想过大家都有了自己小巢后，谁来照顾这曾经抚育过他们的老窝！

这时，门外开始嘈杂起来，弟妹们开着小车纷纷到了家门口，这时五弟打来电话：“哥，下了沪宁高速该怎么走？”

周天祥没好气地吼道：“人家都说老马识途、老狗识窝，你小子连家门都不知道朝哪儿开了……你回来得太多了……”

老太太听到他的吼声嗔怪道：“大子，看你又发脾气了，可别把小五吓着了，现在家乡变化大，不认识家……正常……”

周天祥说道：“妈，这小子不骂他两句，他不会长记性，从小就大大咧咧，忘性大。”

这会儿，回到家的儿女们都明白了原委，一路的悲戚纷纷一扫而光，一家近二十个人把老太太扶到院里，围着老太太，含着泪听她唠叨儿时趣事。

老人唠唠叨叨一阵后，颤巍巍地摸出一只乌黑发亮的弹弓对五儿子说道:"五子，妈怕你闯祸不好好念书收了你的弹弓。妈为你保存了15年，现在还给你。"

五儿子一下子扑在老人怀里像小孩一样呜呜哭起来:"妈，你打我吧，都是我不好，常常惹你生气……儿子早已不是当年的小捣蛋了。"

老太太微笑着摸着他的头："唉! 小孩变大，大人变老，你们快做爸爸、爷爷了，哭什么? 跟个娃娃一样。俺能见你们一眼就足够了，你们都是娘心头的一块肉啊……二丫头，妈最爱听你读书了，来，给妈念一段。"

做老师的二女儿含着泪花，靠在母亲肩头，仿佛看到当年的那个小丫头调皮地坐在妈妈的大腿上，拽着妈妈的围裙稚嫩地念:"鹅、鹅、鹅，曲项向天歌。白毛浮绿水，红掌拨清波……"老人听着两眼闪着欣慰的光芒。

这时门外传来汽车声，原来是市乐队的人马来了。一进门，乐队队长老王咋呼道："咋，人没死，这咋整?"

周天祥一把把他堵在外头斥道："你小子嚷什么，你咒我妈死啊，就不能唱喜庆的戏? 我为我妈祝寿，行不?"

老王忙不迭地说："行，行，你们儿女孝顺，俺打八折，弟兄们开锣噢!"一会儿门外响起了喜庆的《金蛇狂舞》，歌手唱起了《妈妈的吻》。村寨的人都来了，围了满满一院子。老人咧着嘴笑了，多少年没有听戏了，今天在家门口一定好好听听……

周天祥站起来面向弟妹和邻居们高声说道："各位父老乡亲，俺妈为俺们操劳了一辈子，俺们翅膀硬了，都飞了。平时拖到逢年过节……

逢年过节又忙着自己小家的迎来送往，妈、老屋反而成了被遗忘的角落，反而非要等到老人走了才能聚到一块忙些给外人看的、毫无意义的事，是我们这群小白眼狼对不起她老人家。今天请各位弟妹关掉手机，好好陪妈，陪妈过一天……”他话音未落，周围便响起了热烈的掌声。

热闹了一阵，老太太觉得有些困了，便斜靠在藤椅上打起了盹。周天祥忙脱下外套轻轻给老人披上，就像小的时候母亲无数次为他掖被子一样。

周天祥的孙子在外面直嚷嚷：“爸，这是什么啊？”

周天祥的儿子骂道：“笨蛋，这是鹅。”

周天祥走出老屋摸了一下孙子的脑袋说：“不能怪孩子，我们早应该带他们回家来看看你奶奶，看看老家农村才有的景和物。”

儿子低下了头：“爸，奶奶为我们太操心了……”

小孙子嚷道：“我要带太奶奶到城里吃肯德基……”

大家一听都笑了。笑声中，忽然小孙女小燕喊道：“爷爷，太奶奶睡着了……”

大家都跑回屋里，只见老太太脸上挂着满足的、幸福的笑容，已经永远永远地睡着了……

（张科成）

（题图：黄全昌）

爱在墨脱

山外来了两个年轻人

墨脱，它是一个县，在藏语中的意思是“花朵”，它位于喜马拉雅山脉的南麓，境内有举世闻名的雅鲁藏布江大峡谷，有海拔4000多米的多雄拉雪山。由于峡谷与雪峰的阻隔，再加上墨脱是全国唯一没有通公路的县，物资进出完全要靠人背，最要命的是一年中只有七到十月才是开山期，其余时间就是长翅膀也难以飞进去，所以通往墨脱的路被人称为“死亡之旅”。

想去这种地方的人，一般都是“驴友”，所谓驴友，是指那些喜欢自助旅行和登山探险的人，26岁的格桑就是其中一个。格桑住在北京，最近他打算到墨脱去，但不是为了探险旅行，而是另有其因，这原因说来也多少有点荒诞：他从小在孤儿院长大，对自己的身世一无所知，可最近一段时间，几乎每天晚上他都做同一个梦，梦见自己四处寻找一个名叫“黑山”的小孩子，而现实生活中，他根本就不认识这么一个人！

为此，格桑特意从北京来到拉萨，回到曾经生活过5年的孤儿院，想从这里了解自己的身世，可孤儿院已经物是人非，接待他的是一位新来的女院长，她告诉格桑：“很抱歉，我们也不知道你的身世，不过，有几样东西，老院长让我交给你。”说着，她拿出一个旧背篓和一件藏式氆氇长袍，还有一封信，一并交给格桑。

格桑迫不及待把信打开，读着读着，泪水就溢满了眼眶，他终于知道，自己是西藏墨脱人，虽然从信中知道父母已经死了，但他还是决定去墨脱看一看。

就在格桑准备出发的前两天，他在“驴友”网上看到一条新帖，题目是：“谁来救救我母亲？”那帖子里写道：“我叫果达，25岁，从15岁起，我就在进出墨脱的路上当背夫，一心想挣够了钱，从山外请个医生来给母亲治病。我的母亲叫拉姆，是当地的山民，20多年前就患有严重的心脏病，由于特殊的地理位置，一直得不到很好的医治，而她的身体状况又不允许她走出大山。最近，她的病情越来越严重，生命已到了尽头！如果驴友中谁是心脏病医生，我在这里跪求您，快来墨脱救救我母亲！”

帖子后面附有果达母亲的照片：瘦骨伶仃的拉姆坐在木屋前，双手捂着胸口，痛苦地眺望着远方……

和所有见到这个帖子的网友一样，格桑的心被揪紧了，尤其是图片中拉姆那双凹陷的充满期待的眼睛，深深地打动了他。

令人欣慰的是，在无数的跟帖中，一个名叫“梦回墨脱”的驴友写道："我是成都的一个心脏病医生，愿意赶赴墨脱为拉姆治病。"格桑为之一震，随即跟帖表示：自己正要去墨脱，愿与"梦回墨脱"一路同行，去看望这位母亲。

墨脱县三面环山，从林芝地区的波密县出发，距离墨脱县 80 公里处就没有汽车可通行了，任何人都得靠步行前往，格桑此行，真是艰难无比。第三天，在林芝地区八一镇的一家旅馆门前，两位网上相约的驴友见面了，格桑一见对方，不由一愣，站在面前的竟是一位时尚女子，年龄与自己相仿，很漂亮，白白净净，手指纤细，一身休闲装，手拉一个旅行箱，和一身驴友装束的格桑完全不同。那姑娘说她就是"梦回墨脱"，真名叫李梦遥，让格桑叫她"遥遥"好了。格桑担心她的身体，可遥遥表示一定要去墨脱为拉姆治病。

格桑见遥遥这么坚决，突然问道："从你的网名看，好像和墨脱有什么关系？"

遥遥神情黯然地说："自我记事起，我就没有见过我爸。我妈是个医生，每当我问起爸爸时，她总是说我爸在很远很远的墨脱，要等好多好多年才能回来。也就是从那时起，我就有一个愿望，等长大了，我一定要到墨脱去找爸爸。"

格桑不解："你爸一直没有回去过？"

"没有，就连他的照片我也从没见过……爸一直是我心中的谜。"

吃过饭，格桑带遥遥购买了一套简单的驴友装备，返回旅馆时，格桑说："你的行李够沉了，你体力不行，我得帮你找个背夫。"

墨脱驻八一镇办事处门前聚着不少揽活的背夫，格桑知道，为外来人背东西，这几乎是墨脱人唯一的经济来源。格桑和遥遥找几个背夫谈了谈，都不很满意，正要离开时，一个站在远处的当地小伙子迎了上来，爽朗地说：“就请我吧，我是墨脱人。”

格桑和遥遥感觉这小伙子不错，汉语也说得流利，就答应了。格桑问他叫什么名字，他说：“我叫果达。”格桑和遥遥一听这名字，都很意外，仔细一打听，他果真就是网上发帖救母的那个果达！

果达很快就知道眼前的两人就是要去看望自己母亲的网友，尤其是知道遥遥是位心脏病医生后，高兴得不得了，流着眼泪说：“太好了，我妈终于有救了！”

次日，三人出发了，一同上路的有十多个背着各种货物的背夫。中午到达客栈，安顿下来后，遥遥不解地问：“还早啊，怎么不走了呢？”

果达告诉她，下一程要翻越多雄拉雪山，但必须赶在中午十二点之前通过垭口，因为午后天气变幻莫测，常常会浓雾弥漫，风雪交加，极易发生危险，曾有两架“黑鹰”直升机就在雪山上空突遇风暴而坠毁，所以今天不能走，只有等明天清早了。

谁知就在这时，一个从墨脱过来的背夫急匆匆地来找果达，用当地的方言和他说了句什么，果达一听，脸色立时就变了。

格桑和遥遥上去询问，果达忧愁地说：“我妈心脏病突发，被人送进了医院，这次怕是不行了……”果达没有说下去，背过脸抹起了眼泪。

遥遥的心被揪紧了，从墨脱到这儿至少要 4 天，也就是说，拉姆送进医院少说也有 4 天了，如果再等 4 天，情况会怎样呢？想到这些，遥遥望了一眼格桑，格桑没说话，返身走进客栈，背起行装，系上绑腿，遥遥明白了他的意思，也开始做起出发的准备。

果达惊异地叫道：“不行的，现在过雪山太危险！”

格桑说：“不用担心，我有这方面经验，我们昼夜兼程，争取两天赶到！”

果达心头一热，说：“好吧，我们走！”

走过死亡之路

趁着天色还早，他们开始翻越多雄拉雪山。山下绿意盎然，山上却冰雪覆盖，刚才还是阳光灿烂，转瞬间却风起云涌，真是一山有四季，十里不同天。

果达提醒遥遥：“过雪山时别吱声，更不要大声说话，声音的震动随时会引发雪崩。”

遥遥听了，顿时感到后背凉飕飕的。

到了山腰，雪越来越深，有时一脚踩下去会没至大腿，每迈一步都很吃力，雪地里，骡马的尸骨随处可见，让人胆战心惊。

赶在天黑之前，三人终于到达山顶，格桑默立在山头上，突然神色庄重地说：“墨脱这块圣地，是我生命的摇篮，二十多年前，我父母就长眠在这座雪山上，可是我知道得太迟了。”

遥遥和果达不由一惊，侧目一看，只见格桑泪流满面，突然一头跪在雪地里，发出一声低咽：“爸，妈，我来了！”跪拜良久，然后缓缓站起身，恋恋不舍地走了。

下山途中，大家一直没有出声，每个人的心里都非常沉重，最后还是格桑打破了沉默，说起了二十多年前的一段往事：

格桑两岁时，他的父母亲带他离开墨脱，走到半路，遇上一位去拉萨朝圣的喇嘛，于是结伴而行。当他们翻越多雄拉雪山时，背篓里的孩子冻醒了，突然大声哭叫起来，几乎是在同时，只听“咔嚓”一声，距他们不远的雪层断裂了，缓缓出现了一条裂缝，接着，巨大的雪体开始往下滑动，速度越来越快，就在这一瞬间，格桑的父亲取下背篓，大喊一声，用力往走在前面的喇嘛抛去，紧接着，白色的雪龙奔涌而来，又以排山倒海之势呼啸而下……

喇嘛也被埋在了雪里，好在他所处位置不在雪崩的“重灾区”，只埋住了头部以下的身子，当他从雪地里爬出来时，一切已经归于平静，接着他又从雪地里扒出了背篓里的格桑，可格桑的父母却永远埋在了雪山深处……

格桑接着说道：“到了拉萨，那喇嘛给我取名格桑，把我送进了孤儿院，并把那个背篓和一件裹过我的女式氆氇长袍交给了孤儿院，这一切，都是孤儿院的老院长写信告诉我的。”

遥遥问道：“那件长袍你带来了吗？”

格桑说:“这是父母留给我唯一的礼物，我会一直把它带在身边的。”

天完全黑了，伸手不见五指，格桑的夜行灯和反光背心派上了用场，一路跋山涉水，午夜时分顺利到达拉格驿站，所谓驿站，不过是两间简陋得不能再简陋的木屋。距此不远有一瀑布，瀑布下有一块平地，三人决定在那里休息片刻，吃点东西。

休息时，遥遥突然问格桑：“那件长袍呢，可以让我看看吗？”

格桑答应了，他打开夜行灯，从包里拿出了那件长袍，那袍子做工非常讲究，式样也很有特点。遥遥看过后，久久没有吱声，好像陷入了沉思。格桑觉得有点不对劲，忙问：“你怎么了？”

遥遥醒过神来，说：“哦，没什么，走吧，该上路了。”

天明之后，他们好像进入了另外一个世界，昨夜还是茫茫雪山，现在却像走进了热带雨林。路旁古木参天，另一侧是万丈峡谷，每迈一步都提心吊胆的，再往前走，塌方区越来越多。过了一座山，前方突然没路了，山几乎垮了半边，刀削似的立在眼前，雨水冲过后，已经是黄泥裸露，果达看了看，说："只有滑下去了。"

遥遥往下一看，不禁心惊肉跳：泥山下面是密林覆盖的悬崖，崖底是雾气笼罩的雅鲁藏布江，一不小心就会跌进峡谷，葬身江中。

这时，只见果达把绑腿解下交给格桑，然后坐在泥坡上，"呼拉"一下就滑了下去，到了预定位置，突然一个急转弯，身子一翻就扑倒在泥坡上，成功了，如果再迟半刻，就会滑下悬崖。

格桑对遥遥说："轮到你了，把绑腿解下来。"说着他就解下自己的绑腿，然后把三根绑腿的绳子连在一起，绑在遥遥身上，说："我拽住绳子，你往下滑，果达会在下面接应你。"

遥遥开始下滑，格桑慢慢地放着手中的绳子，快要滑到坡底时，意外发生了：格桑脚下的土松动了，等格桑察觉时已经迟了，他连喊都来不及，身子就随着崩塌的泥土栽了下去，好在他身手敏捷，伸出双手死命地抠住泥土，总算在半坡上稳住了身子，而失去控制的遥遥却急遽地往下滑去，没等果达拽住她，就一头栽下了悬崖……

见遥遥遭遇不测，格桑悲痛不已，果达脸色煞白，突然"哇"的一声，跪在地上放声悲哭起来："遥遥姐姐……我妈正在等你呢……"两人正在悲伤，悬崖下突然传来隐约的呼救声，两人赶紧趴到悬崖边往下探望，终于发现一棵树在不住地晃动，估计遥遥在坠落中侥幸挂在了树上，如果不及时营救，随时都会掉入江中！

格桑忙着打开自己的登山包，拿出攀岩用的绳子、锁扣等，熟练地将绳子固定在悬崖边的一根大树上，为自己套上坐式安全带，又用锁扣将自己扣在绳子上，装上升降器，接着，他慢慢往下滑去，下降到那个位置时，终于看到遥遥卡在一个Y字型的树杈中间，双手死死地抓紧两侧背的树枝，衣服已经完全挂破，脸上也全是伤痕，鲜血正淌着，真是命悬一线啊！

格桑赶紧下降到遥遥的下侧位置，将自己固定在另一根树枝上，然后掏出随身带着的另一副坐式安全带，小心地扣在遥遥身上，又用8字锁扣把她和自己扣在一起，至此，他才长长地舒了一口气。

十多分钟后，两人攀上了悬崖，格桑赶紧给遥遥的伤口止血包扎，死里逃生的遥遥呆呆地坐了片刻，突然放声大哭起来……

菩萨派来的医生

遥遥全身多处划伤，双腿尤为严重，已经无法行走，再加上一路气候变化太大，她感冒了，开始咳嗽发烧，额头上冷汗直冒。格桑和果达轮流背着把遥遥送到了背崩乡的小镇上，这里是乡政府所在地，有几十户人家。三人来到一家小旅店，两天一夜没命地赶路，大家都很累，尤其遥遥伤成这样，果达心里很难受，他说："我们先在这睡会儿。"

不知睡了多久，遥遥一觉醒来，发现果达不在了，她赶紧叫醒格桑，格桑起身一看，果达的背夹也不见了，不用说，他悄悄走了，他在格桑的身边留下了一封信，上面写道："格桑哥哥，遥遥姐姐，你们太累了，我想让你们好好休息一个晚上，我先走了，到时我会想办法来接你们。放心，菩萨会保佑我妈妈的……"

看过这信，两人十分清楚果达的心思：其实，果达恨不得立即就把医生带到母亲身边去，可现在遥遥受伤了，他不得不出此下策，留下格桑照看遥遥，自己先走一步，不管母亲是死是活，他要赶回去先看一眼，然后再想办法把遥遥接过去。

遥遥对格桑说："他还没走多久，天黑路险，我想你还能追上他。"

格桑犹豫道："我也很担心，他那破手电肯定用不了多久，可你现在这样子，我怎么忍心丢下你？"

遥遥催促道："我就留在旅店里，没事的，怕的就是果达在路上出事，你快去追他吧！"

格桑背上行装，想走却挪不开脚步，他不忍心把又伤又病的遥遥一个人丢在这里，但在遥遥的再三催促下，格桑还是依依不舍地出了门。他一路上急步快行，四个小时后，仍然没有追上果达，快天亮时，格桑实在走不动了，不得不拄起了拐杖。沉重的行装，空空的肚腹，两天两夜的急走，他的身体已近虚脱，也就在这时，天渐渐亮了，晨雾中现出了一面耀眼的国旗，墨脱县城到了！县城很小，比不过内地的一个庄子，四周群山环抱，如同一座孤岛。

格桑到了医院，赶紧去找果达和他母亲，结果跑遍了所有病房，也没发现他们。这时医院还没上班，好不容易找到值班护士，她告诉格桑："拉姆刚刚出院。"

格桑觉得奇怪："怎么？她好了？"

护士摇摇头，说："她不行了，亲属抬她回去准备后事。"

格桑呆了半晌，突然问："往哪个方向去了？快告诉我！"

顺着护士指的方向，格桑在城外的一条山路上追上了他们，只见几个当地汉子抬着一副担架，正往远处的一栋木楼走去，但几个人中却不见果达，格桑跑上前去拦住了他们，问："果达呢？"

一个年轻小伙子说："他还没回来，我们等他已经六天了。"

格桑心里猛地一紧：果达是不是在路上出事了？

格桑低头看了看担架上的拉姆，她骨瘦如柴，却腹胀如鼓，而且重度昏迷，气息奄奄。一个小伙子告诉格桑，拉姆在医院已经住了六天，后来一直昏迷不醒，医院无法治疗。格桑不敢耽搁，费了好大的劲，才说动几个当地人把拉姆抬回医院。

回到医院，格桑直奔院长办公室，院长正专心地看着一本医学杂志，见突然闯进一个外地人，不由一愣："你找谁？"

格桑说："我找您，我想知道拉姆的病究竟是怎么回事？"

院长现出一脸的无奈："她是心脏病人，又突发肠梗阻，急需动手术，可是……我们这里的医疗条件差，水平也很落后，实在无能为力……怎么？她是不是死了？"

格桑走近一步，说："院长，她真的快死了，如果这里确实是没人给她动手术的话，那就让我来试试，行吗？"

院长吃惊不小："你？不会是在开玩笑吧？"

格桑早已看清了院长刚才读的是一本什么杂志，他一把拿过院长手中的杂志，指着目录说："您看过这篇文章吗？"

院长感到莫名其妙："看了，这年轻医生厉害，他 10 岁学医，16 岁就考上医学院，而且他还是位驴友，也是一个志愿者。"

格桑从口袋里掏出证件和一张名片，递给院长，院长接过来一看，顿时瞪大了眼睛："你就是安姆吉格桑？久仰！久仰！"说着，他伸出双手攥紧了格桑的手。

两人来不及叙谈，就立即着手准备手术，拉姆很快被送进了手术室……

墨脱这地方本来就很小，消息马上传遍了整个县城，不少人听说来了一位有名的北京医生，都跑到医院找格桑看病来了，有摔伤的背夫，也有顽疾缠身的患者。就在这时，几位大汗淋漓的背夫抬着一副担架急匆匆地闯进来，担架上躺的不是别人，正是果达！

原来，果达为了尽快赶到母亲身边，出小旅店后抄了一条近路，这也是最险的一条路。大约凌晨四点左右，他的手电不亮了，黑暗中，他一脚踩空，跌落在一条深沟里……巧在头一天，当地一位山民丢失了一头牛，早晨寻到深沟附近，意外发现了他，这才叫了几个人把他送到医院来了。

母亲的手术还没完，儿子又送进了医院，而且，果达一直处于昏迷中，经拍片检查，发现腹腔积血，脾脏破裂，急需手术摘除，格桑没说二话，立即手术。

两个手术下来，格桑再也坚持不住了，他赶紧躺在一张病床上，让护士给他输液，然后他就沉沉地睡了过去。格桑这一觉一直睡到第二天早晨，醒来时发现自己的精神好多了。这时，院长匆匆进来告诉他，拉姆醒来后情绪很不稳定，一直念叨儿子的名字，把导流管也拔了。格桑听了，急忙往病房走去，还没到门口，就听到拉姆的叫声："护士，求你们了，帮我把儿子找回来！"

格桑非常惊奇，一个当地的女人能说如此流利的汉语，实属罕见，就在格桑渐渐走近病房时，他又听见拉姆惊喜地叫道："果达来了？是果达吗？妈能听出你的脚步声！"

格桑的心猛然一震，脚步不由有些迟疑，他怕自己进去后会让这位母亲失望，但他必须进去，诊视病人是医生的职责啊！可意外的是，当他出现在拉姆面前时，她的眼睛顿时一亮，竟神采奕奕了："你就是北京来的那位医生？是你救了我的命？你是菩萨派来的吗？"

格桑说，他是果达请来的，拉姆哭了："我知道，这些年他做背夫，就是为了请回能为我治病的医生，有这么个好儿子，我知足了。"接着，拉姆问果达在哪里，格桑不能把果达受伤的事说出来，于是就掩饰说果达帮他到拉萨取药品去了，听格桑这么一说，拉姆平静了好多，格桑便乘机劝说她插上了导流管。

接着，格桑又去看果达。果达早醒了，静静地躺在床上，几位来探望他的背夫正跟他说着话，当果达一眼看到格桑时，顿时泪如泉涌，显然，他已经知道是格桑动手术救了他。

格桑坐到了果达床边，安慰了几句，果达的泪水再次涌了出来，沉默片刻，他突然问道："遥遥姐姐呢？"

格桑说："我明天就去接她。"

果达忙说："不，我现在就派人去。"说着，果达吩咐身旁的几位背夫，用担架把遥遥从背崩乡接来。

果然，傍晚时分，遥遥被送到了医院，也住进了病房……

氆氇长袍不见了

接下来的几天里，格桑可忙坏了，来找他看病的人一个接一个，为此，院长特意给他安排了一个房间，与遥遥的病房只隔一条过道。

这天，格桑的房间里突然来了一位客人，是位七十来岁的喇嘛，格桑以为他是来看病的，忙说："您坐。"

喇嘛仿佛没有听见，只是久久地盯着格桑，他突然问道："你叫安姆吉格桑？"

格桑点点头，喇嘛又问："你是在拉萨孤儿院长大的那个格桑吗？"

格桑听了这话，略一愣怔，他久久地打量着眼前这位慈眉善目的喇嘛，喇嘛的眼里涌动着泪水，嘴唇颤抖着，想说什么，却一时又什么都说不出来。格桑明白了，他突然“扑通”一声跪在了喇嘛脚前，还没说话，泪水就扑簌簌地往下淌：“格桑谢您救命之恩！”

是的，正是眼前这位喇嘛，当年在雪崩时救了襁褓中的格桑！喇嘛早已是泪水涟连，他赶紧扶起格桑，感慨道：“孩子，我是特意赶来看你的。这几天老听人说，北京来了一位医生，二十五六岁，名叫格桑。我当时就想，不会是你吧？没想到果真是你！你有出息了，你终于回来了，我高兴呀，我替墨脱人高兴！如果那对死于雪山的夫妻在天有灵，他们也会感到高兴！如果你父母在世，他们知道了会更高兴。”

格桑瞪大了眼睛：“您说什么？我父母？我父母不是死于雪山上的那对夫妻吗？”

喇嘛说：“那是一对好心的汉人夫妻，他们来墨脱做生意，收养了你。”

格桑急切地问道：“那我的亲生父母又是谁呢？”

喇嘛摇摇头：“我也不知道。过雪山那天，那一对汉人夫妻正在山下给你喂吃的，我看你一副当地人的打扮，外边还裹着一件氆氇长袍，觉得奇怪，按理说，这对汉人夫妻是不会用这种长袍的，当时我就对你的身世产生了怀疑。那对夫妻察觉了我的心思，就把你的情况简单跟我说了，至于你父母是谁，他们都没说。”

格桑听了，愣愣地望着窗外，他想到了来墨脱前一直做的那个怪梦，想到了在梦中四处寻找黑山的情景，同时也想到了随身携带的那件氆氇长袍。和那位喇嘛分手后，格桑就把那件女式氆氇长袍挂在了房间的墙壁上，因为那种长袍一般都是自制的，他希望来这里看病的人中有人能够认出来，以此找到父母。

没想到很快就有人对这件长袍发生了兴趣，他是墨脱的一位老裁缝，同时也做氆氇面料生意。这天，他来找格桑看病，一进门就看到了那件长袍，仔细看过后，他对格桑说："这长袍不是你的。"

他说话的语气相当肯定，格桑好不惊喜，忙问："您认识这件长袍？"

老裁缝说："当然认识，它是我亲手缝制的。"

接着，老裁缝介绍道：氆氇面料等级较多，最为上等的精品叫"噶秧"，以前只做贡品，是用羊脖子和羊肚子边上的绒毛编织出来的，格外精细柔软，一件做工精细的"噶秧"氆氇长袍完全可以用上一辈子。能用"噶秧"这种上等面料的人，以前在墨脱非常少，他们一般都不自己缝制，而是交给手艺精湛的裁缝。裁缝也有个老规矩，凡缝这种面料，都会格外认真，并在每一件上做一个只有自己认识的特殊记号。

老裁缝接着说："二十多年前，一个本地姑娘和一个穿着军服的汉族小伙来到我的裁缝店，选用这种面料缝制了两件长袍，他们说是结婚用的。这件事给我印象特别深，因为我从没给汉人做过这种衣服，你现在挂出来的就是他们做的其中一件。"

格桑急着问："您能帮我找到他们吗？"

老裁缝摇摇头："我只见过他们两次。"格桑的心一下又凉了。

遥遥知道这事后，把格桑叫了过去，指着床边的行李箱说："格桑，麻烦你帮我把箱子打开。"

箱子打开后，格桑不由一惊：最上面竟放着一件折叠整齐的氆氇长袍！与格桑那件相比，质地和成色完全一样，做工好像出自一人之手，唯一不同的是遥遥这件是男式的，难怪遥遥在雪山下看过他的那件长袍后会发呆了，这时，格桑禁不住疑惑地问道："这件是谁给你的？"

遥遥说："临来墨脱之前，我妈给我拿出了这件衣服，她要我带上它，说是到了墨脱后兴许有用。"

遥遥接着又说："我现在就想弄明白，我这件与你那件是不是出自一人之手。”

当天，格桑就拿着遥遥的这件长袍去找老裁缝，老裁缝接过一看，说：“没错，就是这件！”

格桑赶紧把这消息告诉了遥遥，两人越想越觉得奇怪。格桑走后，遥遥就给远在成都的母亲打了个电话，把两件长袍的事告诉给了母亲。

电话那头的母亲沉默片刻后说：“遥遥，你不是孩子了，妈不想再瞒你了，其实你爸爸早就不在人世了，我也不是你亲生的母亲。我让你带上那件长袍到墨脱，就是希望你能找到亲生的娘！”

遥遥一下就呆住了，在母亲的陈述中，她知道了这样一个事实：二十多年前，父亲李帆带她到拉萨治病，治病期间，李帆外出办事，不幸死于车祸。病愈后的遥遥成了一个无家可归的孩子，于是就由一位女医生收养，这位医生因为没有生育能力，与丈夫离婚后，带着遥遥离开拉萨，到了老家成都，这位医生就是现在的养母。

放下电话，遥遥想：亲生母亲会是谁呢？为了弄清这一点，她让格桑把自己的这件氆氇长袍也挂了出来。

这天，格桑为果达的手术伤口拆线后，果达说：“我想去看看妈妈。”格桑同意了，但他特意交代别说动手术的事，遥遥也嚷着要去，她的腿伤已经好多了，可以下地走路。到了那边病房，几个陌路人，相见分外亲，拉姆知道遥遥也是来给自己看病的医生后，拉着她的手，激动得说不出话来。

三人从病房出来，去餐馆里吃了顿饭，等回到医院时，突然发现两件长袍都不见了，有位护士告诉他们，刚才医院里来了个流浪汉，会不会是他拿走了？三人赶紧分头寻找，最终却毫无结果。

以后几天，格桑和遥遥都很沮丧：氆氇长袍还能找回来吗？

儿女是娘心头的肉

拉姆的身体恢复得出奇得快，差不多痊愈了。这天早上，格桑和遥遥一同去病房看拉姆，还没进门，就听见拉姆和果达说话的声音:“果达，你去看看小黑山，我这几天老担心它……”

格桑这一惊非同小可，他想到了梦中的黑山，但他没有出声。从病房出来时，格桑把果达叫了出来，在僻静处问道:“告诉我，小黑山是谁？”

果达说：“我家那条藏獒叫小黑山。”格桑一听就傻了眼，沮丧再次涌上心头……

中午时分，果达回家去看小黑山，不料却在小黑山的窝边意外发现了失踪的两件长袍，而且还好好的，一点也没撕坏，果达十分奇怪，在寨子里一打听，才知道果然是那个流浪汉顺手牵羊从医院拿来的，准备拿回来晚上当睡袋用，没想到经过一个寨子时，一条藏獒蹿了上来，咬住那个装有长袍的袋子死死不放，这条藏獒就是小黑山。

格桑和遥遥一听长袍找着了，高兴得不得了，异口同声地问：“长袍呢？”

果达说：“在病房里，我妈正在看呢。”

三人急匆匆地来到拉姆病房，却发现人去屋空，三人都觉得奇怪，找遍医院，也不见拉姆的踪影。果达想了想，说：“是不是回家了？”

出县城不远有一个寨子，寨子东头有一栋木屋，那就是拉姆的家。

一行三人快到家门口时，一只威猛的藏獒叫着迎了出来，遥遥吓坏了，赶紧躲到格桑身后，格桑知道藏獒的厉害，急忙上前护住遥遥，果达想喝住那藏獒，可小黑山不理他，围着格桑和遥遥打起转来，这嗅嗅，那闻闻，最后亲热地摇起了尾巴。

就在这时，拉姆出现了，她从木屋里走了出来，手中拿着两件氆氇长袍，她看着小黑山在格桑、遥遥两人面前亲昵的样子，突然间泪水簌簌地流了下来……

遥遥一时没有反应过来，呆呆地望着格桑，格桑也格外惊奇，突然间，他想到了老早读过的一篇论文，其中说到狗的嗅觉，说是狗能识别整个家庭成员的气味，哪怕是未曾谋面的家人，难道……

大家坐在木楼前的场坪上，果达给格桑和遥遥每人都上了一碗自酿的酒。

拉姆说话了："我从医院悄悄回来，就是为了看到刚才的那一幕，要不是小黑山，我真不敢相信这一切是真的。是它找回了丢失的长袍，是它帮我认出了长大的孩子！"

三个孩子似乎明白了什么，心情变得紧张起来。

拉姆抚摸着手中的两件长袍，缓缓说道："这是我们结婚时穿过的长袍，和我结婚的是一个汉族退伍军人，陕西人，叫李帆，他对我特别好，管我叫阿妹，还教我学汉语。后来我们生下了一对双胞胎，大的是儿子，叫黑山；小的是女儿，叫白玛。"

格桑的脑子里蓦地一闪，封存已久的一道记忆闸门终于打开——没错，黑山是我乳名！他终于明白自己为什么会做那个稀奇古怪的梦了，这听起来有点荒诞，可现实却如此的神奇，这一刻，他激动得差点要哭了。

拉姆继续说道："白玛身体没有黑山好，五个月大时，她患上重病，要到山外的大医院救治。当时已经到了10月底，过了开山期，出山非常危险，但父女两人还是出山了。走的时候，女儿身上裹着他父亲的氆氇长袍。我把他们送到山口，说：'等到明年开山了，我就在这山口等你们！'"

遥遥异常惊喜，原来眼前的拉姆就是自己的亲娘！她想扑进娘怀里，痛痛快快哭一回，她想告诉娘，爸爸永远回不来了……可她不敢说，她知道，对于一个心脏病人，任何大喜大悲都会要命的。

拉姆平静地说道：“送走父女两人没多久，我又发现自己怀上了小果达。第二年7月，开山了，果达出生了，黑山也快两岁了，可父女两人却没有回来。也就是从那时起，我每天晚上都会做噩梦，不是梦见父女俩摔下悬崖，就是梦见他俩埋在了雪山，日思夜想，结果就患上了心脏病，一夜夜地睡不着，一天天地吃不下……”

听到这儿，果达开始抽泣起来，遥遥早已哭成了一个泪人，她怕控制不住自己，牢牢攥住了格桑的手。

拉姆没有哭，她把目光投向格桑，继续说道：“后来墨脱县城来了一对做生意的山西人，夫妻俩对我特别好，总是暗中帮助我，经常给俩孩子买吃的。有一天，这对夫妇要走了，我主动找到他们，让他们把黑山带到山外去，让孩子在外边好好读书，长大之后再回到墨脱。两口子非常乐意，走的时候，我怕孩子路上受冻，便从箱底拿出自己的氆氇长袍裹在他身上。当时黑山才两岁，好像知道要离开我，不停地哭，我也哭，我说：‘孩子，别怪娘心狠，娘只想让你出去好好读书，长大了做个好医生，回来替妈看病，替墨脱人看病……’”

格桑的泪水终于一涌而出，他知道这一对山西人，就是当年葬身雪山的夫妻了！他想号啕大哭，他想跪在娘身边，开口叫一声“娘”，他想告诉娘，自己将留在墨脱，永远不走了……

此时的拉姆也是泪水涟涟了，但她说话的神情仍然很平静，她仍然缓缓地说着：“孩子是娘心头上的肉，不管他们走多远，不管他们长多高，做娘的都能感觉到。就在我被人送进医院的前一天，我的心开始怦怦乱跳，我突然有种感觉，我的孩子们要回来了！也就在那天晚上，我梦见了丈夫，他就站在我跟前，又好像离我很遥远，他说：‘阿妹，对不起，我不能回来了，但孩子们很快就要回到你身边了！’当我从梦中惊醒时，才发现自己已经躺在医院的病床上……我以为这只是一场梦，没想到今天我的孩子们真的都回来了……二十多年了，我的心从来没有像今天这样踏实过！治好娘的病，只有儿女的心……”

话没落音，只听一声“娘”，三个孩子齐刷刷地跪在拉姆跟前……

（许申高）

（题图：杨宏富）

诺言·痴情

nuoyan chiqing

痴情，足以让世人唏嘘不已，为之动容。

遗嘱

爹得了绝症，眼看快不行了，他最挂心的就是我的老娘。趁还有力气说话，爹就借故支开老娘，将我和爱人叫到床前，轻声说道：“娃们，你娘就交给你们了，你娘跟着我没享过什么福，爹死后，你们可要好好待你娘！”

我们一听，都流着泪说：“爹，您放心吧，我们一定将娘伺候得周周到到的。”

爹满意地点点头，又吩咐道：“娃们，爹写了份遗嘱，以后要按遗嘱上写的办！”

我们又齐声答应了。没多久，爹就故世了。

爹的葬礼很隆重，上年纪的村里人都觉得爹这辈子没白活，老夫妻俩一辈子恩恩爱爱，儿子媳妇又都孝顺，人活到这份上，值得！

丧事料理完，我就找出了爹立的那份遗嘱。我心里很纳闷：家中一切都很美满，不明白爹还有啥要交代？不过，爹既然立了遗嘱，我还是决定要照着办。于是这天午后，趁娘还在睡觉，我和爱人就打开了爹立的遗嘱。

遗嘱是这样写的：

娃们，爹有一事相求。这事关系到你们娘。你们不知道，你们娘最爱吃放醋的菜，可是几十年来，她炒菜却从不放醋，因为爹不喜欢菜里放醋。你们娘为了我，几十年来未吃过放醋的菜了，所以，爹求你们以后炒菜时，都放些醋吧。这样，就算是代爹给你们娘一点补偿吧！

我和爱人看完遗嘱，心里有说不出的沉重，爹娘之间的那份深情，那份关爱，虽然朴素，却是那么动人！

当天晚饭时，爱人做了一大桌丰盛的菜，自然，每个菜都放了点醋。一家子坐到桌前，娘忽然对我说："去，给你们爹安个位子！"

我赶忙起身，搬来凳子，拿过碗筷，还在桌上放只杯子，倒了一杯酒。接着，我和爱人都争着给娘夹菜，谁知娘用筷尝了一口，接着又尝了几口，眉头深深地打了个结。我心里"咯噔"了一下，正要说什么，就见娘的泪水流了下来。

片刻，娘放下筷子，说："你们不知道你们爹不喜欢吃放醋的菜吗？怎么他人刚走，每个菜都放了醋，叫他咋吃？"

我和爱人看着娘，泪水也跟着流了下来……

（刘　膺）

（题图：黄全昌）

吹口哨的女人

伦敦有一个名叫克鲁斯的小伙子，爱上了漂亮姑娘安娜，可是因为家里穷，不能像有钱人那样，给心爱的姑娘送这送那的，于是他采取了一种独特的求爱方式，每天在安娜经过的路口等着，只要安娜一出现，他就跟在她身后，吹口哨给她听。

克鲁斯每天都吹着同一支曲子，那声音婉转优美，悦耳动听，安娜以前从来没有听到过，有一次她忍不住问起，克鲁斯就告诉她，这是自己编的曲，曲名叫《等着你，宝贝》。

安娜每天都听这支《等着你，宝贝》，听着听着，就渐渐喜欢上了，克鲁斯用美妙的口哨声打动了安娜的芳心，两人相爱了，而且不知不觉中，安娜也学会了吹这支曲子。

不久“二战”爆发，克鲁斯应征入伍，上了前线。安娜日夜思念着心上人，每天都上教堂祈祷，求上帝保佑克鲁斯平安回来。可半年后传来了坏消息：克鲁斯所在的部队打了败仗，几乎全军覆没，克鲁斯在战场上失踪了，生死未卜。

安娜承受不了这样的打击，病倒了。住院期间，有位名叫爱丽丝的年轻护士对她悉心照顾，于是安娜就将自己与克鲁斯的爱情故事讲给爱丽丝听，还每天吹《等着你，宝贝》的口哨，仿佛克鲁斯能听到似的，慢慢地，就连爱丽丝都学会了。

安娜出院后，每天吹着这支《等着你，宝贝》的口哨，到军人出没的车站码头或者酒吧去寻找克鲁斯，她相信她的克鲁斯不会死，只要一听到这熟悉的口哨声，就会来到自己身边，可遗憾的是，克鲁斯一直杳无音讯。

这天，下着倾盆大雨，天地间灰蒙蒙一片，安娜正走在大街上，突然看到前面有一个熟悉的背影。是克鲁斯？安娜激动得全身的血液都往头上涌。可克鲁斯为什么不来找自己呢？再细细一瞧，克鲁斯的两只袖筒空空荡荡的，她顿时明白了，心上人是因为没了胳膊，怕拖累自己，才故意躲起来。

顿时，泪水模糊了安娜的眼睛：“克鲁斯！亲爱的！”安娜充满深情地狂喊起来，不顾一切地追了上去，可偏偏这时候，一辆卡车从安娜跟前急驰而过，将她撞翻在地。

安娜被送进了医院，终因伤势太重不治而亡。临终前，安娜才知道，她那天追的那个男人，其实并不是她心爱的克鲁斯。安娜求赶来看望她的爱丽丝，一定要帮她找到克鲁斯，并告诉他：今生今世做不成他的新娘，下辈子也一定要嫁给他。

不久，士兵们出没的场所又出现了一个吹口哨的女人，她就是爱丽丝。

这天，有位过路的军官听到爱丽丝的口哨声，惊讶地问她："你吹的是不是《等着你，宝贝》？"

爱丽丝眼睛一亮："没错，您以前听到过？"

"是的。"军官告诉爱丽丝，他指挥的部队在一次战役中救了几名被德国人围困的英军士兵，其中有一名下士叫克鲁斯，后来加入到他的部队作战。战斗间隙，他曾经听克鲁斯吹过这支曲子，因为喜欢，所以印象特别深。

爱丽丝激动得跳了起来："那后来呢？"

军官说："后来由于仗打得非常激烈，部队被打散，我自己也被打昏过去，醒来时已经在战地医院里了，从此就再也没有了关于克鲁斯的任何消息……"

爱丽丝显得格外沮丧，难道克鲁斯已经不在这个世界上了？几个月后，爱丽丝所在的医院要抽调一部分医务人员上前线，爱丽丝头一个报了名，她希望能找到克鲁斯，完成安娜的遗愿。很快，爱丽丝就如愿以偿地来到前线战地医院，她一面投入紧张的救治伤员的工作，一面抓紧每一个机会向那些伤病员打听克鲁斯的下落，还深情地向他们吹起《等着你，宝贝》的口哨。

一天，医院里送来一名头部严重受伤、一直昏迷不醒的上士。据送他来的士兵讲，这个上士是他们在回队路上偶然发现的，很有可能是从德国战俘营里逃出来的，但目前无法进一步提供他的真实姓名以及其他情况。因此，医院特意指派爱丽丝对他加强看护。

几天后，上士在爱丽丝的悉心照料下终于苏醒过来，但他的情绪却十分低落，加上受伤的眼睛一时无法治愈，整天被厚厚的纱布蒙着，看不到眼前的一切，所以他动不动就发脾气找碴儿，甚至还拒绝医院对他的治疗，爱丽丝想尽办法劝他，也无济于事。

但奇怪的是，这一天当上士听到爱丽丝吹出《等着你，宝贝》的口哨时，身子突然像被子弹击中一样，一动不动，失声问道："安娜？你是安娜吗？"

爱丽丝一听他喊出"安娜"，禁不住愣住了，难道这个人就是安娜当时日思夜想的克鲁斯？她激动不已，流着泪扑上去，紧紧抱住他，哽咽着喊道："克鲁斯，是你吗？真的是你吗？终于找到你了！安娜……"这"安娜"两个字刚出口，爱丽丝就突然打住：此时此刻，如果把安娜已死的消息如实告知，克鲁斯能接受得了吗？

不行！一个念头在爱丽丝的脑海里闪过：反正现在克鲁斯的眼睛看不见，先瞒住他再说。于是她紧紧抱住克鲁斯，喊道："克鲁斯，亲爱的，我就是安娜啊！"

克鲁斯显得非常激动，情不自禁地和爱丽丝一起吹起了熟悉的《等着你，宝贝》的口哨来。顿时，优美的口哨声在偌大的病房里回荡起来，几乎所有的人都屏息静听，这一刻，大家几乎都忘记了该死的战争，心中充满了对温馨浪漫的幸福生活的向往。

爱情的力量是巨大的，爱丽丝充当安娜的意外出现，促使克鲁斯从此一直很努力地积极配合医院的治疗，所以他的伤势好得很快。眼看克鲁斯受伤的眼睛马上就可以重见光明了，爱丽丝不由担心起来：克鲁斯深爱着安娜，如果当他突然发现站在面前的女人不是自己心上人时，他的精神会不会崩溃？该怎么对克鲁斯说出这一切呢？

爱丽丝悄悄找院长说出了事情的真相，她实在不愿意看到刚刚伤愈的克鲁斯马上再遭受更严重的精神创伤，她想让时间来帮助克鲁斯慢慢抚平这一切。爱丽丝和院长商量后决定，在克鲁斯眼睛纱布还没揭开之前，把她调往别的医院工作，离开克鲁斯。

爱丽丝来到病房，故作平静地对克鲁斯说："亲爱的，我要调动工作了，等战争结束，咱俩回到伦敦再见吧！"

克鲁斯显得出乎意料的冷静，他紧紧抓住爱丽丝的手，深情地说："安娜，请你记住，无论活着还是死去，克鲁斯的心永远和你在一起。"

听着这席话，爱丽丝泪如雨下，她克制住自己的情绪，又一次和克鲁斯一起吹起了《等着你，宝贝》的口哨，婉转美妙的曲调再一次在医院的上空回荡，歌声荡涤着人们心中战争的阴霾，大家看到的是一片和平安宁的曙光……

战争终于结束了，爱丽丝回到了伦敦。她回来要做的第一件事，就是去安娜坟前，告诉九泉之下的安娜：克鲁斯还活着。另外，爱丽丝还要鼓起勇气说出自己的心愿，那就是：她愿意代替安娜，去陪伴克鲁斯度过一生。

当爱丽丝在安娜墓前喃喃说着这一切的时候，一位英俊潇洒的英军少尉出现在她的身后。少尉凝视着爱丽丝的背影，突然吹起了《等着你，宝贝》的口哨。

爱丽丝心里猛地一动，回过头来，奇怪地问："请问你是谁？你认识安娜小姐？"

少尉摇摇头："不，我不认识安娜小姐，但是，爱丽丝小姐，我认识你。你还记不记得当年战地医院里那个受重伤的上士？就是我啊！"

爱丽丝惊呆了。原来这名少尉叫易康迪，战争期间曾被德国人俘虏，后来在战俘营结识了同样被俘的克鲁斯，两人成了知心朋友。克鲁斯向他讲述了与安娜的爱情,并教他吹口哨。他俩每天都吹那支《等着你，宝贝》来打发时间。

后来，他俩和其他战俘一起越狱突围，克鲁斯为掩护易康迪不幸中弹身亡。身负重伤的易康迪获救被送进医院，当爱丽丝吹起熟悉的口哨时，易康迪以为她就是安娜，但他同样不忍心说出克鲁斯已经牺牲的真相，便也充当起克鲁斯来，打算等出院的时候，再将一切和盘托出。所以后来当他请求院长将真相转告安娜时，院长说出的爱丽丝所做的一切更让他震惊不已，他被爱丽丝那颗善良的心深深地打动了，并发誓等战争一结束，就立即去寻找爱丽丝，向她表达自己的爱慕之情。

易康迪缓缓诉说着这一切，爱丽丝早已泪流满面。两颗真挚善良的心，此刻紧紧贴在了一起……

（徐　彦）

（题图：佐　夫）

一百亿分之一

爱琳和劳尔斯结婚不到一年，却整天吵得没完没了，吵完了很快和好，和好了又很快再吵。这天，为一点鸡毛蒜皮的小事，两人又大吵起来，而且战火越烧越旺，谁也不让步，最后爱琳尖叫：“咱们去离婚！”

劳尔斯也大叫：“谁怕谁，不敢去的是胆小鬼。”

两人气冲冲地找到一家律师事务所，没想到那里的律师竟然是两人的老同学戴尔。戴尔听完两人的离婚理由，哭笑不得：“就为这点小事离婚，太不值得了吧？”

爱琳一边哭，一边痛诉劳尔斯伤了她的心。劳尔斯则铁青着脸，不停地抽烟，不时大吼一声：“难道都是我的错吗？”

戴尔劝他们互相忍让，最后他说：“你们其实还是爱着对方的，如果为一点小事就要离婚，那也太幼稚了。”他告诉两人，在他的老家圣路易斯，有一对老夫妻，结婚都七十年了，还十分恩爱呢。

“七十年？”爱琳和劳尔斯瞪大了眼，半信半疑。戴尔说，既然他们不相信，不妨亲自去拜访这对老夫妻，向人家学学相处之道。

几天后，戴尔带着小两口找到了那对夫妻，丈夫乔治都九十多岁了，身体还十分硬朗，三人去时，他正在给身患眼疾的妻子修剪趾甲，而妻子则满脸甜蜜地抚摸着丈夫花白稀疏的头发。听完三人的来意，老乔治忍不住呵呵笑起来："这世界上哪有不吵架的夫妻啊，实话告诉你们，当年我们还曾经吵得几乎要离婚呢。"

爱琳和劳尔斯忍不住问，是什么使他们最终没有分开呢？老乔治回忆，当时那场架吵得真凶，最后几乎要离婚了，只是在女儿的抚养权上存在着分歧，两人都想争夺女儿。就在这时，乔治无意中摸到了裤袋里的一枚硬币，一刹那，他想出了一个主意。他告诉妻子："这枚硬币是我的老师博拉送给我的，它有一种奇特的能力，能预测人的祸福生死，我们不妨掷一次硬币，若是正面，女儿归我，反面就归你。"

妻子同意了，两人就来到十字架前，让上帝作证，之后把硬币抛到了半空，没想到硬币掉到桌子上，蹦了几下，最后竟然直立在桌子上，既不是正面，也不是反面。两人傻了眼。

老乔治说："我们当时以为是上帝的意思，不让我们离婚。而且说实话，我们心里还爱着对方，因此我们就和好了。"

劳尔斯是学数学的，他感叹说："这真是一个奇迹！要知道，一枚硬币掉在地面上后直立的几率是非常小的。比方说，世界上有五十亿人，每人掷两次硬币，其中只有一次硬币是直立的，这个概率只有一百亿分之一啊！"

老乔治点头："不错，可你们知道吗？那枚硬币还曾经直立过一次，也是我掷的，那一次拯救的不是婚姻，而是无数条人命呢。"

老乔治讲了一件往事：他的家乡在中美洲加勒比海地区，那里有两个毗邻的小国，老乔治的家正好在边境线上，因此他有两个国家的国籍。那年，两个国家发生了战争，一时炮火纷飞，尸横遍野。仗打了好几年，两个国家都厌倦了，但是由于面子问题，谁都不好意思率先让步，提出和解。就在这时，一个叫博拉的老师，向两国政府提议，找一个天真无邪的孩子，让他掷一次硬币，一国代表正面，另一国代表反面，那枚硬币掷出哪一面，哪个国家就先让步。

博拉的意见被采纳了，但是双方谁都不相信对方找来的掷硬币的人，为了公平，最后找到了有两个国籍的乔治。当时乔治只有十岁，他把硬币抛出去后，硬币"骨碌骨碌"转了半天，怎么都不停下。两国的外交官都很紧张，因为谁都不愿意首先让步，那样太没面子了。没想到，硬币停下后，竟然是直立的。两国外交官面面相觑，最后经过协商，两国决定同时让步，在同一时间一起发布了和解声明。

"你们知道吗？当时如果硬币倒了，不论谁输，那场战争都不可能圆满结束。后来，为了表彰我在这次事件中的贡献，博拉老师建议，把硬币送给我作永久的纪念。"老乔治说着，从阁楼上取来一个箱子，从里面拿出了一枚亮闪闪的硬币，"上帝是公平的，这枚硬币送给你们，这里面就有夫妻相处的秘诀，还要靠你们自己领悟。"说完，他把这枚珍贵的硬币送给了爱琳和劳尔斯。

回到家，爱琳和劳尔斯沉默了许久，最后劳尔斯说："这样吧，我们也来掷一次硬币，正面我们就离婚，反面就不离，让命运来决定。"爱琳犹豫了一下，只得同意了。

劳尔斯深吸一口气，轻轻把硬币抛在了半空，硬币在空中划了个漂亮的弧线，掉在桌子上：是反面！劳尔斯无奈地耸耸肩，做了个滑稽的表情："看来上帝也不希望我们分开。"

之后，凡是两人吵架，劳尔斯都会拿出硬币，反面，代表劳尔斯错了，必须向爱琳道歉；正面则代表爱琳错了，要向劳尔斯道歉。可不知是什么原因，那枚神奇的硬币每次掷出的都是反面，结果每次都是劳尔斯道歉。爱琳得意地说："看到了吧？连上帝都站在我这边。"

一晃数十年过去了，两人都已经是白发老人，由于有了硬币的裁决，几十年中他们很少再发生争吵，到后来，连用硬币的机会也越来越少了。

那天，是两人的结婚纪念日，孩子们齐聚一堂，爱琳得意地跟他们聊起硬币的事，孩子们都觉得不可思议：一连几十年掷的都是反面，这个概率已经超过了一百亿分之一的直立率。爱琳心里其实也很疑惑：那枚硬币实在过于神奇了！于是她又一次翻出了那枚许久没用的硬币。这时，小孙子正在边上玩一块磁铁，那枚铜锌合金的硬币一碰到磁铁，竟然"扑棱"一下子翻到反面。

大家都呆了！原来几十年一成不变的反面，就是因为藏进硬币里的磁铁。爱琳什么都清楚了，她握着劳尔斯的手，眼里泪光闪动，她其实早应该明白，几十年来她无数次的胜利，都是丈夫在对她故意忍让啊！

劳尔斯无限爱怜地对妻子说："我们当初向老乔治告别时，他就悄悄告诉我，为了结束战争，博拉老师早就在那枚硬币里动了手脚，熔入了可以使硬币直立的磁粉，只要把隐藏的磁铁悄悄变换位置，就可以控制硬币直立或者翻向任何一面。他说，世上没有无缘无故的奇迹，奇迹都是人创造的，如果你心里还爱着你的妻子，你就会轻易掷出那一百亿分之一的奇迹。"

（于　强）

（题图：安玉民 梁　丽）

把头发烧成灰

长不出头发

孙三是个秃子，长得要多难看就有多难看。他先前是乡下的一个穷木匠，后来有了点积蓄，进省城开了一家具店，经过几年打拼，孙三的生意越做越大，成了腰缠万贯的大老板。

有了钱，孙三就开始花花肠子了，他嫌自己共过患难的老婆太落伍，想着法子把她赶回了乡下老家，然后找了一个刚刚大学毕业的女孩子做情人。

女孩子长得水灵灵的，孙三特喜欢她，对她百依百顺，大把大把的钞票任她花。女孩子很满意孙三的阔绰和大方，说是愿意死心塌地跟着他，只不过，孙三得先治好他那油光闪闪、活像一颗大肉丸的秃头，秃头长出黑发来的那天，她就做孙三的新娘。

孙三于是到处寻医问药，治疗他的秃头。别看秃头算不了什么大病，真要治起来可不容易。孙三跑了好多医院，吃了好多药，他的秃头就是不长头发，烦得他要命。孙三跟他的小情人商量，问戴个发套行不行？小情人一口否定了，说非要孙三的脑袋自己长出头发来不可。孙三为难了，就放出风声来，说谁要是帮他找到治疗秃头的方法，一定有重赏。

这天，孙三正坐在经理室捧着秃头发愣时，在他的家具城打工的一个叫阿狗的小伙子喜滋滋地跑了进来，对孙三说他打听到了一个治疗秃头的秘方。孙三一听，高兴得从椅子上蹦了起来，忙问那秘方的具体内容，阿狗却摇着头说："那秘方具体是什么我也搞不清楚。"

孙三火了，说："你小子卖什么关子？说出那秘方来我赏你一万块！"

阿狗老实说："我真的不知道那秘方，不过我可以找到拥有那个秘方的人。"

出了件怪事

阿狗说，在他乡下的村子里，最近出了一件怪事儿：一个七十岁的老头，好多年脑袋光秃秃的没一根头发，不料有一天头上突然长出了又黑又浓的头发，村子里的人大为惊奇，阿狗说那老头一定有治疗秃顶的秘方，找到他就能知道秘方的具体内容。

孙三听了，当即由阿狗带路，日夜兼程，往阿狗的村子里赶去。到了阿狗的村子，天快黑了，二人来到老头家，可是，那老头没在家，老头的儿子说他父亲不在家，住在山上，黑灯瞎火的不好上山去找。

阿狗说了老头秃顶长黑发的事，然后对老头的儿子说："你能把你父亲治疗秃顶的秘方告诉我们吗？"

孙三在一旁拍着鼓鼓的腰包，指着自己的秃顶说："你父亲的秘方只要能把我的秃顶治好，你想要多少钱我就给多少。"

老头的儿子一听，哈哈大笑起来说："那算什么秘方呀，我不要你们一分钱就告诉你们吧！"

老头的儿子说，他父亲根本就没有什么治疗秃头的秘方，他只是用头发烧成的灰泡茶喝，他的头顶上就长出头发来了。

孙三听了，心里开始琢磨着：人们不是常说吃什么补什么吗？我现在脑袋上没头发了，怎么就没想到像那老头一样把头发烧成了灰泡茶喝呢？

孙三和阿狗回城之后，孙三就吩咐阿狗到理发店买了一大堆头发，再把头发烧成了灰，储存在一个茶叶罐里。

从此以后，孙三喝茶的时候就在茶杯里放一撮灰。孙三是早一杯，晚一杯，不分白天晚上，都捧着一个大茶杯，大口大口喝着杯子里黑乎乎的茶水。

孙三喝呀喝，一个月过去了，满满一罐头发灰都被孙三喝进了肚子里，可他一摸脑袋，还是光秃秃的，连头发茬也没有。孙三很沮丧，把阿狗喊来，问那老头的方法怎么不灵验。

阿狗说："那老头秃头长头发的事千真万确，可老板您喝了那头发灰没效果，会不会是那老头在头发灰里还放了什么东西？要不，我们当面去问问那老头。"

于是，孙三和阿狗又一次来到那个村子。那天晚上，老头还是住在山上，他们只好在老头家借宿了一晚。第二天一大早，老头的儿子带着孙三和阿狗上山去找老头。

来到土坟旁

他们走了一段崎岖的山路，在一个山岭上看见一座土坟，土坟的旁边立着一个茅棚。老头的儿子说，那土坟里埋的是他死去一年的母亲，母亲死后，他父亲就在母亲的坟旁搭了这个棚子，天天住在那里，守着坟。孙三听了，觉得那老头好生古怪，好好的家里不住，住在这茅棚里有什么意思?

老头的儿子带着孙三和阿狗刚走到茅棚前，就看见一个弓背老头从茅棚里走了出来，那老头走起路来摇摇晃晃，行动缓慢，可他头上却长着一头黑油油的头发，与他的年龄很不相称。

老头的儿子迎上前去，对老头说:“爹，来城里客人了，找你问个事儿。”

老头推开儿子，不高兴地说：“这个时候别来烦我，我要和你娘说一会话。”说罢老头径直走到坟前，一屁股坐下来，低头对着坟堆喃喃自语了好一阵子，这才抬起头，扫了孙三和阿狗一眼说：“二位客人，你们上山来找我这老头子有何贵干？”

孙三急忙说明来意，请求老头把治疗秃顶的秘方告诉他。老头听了，摸着自己的头，颇为得意地笑道：“这事确实不假，我的头秃了几十年，现在真的长出头发了。”

孙三问老头：“我也用头发烧成的灰泡茶喝，为什么我的头上就不长头发呢？”

老头望着孙三的秃头，问：“你泡茶喝的头发从哪来的？”

孙三说是从理发店买来的，老头一听连连摇着头说：“怎么能去理发店买头发呢？你干吗不像我老头子一样，把自己老婆的头发烧了泡茶喝呢？”

接着，老头说，他的老婆是世界上了不起的一个女人，她为他家养育了五个儿女，由于操劳过度，四十岁就成了瞎子。

老头很心疼他老婆，就每天帮老婆梳理头发，把老婆掉下来的头发一根不落地收藏在一个布袋子里，日积月累，他帮老婆梳了三十年的头发，也收藏了三十年的头发，等到老婆离世的那天，那个布袋子里的头发已经塞得满满的了。老婆死了，老头看着老婆的头发，如同见到了活生生的老婆。老头很怀念老婆，他盼着与老婆融为一体，就把老婆的头发烧成灰泡茶喝，也许是老天可怜他们，他喝了那茶后，秃顶上竟然长出了乌黑发亮的头发。

老头说到这儿，笑着对孙三说：“你回去把你老婆的头发烧了泡茶喝，兴许你的秃头明天就会长出头发来的。”

孙三听老头讲了他给老婆梳头发的故事，脸突然红了，像是做了什么亏心事，羞愧地耷拉下秃脑袋……

（李澍声）

（题图：刘斌昆）

阳光总在风雨后

2006年5月，我的策划公司终于到了山穷水尽的境地，每月总是入不敷出，房租、税费、电话费、员工工资……每一样都令我绞尽脑汁，我感觉自己已被逼到了悬崖边，我决定再坚持最后一个月，一个月以后呢？我想我唯一的出路就是从公司租用的位于38层的写字楼跳下去！

这一天，一丝阳光终于刺破云层：有一家外资企业要做一个新产品的宣传策划，标的为200万元。经过精心准备，我们的方案也入了围，和另外五家公司一起进入了竞标阶段。

竞标的前一天，我正在组织最后的冲刺，就在这时，我的手机响了，一看号码，是老家的电话，接通电话，我听到了弟弟惊恐、悲恸的声音："妈快不行了……"

母亲的身体一直不好，那是为我们兄弟几个操劳过度了，弟弟说母亲病倒已经有一段时间了，家里怕影响我的工作，没跟我说。母亲昏迷中还时时念叨着我的名字，弟弟让我马上回去跟母亲见上最后一面。

我转身就要走，可看到办公桌上一大堆策划方案，那是我最后的机会了，如果我明天不能参加竞标，群龙无首，这就等于自动放弃，我能放弃吗？但是，那边是我唯一的、含辛茹苦的母亲，我能让她含怨九泉吗？说不定我回去了，她精神好了，病也好了……

我做出了决定：回家！

我打电话订了一张回老家的机票，又去银行取出了所有的现金，把员工们当月的工资全部付清，只剩下我自己返乡的路费。当我跨出办公室大门时，员工们都哭了，我也哭了……

在竞标结束的当天晚上，我回到了母亲的身边，她只有一口气了，我扑到了母亲的床边，撕心裂肺地叫了一声："妈——"

听到我的声音，母亲慢慢地睁开了眼睛，一下子抓住我的手。我的泪水涌了出来，母亲的手在我的脸上轻轻地抚摸着，柔声说着："孩子莫哭，孩子莫怕，妈在你身边！"

接下来，母亲竟然奇迹般坐了起来，她要给我做饭吃。父亲说饭已经做好了，于是我们搬来了桌子、板凳，一家人围坐着一起吃饭。我们都以为母亲一定是回光返照，这是我们全家的最后一顿团圆饭，但没想到的是奇迹真的发生了——母亲居然渐渐康复了！

我们又惊又喜地把母亲送到了医院，医生检查后说母亲的身体没有什么大碍，只是劳累过度，调理一段日子就好了。

母亲安好了，我这才想起了公司的事，我摸出手机，一看，手机关着，我这才想起因为走得匆忙，忘了拿充电器了。我让小弟到街上买了一个充电器，在医院里充起了电。充了几分钟后，我打开了手机，谁知刚一打开，“嘀嘀嘀”短信的提示声音不绝于耳，我一看，竟有几十条信息，全是我的副手和公司的同事发来的，上面是同样的内容：“我们成功了！”

我激动地拨通了副手的电话，他大叫着说：“我们成功了！那家公司采用了我们的策划方案！”

我简直不敢相信自己的耳朵：“是真的吗？”

“是真的，50万元预付款已经打到了我们的账上，你随时可以去查。”他感慨地说，“我们之所以取胜，是因为你的孝心感动了那家外企的老总。”

“孝心？怎么回事？”

他说，他们去参加竞标时，那家外企的老总发现我没有来，感到很奇怪，我的副手就把我因母亲病危回去看望的事说了。那老总听罢，当场就取走了我们的策划方案，和几个评委碰了一下头，忽然宣布把新产品的宣传策划工作交给我们。其他公司都不服，那老总说：“谁敢在这个紧要的关头去看望自己的母亲？他的这份孝心让我们别无选择——当然，那是在他和竞争对手条件相仿的前提下。”

我没想到事情会是这样的结果，但我明白：奇迹终究是奇迹，它不可能每天都发生，但我会让孝心伴我一生的……

（一　冰）

（题图：谭海彦）

天神吻过的孩子

妻子的心病

徐小明是个有过一次失败婚姻的男人，幸运的是，他的第二次婚姻非常美满：妻子王丽丽年轻温柔，还给徐小明生了个儿子亮亮，唯一美中不足的是，亮亮出生时就有些轻微的唇裂。

王丽丽对此颇为泄气，经常带着怨天尤人的口吻问徐小明："为什么这样的事会发生在我们身上？"徐小明心里也很难过，但还是安慰妻子，说也许这就是所谓的缺憾美吧。

一转眼，亮亮已经六岁了，徐小明发现，当亮亮调皮时，一向温柔的妻子有时会突然对儿子大发脾气，事后她又后悔不已，悄悄哭泣。徐小明明白，儿子的兔唇始终是妻子的一块心病，而且随着儿子年龄的增长，这块心病会越来越重。

这天，亮亮放学回来后特别兴奋，他告诉妈妈："老师说，我和高年级的一个大哥哥长得好像哩！"王丽丽一边做饭，一边漫不经心地答应着。

亮亮觉察出了妈妈的冷淡，跳着说："真的！我看见过那个大哥哥了，妈妈你明天来接我的时候，我指给你看！"王丽丽敷衍地点了点头。

第二天，王丽丽去接亮亮放学，她真的看见了那个和儿子长得相像的孩子，只看了一眼，她的心里就咯噔了一下：实在太像了！当然，那个男孩没有兔唇，但除此以外，两个孩子的眉眼口鼻，处处流露着相似的痕迹，简直就像亲兄弟……亲兄弟？想到这里，王丽丽心头飘过一片乌云：结婚前自己曾再三问过徐小明，有没有和前妻生过孩子，徐小明坚决地否认了，可眼下这个男孩，和亮亮简直是一个模子里刻出来的，难道、难道是徐小明骗了自己？王丽丽决心要查个清楚。

再去接亮亮时，王丽丽就特别留了神，她特地等到了那个男孩的妈妈，那是一个容貌娟秀的女子，年纪和王丽丽差不多。王丽丽主动上前搭讪，对方也早就听说了两家儿子容貌相像的事，两人谈得很融洽。后来，王丽丽索性约她来到一处茶坊，那女子亲口告诉王丽丽，自己离过婚，孩子是和前夫生的。

王丽丽阴沉着脸回了家，直到徐小明下班了，她还默默地坐在床头想心事，徐小明察觉到妻子的情绪异常，便搭讪着问："亮亮呢？"

"在邻居那里。"

徐小明"哦"了一声，重重地躺在沙发上。

突然，徐小明耳边响起一声喊：“徐小明！”王丽丽的怒吼把他吓得一哆嗦，只见妻子眼睛红红的，站在自己面前，“说老实话，你到底有几个儿子？那个、那个和亮亮很像的男孩，是不是你和前妻生的？”

徐小明一下子呆住了，这怎么可能？自己离婚前已经和前妻冷战了好久，没有孕育新生命的“前提”，哪里来的儿子？他一把拉过妻子：“丽丽，相信我，我只有亮亮一个孩子，那一定是个巧合。明天我去接亮亮，见见那个男孩的妈妈。”

疑窦丛生

第二天，徐小明早早地等在了学校门口。校门口已经聚集了不少家长，徐小明偷偷地打量着他们，虽然明知不可能，但他心里还是挺紧张的，万一有个什么阴差阳错，那个男孩的妈妈真是前妻……他不敢往下想了。

正在胡思乱想，徐小明耳边响起一声清脆的“爸爸”，亮亮出来了。

“亮亮，那个……和你很像的哥哥呢？”

“喏，在那里！”顺着儿子手指的方向，徐小明看到一个和妻子差不多年龄的女子正拉着一个男孩准备离开。那男孩的确和亮亮颇为相似，最大的不同可能就是嘴唇，那是一张多么健康正常的嘴呀，红红的，带着美丽的弧度。再看那女子，徐小明顿时放下心来，他可以肯定，自己不认识她。

徐小明拉着亮亮向那女子跑过去，一边喊：“等一下！”那女子停下来，回过头，可当她瞥见亮亮后，竟慌张地拖着孩子就走。

徐小明一个箭步赶到那女子面前，气喘吁吁地说：“别走，我只是想……”

“我知道你要问什么，对不起，我不能说。”那女子打断徐小明的话。听她这样一讲，徐小明顿时疑窦丛生，自己只是想请她当面向丽丽证实自己的清白，她却以为自己要逼她说什么事实真相。难道这当中真有什么不可告人的秘密？

于是，徐小明告诉那女子，由于她和她儿子的出现，自己的家庭莫名其妙地遭到冲击……终于，在一番软硬兼施的劝说下，那女子松动了，她望着徐小明，叹了口气，说：“如果你一定要知道这是怎么回事，就跟我回家，见见我母亲吧，她能告诉你想知道的一切。”

徐小明想了想，决定跟她走一遭，他回头看看儿子，却见亮亮已经和那个男孩在一旁像兄弟一样玩闹起来……

到了那女子的家，一位满头银发的老妇人打开了门，她看到徐小明和他身边的亮亮，一下子愣住了。好一会，她就这么呆呆地站着，不说话也不往屋里让客人。过了好一阵子，她终于转过头，问女儿：“这就是亮亮吧？”那女子点点头。

老人慢慢蹲下身，轻轻抚摸着亮亮微微裂开的嘴唇，叹道：“真是作孽啊……”

亮亮害羞地往后缩了缩，嗫嚅着说：“奶奶，我的嘴巴难看……”

老人一下把亮亮搂在怀里，颤抖着说：“谁说的，我们亮亮不难看，一点也不难看。”老人说话的时候，眼里滚动着泪水。这到底是怎么回事？徐小明更糊涂了。

这时，老人看了一眼徐小明，说：“你就是亮亮爸爸吧，你们还是来了……唉，跟我进来吧。”

三十年前的抉择

进了屋子，老人递给徐小明一张照片："你先看看这个吧。"

照片上是一个少女，可是她的容貌却一点也没有少女应有的娇美，不但眼鼻歪斜，还有着严重的唇裂……

"这张照片是我整容前照的。"那男孩的母亲突然发话。徐小明怔怔地看着她光洁的脸，她整过容？真是一点也看不出来啊。

这时，老人走到女儿身边，拉住她的手，缓缓地讲出了一段往事：

三十年前，老人生下了一对双胞胎女儿，其中一个孩子健康美丽，而另一个，面部却有着严重的先天缺陷，眼鼻歪斜不说，还是个兔唇。由于家境贫困，只能养得起一个孩子，母亲含泪选择留下了那个先天残疾的孩子，她知道，只有这样，才能把两个孩子的性命都保住，因为有谁会愿意收留一个先天不足的病孩呢？不出所料，那个健康的孩子很快就被人抱走了，母亲被迫答应永远不去找寻这个孩子。而另一个严重唇裂的孩子在母亲身边长大了，后来她进行了整容手术，结了婚，不久又离了婚，一个人带着儿子和老母亲生活在一起。

听罢老人的诉说，徐小明顿时恍然大悟：莫非，老人当年抛弃的孩子就是自己的妻子王丽丽？难怪亮亮和那个男孩会如此相像，因为他们的母亲本就是姐妹；难怪亮亮会先天唇裂，原来他是继承了阿姨的遗传……

这时，只听老人轻轻地说道："当我听女儿说，学校里有个男孩和外孙很像，但他却有着兔唇的缺陷，而且，那男孩的母亲曾经被别人领养时，直觉告诉我，她就是我失散了的另一个女儿……可我没勇气面对她，因为当年我选择了她的姐姐，抛弃了她……但是，作为一个母亲，当时我只能这样做……”说到这里，老人已经泣不成声。

老人的女儿轻轻搂住母亲的肩头，对徐小明说道：“小时候，我一直对自己的外貌很自卑，可妈妈却告诉我，唇裂的孩子都是神的宠儿，他们的嘴唇就是被天神吻过的印记……”

听到这里，徐小明看看亮亮的嘴唇，眼圈不争气地红了起来……

回到家，王丽丽早就等着了，看到徐小明和亮亮进门，她焦急地问：“怎么样，你见到那个男孩和他妈妈了吗？”

徐小明沉默了片刻，突然上前紧紧拥抱了妻子，在她耳边轻轻地说：“丽丽，我想告诉你一个故事，你知道吗，我们的亮亮是天神吻过的孩子……”

（徐　璟）

（题图：魏忠善）

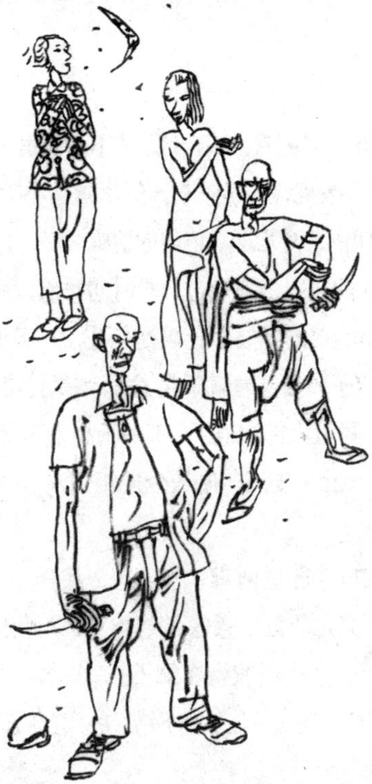

这里的午夜静悄悄

欣喜归，意外知真相

乔大虎告别老婆玉莲，出门打工。这天，他出差给老板办事，有了一个可以顺道回家的机会。当他赶到县城时，已经错过了晚班车。乔大虎想，干脆抄近道走山路，三个多钟头准能到家。

主意打定，乔大虎就在地摊上买了把水果刀，拿在手里以防万一。他又摸摸脸——胡子拉碴，蓬头垢面的。他想，已经半年多没见老婆了，为了给老婆一个惊喜，先洗洗去。

乔大虎疾步走进街头一家小理发店。店里，一个十六七岁的小师傅正无精打采地干坐着。乔大虎一看，咦，这丫头不是村里杀猪匠王豹子的闺女月儿吗？月儿见是乔大虎，先是一愣，然后噘起小嘴，扭过头，冷冰冰地不理他。乔大虎明白，月儿还在记他的仇呢。

乔大虎年轻时，跟月儿的妈妈翠花谈过一段时间对象。后来，王豹子听信传言，怀疑乔大虎和自己的老婆翠花藕断丝连，不干不净。有一天，就故意找他的碴，两个汉子吵着骂着就干起了架，结果打得天昏地暗，差点出了人命。这么一闹，村里人都知道了，王豹子越发觉得在人前抬不起头来。而乔大虎更是一肚子委屈，他是个规矩人，压根就没和翠花做过那号亏心事！

乔大虎尴尬地站在门口，进退两难。但一想，我一个做长辈的，怎么能跟孩子计较？再说，月儿店里生意这么冷清，照顾她生意应该没错。想到这里，他抬腿进了门，一屁股坐在椅子上，将水果刀往台面上一搁，笑着说："月儿，当师傅了呀，手艺一定不错，来，让你叔开开眼！"月儿只好动手洗理。

乔大虎路上也累了，借机打起了盹。等他睁眼一看，顿时哭笑不得。原来，月儿把他的头，理得长的长、短的短，狗啃一般，要多难看有多难看。再看月儿，正得意地站在一旁，捂着嘴乐呢。这丫头，故意要小心眼！乔大虎也不气恼，摸了一把头发，哈哈笑道："月儿，你把叔的脑壳当实验田了啊。得了，干脆给你叔来个光头吧！"

光头很快就剃好了，乔大虎拍着自己的"葫芦"，高兴地说："真不错，这大热的天，又凉快，又省事！"月儿大概也觉得刚才做得过分了，不好意思地朝他笑了笑。

乔大虎大步流星往回赶，到了家门口，已经是半夜了，四下里黑漆漆的。想到马上就能见到玉莲了，他兴奋得手都微微发抖，可敲了几次门，屋里玉莲都没有反应。也许玉莲白天太累了,这会儿睡熟了吧?他举起手,又重重地敲了起来。好一会,屋里才传来玉莲发颤的声音:“谁、谁呀?”

乔大虎听到玉莲的声音,激动得声音也有些变调了:“玉莲,我是大虎呀,我回来了,快开门!”

门“呼啦”一声开了,就见玉莲穿着一身长衣长裤,站在面前。乔大虎张开双臂,就扑了上去,想抱住老婆啃上几口。哪知,玉莲猛地后退一步,惊恐地叫起来:“王秃子,又是你!滚,快给我滚!”说罢,“砰”地就将门关死了!乔大虎心里“咯噔”一下,愣住了。

门内,传来玉莲低低的哭诉声:“王豹子,你一肚子坏水,竟然想到冒充我家大虎,我差点上了你的当。求求你放过我吧!你这样纠缠我,给人看见了,以后你我哪还有脸见人?要是传到大虎耳朵里,以他的性子,会跟你拼命的!你和大虎,都是上有老、下有小的人,要是你俩出了事,咱们两家也就毁了!你不为我想,总该为你家翠花想想吧?你走吧,以后你要是再敢来,我可真要喊人了,你就是真的杀了我,我也要喊人的!”

乔大虎呆了,像一截木头杵在门前。显然,玉莲把自己当成王豹子了。

的确,玉莲是看错人了。王豹子的个头、身材都和乔大虎差不多,不同的是王豹子是个光头,而且是村里唯一的光头,因此还有个“王秃子”的绰号。巧的是,今晚乔大虎也剃了个光头,刚才光线暗,玉莲瞧见大虎那惹眼的光头,加上心里太紧张,就以为是王豹子又来骚扰自己了。

乔大虎是个精明人,听完玉莲的话,自然明白是怎么回事了:这王豹子狗胆包天,趁自己出门在外,竟想占玉莲的便宜,说不定玉莲已经吃过他的哑巴亏了!

想到这里,乔大虎只觉得血气直冲脑门,脑瓜“嗡嗡”直响,身上像火烤着了一样。他咬牙切齿,一跺脚,暗暗骂道:“狗日的王豹子,你当真吃了豹子胆了？敢动我乔大虎的老婆，老子这就杀了你！”

怒似虎，握刀赴仇家

乔大虎握着水果刀，沿着漆黑的山路，跌跌撞撞地朝王豹子家奔去。此刻的乔大虎，像一只被激怒的猛虎，只要他寻见王豹子，那肯定是白刀子进，红刀子出！

乔大虎一阵风似的来到王豹子家的门前，“呼哧、呼哧”喘着粗气，怒气冲天地挥着拳头，将木门擂得山响。他怕王豹子做贼心虚，听出自己的声音，躲着不开门，所以不喊也不叫。可是，屋里黑灯瞎火的，好久也没有动静。半晌，那门才“吱呀”一声开了。

开门的是翠花，她一打开门，就转过身朝房里走，边走边睡意蒙眬地说：“豹子，回来了啊？洗澡水在堂屋的盆里，快去洗一把……”

乔大虎立刻明白了，王豹子还没回来，这翠花和玉莲一样，一定是看见了自己的光头，就错把自己当成王豹子了。

黑暗中，乔大虎看着翠花穿着白色睡衣，扭摆着好看的腰身进了里屋。接下来该怎么办？乔大虎眨着眼有了主意，他一声不吭，悄悄掩上门。他知道，翠花白天忙得陀螺转，回床后，马上就会睡着的。自己正好藏在门后面，只要王豹子敲门或是推门，就可以在他毫无防备的情况下，突然出手，一刀捅死这头蛮牛！

谁知，乔大虎刚在门后面蹲下，翠花就在里屋柔声催促道：“怎么还不洗澡啊？早洗早休息，明天还要起早呢。”

乔大虎这下犯难了。翠花是个好女人，当年要不是因为两人性格不合，自己是不会和她分手的，自己要杀的人可不是她，是她该死的丈夫。

可是眼下，如果不按翠花说的做，让她发现了，说不定会坏自己的大事。这么一想，乔大虎鼻孔一响，含含糊糊地应了一声，然后摸着黑，轻手轻脚慢慢洗起澡来。

好一会，乔大虎估计翠花睡着了，就穿好衣服。刚蹑手蹑脚往大门边摸，又听见翠花在屋里咕哝："洗好了吧，快点上床，磨蹭什么呀，都一点了！你又不是不晓得，我一个人睡不着……"

乔大虎没了退路，只得应付一下，让翠花尽快安心睡觉。他硬着头皮朝里屋走，脑子盘算开了：睡就睡吧，我不吭声，等她睡着了，再悄悄溜下床就是了。可等他进了里屋一看，就愣住了。

床上，翠花一丝不挂地背对着自己侧卧着，白皙丰满的身子像玉雕一样。乔大虎看着看着，呼吸渐渐粗重起来。他已经大半年没碰女人了，血液里那种本能的欲望，像脱缰的野马左冲右撞，又像千万条虫子在叮咬。

一时间他周身血涌，心乱如麻：狗日的王豹子，家里有如花的老婆，你还不知足！你不仁，休怪我不义了！他终于再也不能自制，猛地搂住了翠花。

迷惑中，情怨两难断

就在这节骨眼上，乔大虎突然想起了玉莲。我这么做，对得起玉莲吗？还有蒙在鼓里的翠花，她也是无辜的呀！再说，我要真把这缺德事做了，那不是和王豹子一样该杀吗？又有什么资格杀王豹子呢？乔大虎脑子冷了下来，双手慢慢松开了翠花。

不料，翠花却反过身，一把抱住了他："豹子，你咋啦？"

翠花温软的身子，让乔大虎再次心猿意马。不能再这样下去了！乔大虎惊慌失措，推开翠花，脱口叫道："翠花，你搞错了，我不是豹子，我是大虎！"

翠花却死死地抱住乔大虎，平静地说："我晓得你是大虎，豹子从来不像你那样凶巴巴地敲门，我在门缝里，已经认出你了！"

"那……那你咋还这样？"乔大虎惊讶极了。

翠花啜泣着说："开门时，我看见你右手背在后面，我猜那手上一定拿着刀，你一定是来杀豹子的，我不能让你杀他！我也恨豹子，他不是人！他欺负了玉莲，还无耻地到处炫耀，话都传到我耳朵里了！可说良心话，豹子除了脾气暴躁，心眼小，犯了这个罪，其他方面还真没什么大毛病，你杀了他，我们家可就完了！"

翠花说得不错，要说王豹子这人，还真不错，平时对翠花也挺好的。几年前，翠花父母病倒在床上，翠花的亲兄弟们都不闻不问，要不是王豹子孝顺，前前后后花了十几万，包治疗包养活，翠花父母早就过世了。翠花的公公、婆婆呢，也都是药罐子，翠花身体也虚弱，这个家全靠王豹子撑着，没他确实不行。

乔大虎的心暗暗软了些，可话还说得硬邦邦："不行，我一定要杀了他，不杀他，今后我脸往哪搁？"

翠花一听，声泪俱下，伤心地哭道："不！大虎，你要是去杀豹子，你的命也会没了！你我虽然没夫妻缘分，但在我心里，你一直是我的哥哥，是我的亲人，我不能让你送死，不能失去丈夫，又失去哥哥啊！我晓得你的为人，只有让你做了那种亏心事，你才有可能放弃杀豹子的念头，也才能保住你的命啊！"

乔大虎听罢，心头猛一颤，只觉得眼一热，两串委屈的泪水滚滚而下，哽咽着说："我晓得，可豹子偏偏不放过我老婆，一直想报复我！可是，我真的冤啊，翠花，天知，地知，你知，我知，我们之间清清白白！他狗日的豹子，怎么能欺负我家玉莲！这口气，叫我怎么咽得下去？"

翠花闭上双眼，泪流满面地说道："大虎，豹子是冤枉你了，看在咱俩过去的情分上，求求你放过他吧！你要是觉得心里太憋屈，我现在就给你……你放心，豹子去城里给月儿送米、送菜去了，不会回来，今晚我都是你的……"

乔大虎用力挣脱开来，蹲在地上，双手抱头，痛心疾首地说："翠花，你胡说什么呀！我是那样的人吗？我要是做了这样的事情，岂不是猪狗不如！我这就走，我不杀豹子就是了！"说完，"噌"地站起来，转身跑出房门。

好男儿，顶天立地行

突然，乔大虎见到堂屋里，立着一个高大的黑影，挡住了他的去路。黑影是个光头，虎背熊腰，手里拎着一把白亮亮的杀猪刀！

"王豹子！"乔大虎吓了一跳，不由自主地叫了起来。真是冤家路窄！他不由脊背发凉：此刻，自己赤手空拳，如果王豹子扑过来，自己肯定要吃大亏。

乔大虎下意识地退后一步，攥紧拳头，脑门青筋"突突"直跳，正想着怎么夺路逃命，只见王豹子手里的杀猪刀，"咣当"一声掉在地上，接着"扑通"一声，整个人直挺挺地跪下来，一边"啪啪"抽着自己的耳光，一边放声痛哭道："大虎兄弟哇，我对不起你！我不是人，我猪狗不如！"

乔大虎把头扭向一边，一声不吭。

翠花闻声跑出来了:“豹子，你咋回来了?”

王豹子说，乔大虎前脚刚走，他后脚就到月儿店里，听月儿说乔大虎突然回来了，还带着把刀，心里一惊，就掉头追回来了。乔大虎和翠花说的话，他一字不漏都听见了。王豹子说着说着，将头撞在地上，撞得“砰砰”直响:“大虎兄弟，我是心胸狭窄的小人，真的误会你了，你大人不计小人过!月儿说得不错，你是个好人!要是换成别的男人，早对翠花动歪心思了!兄弟，谢谢你放过翠花，放过我!来生，我要给你做牛做马!”

乔大虎“哼”了一声，冷冷地说:“别谢我，要谢就谢你老婆翠花，她是个好女人!往后，你要好好待她!要不，我决不饶你!”

王豹子痛哭流涕道:“是的，是她救了咱俩!不过，大虎兄弟，我告诉你，玉莲嫂子也是个好女人啊!她怕你晓得了，我俩会再生出什么事，就把委屈埋在心里，我也打心眼里敬重她!其实，我死皮赖脸地黏着她，根本就没碰着她。我在外面吹牛造谣，只是想报复你，让你跟我一样抬不起头。我混账啊!”

乔大虎长长吁了一口气，伸手将王豹子拽了起来，长叹一声道:“唉!这也不能全怪你，我也太莽撞了，差一点闹得不可收拾!还好，一切都过去了，这善恶祸福，就在一念间啊!”

乔大虎出了门，步履轻快地回家。午夜，四野里蛙声一片，显得那么祥和、安宁。清凉的晚风徐徐吹来，他周身格外轻松……

（袁　翼）

（题图：魏忠善）

巧女节

一对恋人想结婚

一个女人会影响三代人。这句话，是仙果村村主任刘背山的口头禅，他几乎天天要说这句话，对乡亲说，对儿子说，听得他儿子刘辉头都大了。

刘辉与同村一个叫李悦的女孩子相爱了，两个人苦苦相恋三年，却怎么也结不了婚，因为刘背山将儿子的户口本藏得紧紧的，刘辉根本找不到。没有户口本，刘辉和李悦就没办法去登记结婚。

刘背山反对儿子与李悦交往，不是他看不中李悦，而是他看不中李悦的妈。

李悦的妈妈外号“麻姑”，其实她不姓麻，名字中也没有个麻字，就因为她爱打麻将，爱到不顾死活的地步。大前年，她患了急性阑尾炎，痛得冷汗直冒，却硬撑着在麻将桌上不下来，直到最终昏倒在麻将桌旁，才被乡亲们送到医院抢救，捡回一条命来。医生说：“急性阑尾炎发作时的那份痛，没人能扛得住。你却能硬撑着打麻将，这对麻将不是一般的爱，你不应该叫巧姑，你应该叫麻姑。”就这样，麻姑的外号叫开了。

刘背山特别讨厌麻姑。懒惰、邋遢、烂赌，男女关系上不清白，所有糟糕女人的品性麻姑快占全了。而且，她还带坏了全村的风气，村里的男人都常年在外打工，只有妇女儿童留守在家，现在村里的女人都不做家务了，跟着麻姑学会打麻将了，弄得村风日下。

在刘背山眼里，麻姑算是坏女人的榜样，这样的女人言传身教，受到最直接影响的就是她的子女，母亲都这样了，女儿会好到哪儿去？所以，刘背山死活不肯让李悦做自己的儿媳。刘辉起初只能一个劲地说好话，说李悦如何优秀，与她妈妈完全不是一号人。纵然他说得天花乱坠，刘背山横竖不信。

刘辉没辙了，只得“曲线救国”，他带李悦出外打工，只等“生米煮成熟饭”了，逼刘背山松口。两个人在外面打了半年工，也同居了半年，终于，李悦怀孕了。这一下，刘辉觉得有了与爸爸谈判的筹码，他将李悦在城里安顿好，自己一个人回来了。他与刘背山摊了牌：“李悦怀了我的孩子，我得与她结婚。”

刘背山说：“你可以带她去医院流产，我可以代表村里给开个证明。但如果你是说想结婚，门都没有。”

刘辉被噎得直喘粗气，但也只能耐着性子劝说：“爸，你不看我和李悦的面子，也得看你孙子的面子，李悦怀了你的孙子呀！”

“这样的孙子咱不要，不就是个小麻姑吗？有这样的孙子，咱刘家就毁了。”

刘辉也来了气，都什么年代了，父母还干涉子女的婚姻？但他拿爸爸是一点办法都没有。他是独子，真为了婚姻的事与爸爸翻脸，这样的事他做不出来，再说，做出来了又能怎么的？户口本在爸爸手里攥着，没有户口本，他与李悦领不了证啊！

刘辉生了半天的气，最终还是只能耐着性子与刘背山软磨硬泡，他告诉爸爸，李悦和她妈妈不是一样的人，李悦心灵手巧、贤慧能干，是个好女孩。

刘辉将李悦夸成了一朵花，直夸了两个钟头，刘背山却听得不耐烦了，说："你就说她是织女下凡、七仙女投胎都没用，你要让我信，就要见真章！证明给我看，她有多贤慧，多能干。"

"怎么证明？"

刘背山说："再过三个月，就是村里的巧女节。她要真像你说的那么好，她就能在巧女节上夺个巧女奖。她要真拿了巧女奖，她不但向我证明了她跟她妈妈不是一号人，她也向全村人证明了她的能耐，我刘家娶这样的儿媳，才不会有人说三道四，才有面子。"

虽说刘辉这一趟回家并没能让刘背山拿出户口本，但事情明显有了进展，毕竟刘背山松了口，给了他们回旋余地。

有希望总比没希望好。其实，刘辉也理解爸爸，说到底，爸爸还是为了个面子。麻姑的名声实在是太臭了，与麻姑攀亲家，自然不是什么光彩事。他要李悦回家参加巧女节的比赛，也就是要让乡亲们看看，李悦跟她妈妈不一样，刘家娶了李悦这样的儿媳，就不算太丢脸。

巧女节，是仙果村特有的一个节日，这个节日是去年才定出来的，定在腊月二十四，传统的小年这一天。这天，全村的妇女都要参加一系列的比赛，看哪个女人心灵手巧、贤慧能干。比赛获胜的女人将获得"巧女"称号，还能获得三万元的奖金。这奖金，是城里一个姓赵的老板捐资的。

刘背山告诉乡亲们，设立巧女节是赵老板的心愿，赵老板打小是仙果人，后来出外闯荡当了老板，他对家乡念念不忘，特别怀念家乡女人的贤慧能干，所以拿出钱来举办巧女节，旨在奖励那些优秀的女人。但乡亲们都清楚，办巧女节，其实还是刘背山的意思。刘背山是一个很传统的男人，他特别讨厌村里的女人天天摸牌赌博，他觉得现在有些女人将做女人的本分都忘光了，所以他当村主任后天天管大家，逮住谁打麻将不料理家务就骂，但现在的女人谁听他的？大家不理他的茬不说，麻姑还跟他干了一架。

村里的男人都觉得设立这个巧女节很好，女人却大多不以为然，麻姑更是跳起来反对，叫嚣道："什么破巧女节？我们女人就天生是料理家务侍弄孩子的命吗？设巧女节，你还不如设缠脚节，又让我们缠小脚去！"

虽说各种声音都有，但毕竟三万元的奖金特别诱惑人，那可抵得上一个家庭一年的收入，所以去年村里大多数女人还是参加了比赛。

为了爱情与自尊

刘辉回到城里，委婉地向李悦说了爸爸的意思。李悦听了，脸红一阵白一阵，说："你爸居然还开出条件，要我拿了巧女奖才能当你家的媳妇？我就像赶着要做你家的媳妇一样，我不会参加的。"

刘辉只得一百个赔不是："不是你赶着要做我们刘家的媳妇，是我非你不娶呀，你就舍得让我打一辈子光棍？"

"呸！不要脸！"李悦一口啐过来，"你爸开出这个条件，不就是不想要我这个儿媳妇吗？我为了嫁进你家，巴巴地回去参加比赛，乡亲们知道了，我今后还有颜面吗？"

刘辉小心解释，其实他爸不是对李悦有什么成见，主要还是因为她妈妈麻姑给闹的。爸爸让李悦回去参加比赛，也是想让乡亲们瞧瞧，鸡窝里也能飞出凤凰来，她李悦是个好姑娘。

说到妈妈，李悦没言语了，她的妈妈其实就是她心中的痛，打小，她就为有这样的妈妈而感到丢脸。也许，参加这个比赛并不是什么坏事，最起码，可以向乡亲们证明自己。

李悦终于答应，巧女节那天回去参加比赛，而且暗暗发誓，一定要拿到巧女奖，为自己争个颜面。

但是，要获得巧女奖，哪是那么简单的事情？几百个女人角逐一个奖项，没有一点真本事，是根本不可能的。

李悦打算参赛了，就不得不研究这种比赛，去年的巧女比赛，比了洗衣、插花、教子、烹饪……总共九个项目，大约今年的比赛项目也差不多。其他的项目她并不怯，独独烹饪这一项，她非常弱。她与刘辉同居这半年，在烹饪上有过尝试，但从平日里刘辉吃饭的表情来看，她做的菜不算好吃。

然而，恰恰是烹饪这一项至关重要，巧女节那天也就是传统的小年，按照去年的做法，是将全村的乡亲都集中在一起过小年，大家共同品尝参赛巧女们做出的菜肴，你做出的菜好不好吃，每个乡亲都心知肚明。

为了提高自己的厨艺，李悦报名参加了一个就业培训班，专门学习烹饪。整整三个月，她将学到的手艺一一实践，做出多种多样的菜来让刘辉品尝，直吃得刘辉肚滚腰圆，吃到后来，刘辉也不得不由衷地竖起大拇指。

不知不觉间，巧女节的日子渐渐临近了，腊月二十三日一大早，李悦和刘辉，登上了回乡的长途汽车，他们必须在当天晚上赶回村子，因为村里有规定，要参加巧女节比赛，必须在这一天晚上之前报名。

他们在仙果山外下车时，已近傍晚，天上飘着细细的雪花，路边也结了薄薄的冰。他俩提着行李往盘山公路赶，那里有个凉亭，是候车的地方，他们得换乘开往山里的最后一班中巴。

两个人踏着薄薄的积雪往凉亭走，刚刚拐了一个弯，就看到了惊险的一幕：在前面一个弯道处，一个乘坐轮椅的人也在上山，他的双手紧紧扒着轮椅的车轮，想让轮椅驶上弯道，然而，弯道的坡度让他力不从心，他的轮椅不但不能往前行进，反而在薄雪中往下滑，眼看就要滑到公路的边沿，而盘山公路的另一边，就是悬崖。

李悦和刘辉的心一下子提到了嗓子眼，两个人几乎是同时喊了一声："稳住！"说着就扔下行李，拼命往那儿跑。然而，路长腿短，纵然两个人拼尽全力奔跑，还是没能阻止悲剧的发生，他俩离那人尚有几十米远时，那人还是没有把持住轮椅，连人带轮椅栽下了悬崖。

李悦吓懵了，还是刘辉冷静，脚下丝毫没停，一直跑到出事地点，幸好，悬崖不过两米来深，他看得到底下的那个人，是位老伯，五十多岁的年龄，双腿的裤管空空荡荡的，显然是一个截过肢的残疾人。

刘辉跳下悬崖，那位老伯并不动弹，刘辉探探他的鼻息，还好，还有呼吸，他赶紧背起老伯，爬上路面。这时李悦也赶到了，刘辉放下老伯，又赶紧下到崖底，去拿那部轮椅，轮椅有点变形，不过，轮子还能活动。他将轮椅弄上来，再将老伯放到轮椅上，然后推着老伯就往山下的乡医院跑。

李悦在后面跟着，跟了几步，刘辉制止了："你别去呀，中巴快来了，别误了最后一班车，我送老伯去医院，你先一个人赶回去吧。"

李悦想了想，还是放弃了跟去的念头，回去捡了行李。再经过出事地点时，她忍不住往悬崖底下望了望，她看到了一只小木箱，躺在悬崖底下的雪地里。

不用说，那是老伯的木箱。李悦小心地下到悬崖底，提起了木箱，她认得，这是一只擦皮鞋用的工具箱，看来，那位残疾老伯是个擦皮鞋的。她不能扔下这只木箱不管，怕被路人捡了去，送还给老伯吧，她又没时间，怕误了车，想一想，还是将这只木箱提回家吧，到时跟刘辉联系，再想办法将这工具箱还给人家。

巧女节激烈角逐

李悦报过名后，回到家里时，麻姑刚刚从外面打完麻将回来，看到女儿，她没有半点惊喜的表情，倒是冷冷地说："你还要脸不要脸？人家刘家开出这样的条件，明摆着是不想要你呀，你还真回来参赛了，赶着用热脸去贴人家冷屁股，你咋就这么贱？"

李悦没有搭理她。麻姑接着说："你就是参加比赛，也不可能拿到奖啊！村里人谁不在眼巴巴地望着那笔奖金？你去参赛也是败了，败了人家还是不要你，这越发丢老脸了，趁早打消参加比赛的念头，把这个孽种打掉。"

麻姑一边骂一边瞟着女儿的肚子，李悦已有四个月的身孕，肚子已略略显形了。麻姑很难得地亲自下厨为李悦做饭，但嘴上一直骂骂咧咧的。

李悦听了没有出声，看来，全村人都知道她回来参赛是怎么回事了。也难怪妈妈生气，这事确实有点丢脸。

当天晚上，李悦心烦，就想打个电话跟刘辉聊聊，也顺便让刘辉告诉那位老伯，她把木箱子带回家了。但打过电话才发现，刘辉的手机放在行李包里并没拿去。

心烦了一夜，第二天，就是正式比赛的日子。雪已经停了，村里比过年还要热闹。村子中间打谷场上一溜儿摆了几十张桌子，村里在外打工的男人都回来了，四邻八乡的人也跑来瞧热闹。刘背山请了乡里的领导和邻近几个村的妇女主任来当评委，更让这次的巧女节很像一回事。

村里共有48位女子报名参加比赛，比赛的项目总共十项，前九项的比赛项目与去年的一模一样，而第十项是新增的。刘背山说，这第十项是赞助巧女节的赵老板打电话来指定要比的项目，到底是什么项目，他没有说，而是卖了个关子。

比赛在闹哄哄的氛围中进行了，几乎每位选手的背后都有家人在跑前忙后呐喊加油，唯独李悦孤零零的，麻姑根本没到现场来，刘辉又没能赶回来，所以，只有李悦显得格外落寞。

第一项比赛是洗衣。置物筐里堆满了故意染上油渍的方巾，桌上摆满了洗衣粉、肥皂、强力去渍剂、汽油等洗涤用品，供大家选择。

刘背山喊一声比赛开始，现场顿时忙作一团，选手们忙着选方巾和洗涤用品。

李悦从置物筐里拿起方巾时，并没有立即行动，她先仔细地观察了一下方巾和方巾上的油渍。每条方巾都是用一块红布和一块白布拼成的，在红白两边各有一块油渍。她不由多长了个心眼，为什么要将白色和红色这两种不同颜色的布拼在一起，莫不是这红布会褪色？有了这样的想法，她选择了强力去渍剂和汽油，拿上这些东西去了村里的池塘边。

李悦不敢将方巾浸在水里，那可能会造成两块布串色。她小心地在白布的油渍上涂上强力去渍剂，用手干搓，搓得差不多了再在油渍处蘸上水清洗，尽量不让两块布的拼接处弄湿。洗净了白布上的油渍，她又如法炮制，在红布的油渍处淋上汽油，汽油不但能去油渍，还能保色，不至于洗去油渍后让那地方的颜色变浅。淋了几次汽油，干搓了几次，再用水清洗，她终于去掉了整块方巾上的油渍，白的仍白，红的仍红，丝毫没有串色。

李悦拿着洗净的方巾回到比赛场地时，比赛现场已是笑声骂声一片，大多数选手已完成了比赛，不过结果却是千奇百怪，有的将白布染成了淡红，有的在白布和红布的拼接处串了色。真正像李悦一样漂亮地完成比赛任务的，只有12个人，而这12个人中，李悦的速度是最慢的，所以她排在了第12位。

开局的成绩并不理想，但李悦不仅不气馁反而有了信心，所以在接下来的比赛中她更加卖力更加认真了，她的名次在一点一点地往前升，第四轮比赛结束，她已经跃居第三，只有珍婶和辣嫂排名在她的前面。照这样下去，她可能真的能夺得第一。

然而，就在李悦信心倍增雄心勃勃的时候，第五轮比赛却让她遇到了重大的挫折。

第五轮比赛的内容是教子，这样的比赛有些近似于演戏，小学的孩子早就放寒假了，大家让这些小学生担任演员，接受参赛选手的教育。李悦很不巧，抽签时抽到了全村最为调皮的一个孩子，而按照签上的内容，她要做的事是让这个孩子将小游戏机交出来，两个人达成一个控制玩游戏的时间表。

李悦是个未婚女孩，本来就没有教育孩子的经验，加上这个孩子调皮，像故意与她作对似的，她说东，那孩子就说西，偏不听她的，弄得现场爆笑连连，李悦几乎没办法完成比赛了。

幸好这时刘辉赶回来了。刘辉并没能在医院里等着那位老伯苏醒，他牵挂着李悦今天要进行的比赛，所以天一亮他赶到派出所说明情况，央求派出所的民警帮助查找老伯的家人，他自个儿赶回来了。

回到村里正赶上李悦碰到难题，被那个调皮的孩子缠得乱了手脚，刘辉也急起来，在场外直冲那孩子又是瞪眼又是捋拳，威胁那孩子放乖点。场上的李悦哄，场下的刘辉吓，才总算让那孩子收敛了，在超时十分钟的情况下，李悦才算完成了任务。这轮比赛下来，李悦的名次回落到第八位。

赛事已经过半，要想从第八跃居第一，这几乎是不可能的事，李悦的情绪一落千丈。刘辉逮住那个小孩，一番恐吓，却有了新的发现，小孩承认，是辣嫂给了他十元钱，让他故意刁难李悦的。

这一下刘辉生气了，跟李悦说，得将这件事告诉乡亲们，好让刚才的比赛不算数，重新来过。李悦拦住了他，就算重新来过又能怎样？她本来就没有教育孩子的经验，重新比赛她也没法占优势。

比赛一直持续到快中午的时候才迎来了第九项：烹饪比赛。这是乡亲们最为盼望的一个项目，48 位选手通过抽签，每人要做 4 道菜，到时，有将近 200 道菜供大家品尝。而且这一项比赛与前面八项不同，前面八项由评委打分，这一轮，每个品菜的乡亲都能参与打分。既能品尝美味，又能评分发表意见，何乐而不为？所以刚刚抽完签，就有性急的男人从家里舀来了酒，只等着下酒菜上桌，小孩子们则早已从家里拿来了碗筷，叮叮当当地当乐器敲。

李悦抽到的菜品是三菜一汤：小鸡炖木耳，干炒粉条，香菜花生丁，莴笋叶片汤。这几道菜前两道李悦都做过，后两道是第一次尝试，特别是莴笋叶片汤，她算是闻所未闻。莴笋是以茎为食材，叶子因为味苦，平时大家都是丢掉的，现在却要她用莴笋菜叶来做汤，说到底这还是为了突显巧女的主题，巧女就要会节俭过日子，能做别人所不能的事情。

李悦三个月的厨艺没有白学，她不但将前三道菜都做出来了，还将莴笋叶片汤也做了出来，她记得她培训的老师说过，味苦的食材入菜时不能加糖，加糖只会使味道变得奇怪，唯一的做法就是焯水，降低食材的苦味，再在做菜时加一点橘子皮，让苦味变成一种橘子的清香。李悦按照这样的思路，将汤做了出来，令她欣慰的是，她的四道菜得分很高，甚至高过了珍婶和辣嫂。

这一轮的比赛，又让李悦重回了第三名的位置，排在了珍婶和辣嫂之后。

比赛无法继续进行

这可以说是一场盛宴，800多名乡亲齐聚在一起，共同品尝192道菜，而且每一道菜，都是经过巧女们精心做出来的。这一刻，比赛的氛围暂时被冲淡了，大家都在享受。

到下午两点，人们酒足饭饱，才撤除了宴席。刘背山宣布，比赛继续进行。到这时，他才公布了最后一项比赛的内容：用树叶做一道食品。

题目一出，现场静得鸦雀无声，但一瞬间，人们同时嚷嚷起来："这怎么可能？大冬天的，树上的树叶都掉光了，哪里来的树叶？还有，树叶能拿来做吃的？这不是鬼扯吗？"

刘背山说："这不是鬼扯，这是赵老板出的题目，他说了，真正的巧女，就是能别人所不能，大家要动动脑筋去做。"

现场又重新安静下来，参赛的人都在考虑着，就在这时，一个人的到访，打破了这种静止的状态。

来人是一名乡派出所的民警，他径直走到刘背山的身边，对刘背山耳语了一番，刘背山听着听着，脸上的表情就完全呆住了，一屁股跌坐在椅子上。大家都意识到出了什么事情，都将目光投向了刘背山。

好久好久，刘背山才重新站了起来，他哑着嗓子，说："乡亲们，咱们的比赛，恐怕没办法继续下去了。"

"为什么？你就料定我们不能用树叶做出食品吗？"辣嫂首先叫了起来，她排名第二，正希望通过这道题压倒珍婶夺得奖金呢。

刘背山说："不是料定你们完不成这道题，而是——我们已经没有奖金发给获胜的巧女了。赵老板，不，还是叫老赵吧，他出事了，将准备用来赞助这次巧女节的三万块钱弄丢了。"

一向沉稳的珍婶这时也沉不住气了，她目前排名第一，是最有希望获得奖金的。她问："人家不是老板吗？丢了三万块对一个大老板来说算什么？他可以再拿三万块出来呀！"

刘背山摇了摇头："我现在才知道，他并不是什么老板，他只是个擦皮鞋的。"他告诉乡亲们，老赵昨天打算来看看村里的巧女节，哪知道他把持不住轮椅，人摔下了悬崖，幸好遇到好心人将他救了，送他去了医院。救他的人央求民警通知老赵的家人来照顾他，民警一调查才发现，老赵根本没有家人，他一辈子没结婚，孤身一人。他赞助巧女节的钱都是他帮人擦皮鞋一块两块地攒的，可以说，他每年只能挣这么多钱，全部用来赞助仙果村举办巧女节了。昨天，他将三万块钱放在擦皮鞋的工具箱里，结果摔下悬崖时工具箱也丢了，民警今天早晨去现场找工具箱，没找到，这才明白，今年巧女节的奖金泡汤了，所以赶过来通知他。

听着刘背山的讲述，人们倍感诧异，这时，辣嫂嘴快，叫了起来："这人脑袋进水了？一个擦皮鞋的充什么阔佬？这不是打肿脸充胖子吗？"

"你这说的叫人话吗？"刘背山冲辣嫂吼起来，"他是想充阔佬吗？他是为了咱仙果村。去年，我收到了他的一封信，他在信中说，他去年回过村子一趟，看见村里的妇女都在打麻将，甚至连上学的孩子放学回家要吃饭时，那些女人还不愿歇手。那些孩子也在旁边看大人打牌，有的泡碗方便面就解决了午饭。这是什么样的风气？他说，仙果村是有着良好传统的村子，在他的记忆里，村里的女人都心灵手巧，贤慧能干，现在村里的女人怎么都变成这样了呢？这不仅坏了村里的风气，也影响了下一代。他越想越焦急越心痛，所以，他决定扭转村里的风气，这才提出，愿意出钱，让村里举办巧女节，用正面激励的方法让村里的女人学好，因为女人是对子孙后代影响最大的。"

说到这里，刘背山心情沉重，他继续道："他汇钱来让我筹划巧女节的事时，我真的以为他发达了，是个大老板。现在知道他只是在外面擦皮鞋，我的心里真的不好受。他的处境并不好，却将所有的钱用在改变村里的风气上，相比之下，我们不害臊吗？只可惜，他的钱丢了，今年的巧女节，没法再进行了。"

"不！能继续进行。"李悦接腔叫了起来。她已经明白过来，刘背山所说的老赵，就是他和刘辉昨天救起的那位老伯，老伯的钱不是在工具箱里吗？工具箱并没丢，被她拿回家了。她赶紧跑回家，工具箱还在，但是，她掏遍了整个箱子，也没发现一分钱。钱哪去了？

李悦想到了妈妈，钱会不会被妈妈发现并拿走了？她喊了几声妈妈，也没人应声，到隔壁打听，才知道妈妈见今天村里人都在过巧女节，没人有时间陪她打麻将，她便到邻村找人搓麻将去了。

李悦心急火燎地赶到邻村，终于找到了正在打麻将的麻姑。她将麻姑拽出来，劈头就问："钱呢？工具箱里的那三万块钱呢？"

麻姑眼一翻："生儿养女为什么？不就是等着儿女孝敬吗？让你掏那点钱来给你老娘打麻将，理所当然。"

李悦急起来："可那钱不是我的，是老赵的。那是老赵用来赞助我们村里搞巧女节的。"

麻姑还是不以为然："人家不是大老板吗？哪在乎那点钱。再说，我用他三万块，也用得。"

"什么用得？你将这笔钱花了，巧女节的钱就没着落了。实话告诉你吧，老赵并不是什么大老板，他就是一个擦皮鞋的，他哪里能再拿得出钱来赞助巧女节？"李悦只得将老赵的情况一五一十地告诉了妈妈。

麻姑听着听着，脸色渐渐凝重起来，这对于什么事都满不在乎的她来说，真的很少见。她问："你说老赵是个擦皮鞋的？"李悦点了点头。

她又问："你说他是个残疾人，没有双腿？"李悦又点了点头。

她再问："你说他一辈子没有结婚？"

李悦不耐烦了："是的，我说的都是真的。我现在需要的是钱，是那三万块钱！"

"钱在家里，我并没花，我给你拿去。"李悦以为，妈妈打死也不会拿出钱的，但想不到这一次，她居然这么爽快。

母女俩回到家里，麻姑真的从衣柜里翻出了那笔钱，整整三扎。李悦接过钱就跑了出来，她一直跑到打谷场，将钱放在了刘背山面前的桌上："这就是老赵的钱，他的工具箱，被我拿回来了。"

刘背山双眼放光："这么说，钱有了，比赛还能继续进行了？"他正想伸手拿钱，却不料一只手抢先伸过来，将钱按住了，是麻姑，麻姑追过来了，她瞪着刘背山，开口就骂："做你的春秋大梦去吧！你还想用这笔钱当奖金？你的心被狗吃了？"

刘背山愣住了，瞪着麻姑，吼道："你想怎么样？"

"我要拿走这笔钱！"

李悦急了："妈，你怎么还想拿这笔钱？我不是跟你说了吗，这钱是老赵用来赞助巧女节的。"

麻姑瞪了女儿一眼，冷冷地说："什么狗屁巧女节？老赵躺在医院里等着钱救命呢，你们还想用这笔钱来当奖金？别做梦！这钱我得给他送去！"麻姑拿上钱走了，人们诧异地望着她的背影，以麻姑的个性，她会将这钱真的送还给老赵吗？

用树叶做的爱情酥

钱失而复得，得而复失，这充满戏剧性的变化让乡亲们回不过神来，虽说大家猜不到麻姑会不会真的将钱送还给老赵，但有一点是肯定的，巧女节的奖金真的没有了，比赛无法继续进行。

刘背山有些犯懵，隔了好久才认清当下的局势，只得无奈地宣布："这一届的巧女节比赛只能取消了，等来年要是拉得到赞助，我们再……"

他的话还没说完，一个女人的娇声打断了他："不！不用等来年，比赛可以继续进行。"人们循声望去，看到一个打扮得光鲜漂亮的女人。

这女人大家都认识，是去年的巧女奖得主小莲。她去年获得巧女奖后就去城里打工了，今天才赶回来。

小莲说："我是冲着巧女节来的。奖金不是没着落吗？我们公司愿意赞助巧女节，以后的每一届巧女节都由我们赞助，比赛可以继续进行了。”

这样的变化真的出乎大家的意料，大家懵懵懂懂的还没弄清楚是怎么回事，小莲这才告诉了大家，她去年获得巧女奖后也没将村里发的那张荣誉证书当回事，到城里一家家政公司去应聘时，只是为了说明自己能干，才将那荣誉证书拿出来了，哪知道老板问明了证书的来历，二话没说就聘请了她，随后客户也抢着要请她做家政服务员。渐渐地，她的口碑越来越好，“巧女”也成了一个活字招牌，很多姐妹都来向她讨教经验，所以，今年她被老板破格升为了业务经理。

乡亲们听了既羡慕又有些不相信，纷纷议论起来。

小莲说：“我希望巧女节能一直办下去，这既是为我们村争光的事，也是为我们公司搭建了聘请高级保姆的平台，高薪聘请比赛的获胜者，来公司参加培训，成为公司的金牌家政服务人员，每个月月薪有五千块呢。”

这真是一石激起千层浪，现场一下子炸开了锅。获得巧女称号的人不但能拿到三万元的奖金，还可以获得月薪五千元的工作，这让巧女的奖项更具诱惑力了。辣嫂立即提问：“既然换了赞助人，以前老赵出的题目就不算数了，要比，得重新换项目。”

“不，还是比那一项。”小莲说，“老赵说的没错，真正的巧女，就是能别人所不能。用树叶做食品，我还是第一次听说，我倒还真要看看，有没有这样的巧手，能真正做出来。”

还是要用树叶做食品，大家再度陷入了沉思。小莲说：“现在都快傍晚了，要不，这项比赛明天再进行，也给大家一个晚上的时间做准备，行不行？”

比赛就这样延期了一天，李悦回到家里，了无头绪，她真的想不出怎么用树叶做食品，这让她非常烦躁，刘辉过来安慰她，也被拒之门外，她要一个人好好地静下心来思考，她太需要巧女的称号了。

到天完全黑下来时，麻姑回来了，一回来就收拾东西，拿开水瓶，拿棉被，说是要给老赵送去，这让李悦颇感意外。在她眼里，妈妈是连她这个女儿的死活都不顾的，现在怎么也关心起人来了，而且是关心一个外人。

更让李悦诧异的是，妈妈将自个儿拾掇得很干净也很清爽，一向蓬头垢面的她居然梳了头发，衣服也穿得比平时整洁了，这让李悦意识到，妈妈与老赵之间的关系一定非比寻常，李悦试探地问:"妈，你认识老赵？"

"烧成灰我都认识！"麻姑又露出了平时的那种德性，说话刻薄起来。她似乎是有意岔开话题，问："据说你们明天又继续比赛了？"

这又是一个意外，妈妈从来对李悦是不管不问的，现在居然问起她比赛的事，真是难得，但难得又能怎么样？李悦对明天的比赛仍是束手无策，她沮丧地说:"看来我只能弃权了，用树叶做食品，我真的做不来。"

麻姑本来提着东西打算出门，听到这话站住了，说："其实，用树叶做食品，也不是难事。你想想，冬天有什么树还没落叶，而且这树叶是可以吃的？那就只有橘树的叶子了。"

李悦惊得瞪大了眼睛："妈妈，你做过？"

"我就做过一次。"

"那你教我。"

麻姑迟疑了一下，放下了手中提着的被褥："看来我是得教教你，让你赢了明天的比赛。这么多年，我算是坑了你了，让你跟着我受人家的白眼，弄得你都怀了刘家的骨肉了，刘家还瞧不上你，我也是时候该让你能抬头做人了。"

这是李悦有生以来第一次听妈妈说这样贴心的话，她只感觉鼻子发酸。

麻姑领着李悦，去摘了好多的橘树叶，回来便挽起袖子，麻利地开始清洗，洗过之后，开始焯水，李悦知道，焯水的目的就是为了去掉叶子里的苦味。焯过水了，橘树叶已经变得柔软，这时妈妈拿出了面粉，将柔软湿润的叶子表面裹上一层面粉，再放到油锅里去炸。麻姑做着这些的时候，手脚麻利，哪里是平时那种邋遢懒散的形象，完全判若两人。李悦第一次发现，妈妈居然有这么能干的一面。

用树叶做的食品做好了，李悦夹起来尝了一尝，入口很脆，有面粉的香甜味，更有橘子的清香，真的是好吃得不得了。她问："妈，这叫什么？该有个名儿吧。"

"是有名字。"麻姑居然脸红了，不好意思地说，"我们叫它爱情酥。"

爱情酥？李悦斟酌着这名字，醒悟过来："我们？你与谁？老赵吗？"

麻姑点了点头："是老赵。他，其实是你的——亲生父亲。"她情绪复杂地讲起了一段往事：

25年前，麻姑正是李悦这个年纪，与村里一个男孩子相爱了，那男孩，就是老赵。

老赵是个孤儿，父母早亡，是靠吃百家饭长大的。他与麻姑相爱后，却遭到麻姑父母的反对。那时是改革开放的初期，老赵为了让麻姑的父母同意他俩的婚事，打算出外闯荡挣些钱。准备出门的前一天，他将麻姑约了出来，两个人偷偷到山上的橘园约会。橘园有个小屋，是看橘园的人住的，那时是冬天，橘园里没果子，所以看橘子的人就回家去住了，小屋里没人。两个人在小屋里缠绵，等到天亮打算离开时，才发现一夜大雪，已经封了山，他俩根本下不了山，于是只能又在小屋里呆着。

看橘子的人离开时，已经将粮食都带走了，小屋里只剩下不到半斤的面粉和一瓶油。雪什么时候停，他俩什么时候能下山，谁也不知道，靠这么一点面粉，他俩根本维持不下去，所以，麻姑想到了一个方法，那就是采摘橘树叶充饥。于是，她尝试着做了这种食物，吃起来居然特别好吃，又酥又脆，所以，两个情到深处的人给它起了个好听的名字："爱情酥"。

第三天雪就停了，天开始放晴，山上的雪也开始融化，两个人这才下得了山。回到家里，麻姑被父母打了一顿，老赵则奔外面闯荡去了。

也就是那三天的缠绵，让麻姑怀了孕，她的肚子悄悄鼓了起来，在那年头，未婚先孕是辱没门庭的奇耻大辱，她只盼着老赵能快点回来与她完婚，结果，她没盼回老赵的人，却盼回了老赵的一封信，老赵说，他不想回穷山沟了，城里一个有钱人家的女子看上了他，他与人家已经结婚了。

那时麻姑连寻死的心都有，她的父母更是急得不得了，因为女儿的肚子快要现形了，他们得尽快找个女婿将这家门丑事遮掩过去。以麻姑的美貌，风一放出去，上门求婚的还真不少，他们相中了其中最老实的一个，哪知道越老实的人心眼越小，麻姑结婚后四个月就生下了李悦，她丈夫这才知道背了黑锅，于是天天打麻姑，麻姑的名声也开始臭起来。

说到这里，麻姑眼里噙着泪，对李悦说："我其实一直在恨你，我这一生，被你的生父给毁了，也被你的养父给毁了，所以我将愤怒都迁到了你的头上。现在想来，你做我的女儿，也确实可怜，你毁了我，我又何尝没毁了你呢，让你跟着我抬不起头来做人。"

麻姑叹一口气，提上被褥等东西，走了，去医院了，留下李悦一个人怔怔地发呆，她绝没料到，她有这样的身世。这一刻，她有些理解妈妈了，也有些同情妈妈了。

还算温暖的结局

第二天的比赛继续进行，48位参赛选手中，只有9位用树叶做出了食品，但真正做得能够入口的，只有三位，李悦做的“爱情酥”，珍婶做的树叶豆腐，辣嫂做的橘叶馄饨。三个人都是取材于橘树叶。

看到珍婶做的树叶豆腐，李悦已经对翻盘不抱希望，她清楚，虽说三个人都用树叶做出了食品，但她和辣嫂的食品里都添加了面粉，真正纯粹用树叶做食材没加别的东西的，就只有珍婶了。

评委们正准备品尝、评分时，刘背山制止了大家，他说：“新的赞助人和我达成共识，这道题是由老赵出的，理应还是由老赵来评分。”刘背山的话音刚落，老赵被人推了进来，推着轮椅的，是麻姑，她一改平日的邋遢模样，衣着整洁，脸泛红光，大家一时间呆了，原来，麻姑居然也能这么漂亮。

老赵一一品尝大家的食品，品尝到李悦的“爱情酥”时，他的眼睛湿润了，几乎是颤着声音自言自语：“就是这个味，25年没忘啊！”他坐在轮椅上，环顾周围的乡亲，说话了：“乡亲们，我二十多年没回家生活了，想念家乡啊！大家可能会说，你一个没腿的残疾人，还是个擦皮鞋的，身上没两分钱，却扮什么大款，拿出钱来办什么巧女节。你们知道我是为什么吗？”

老赵自问自答：“我是为了一个人，就是推着我轮椅的这个漂亮女人，大家知道她的名字吧。”

“知道，她叫麻姑。”乡亲们异口同声回答。

“不，她不叫麻姑！那只是这几年你们给她取的绰号，她的大名叫巧姑！她是我心目中最心灵手巧的巧女，这也就是我办巧女节的原因，这节日，是为她办的。”

人们安静了下来，如果老赵不说，大家倒真忘了，麻姑的名字就叫巧姑。人们纷纷望向这个巧姑，这个平时很没有女人味的女人居然如此漂亮，还会害羞，红着脸微微低着头。

老赵说：“巧姑确实是一个非常好的女人，在我心目中，没有哪个女人会比她更优秀。去年，我被查出患有癌症，将不久于人世，我忍不住悄悄回了一趟咱仙果村，却发现，巧姑变成一个我都不敢认的女人了，这是为什么，这都是我的罪过。”

老赵对着乡亲们说起了他和巧姑的故事：年轻时他与巧姑相爱了，为了让巧姑的父母同意他俩的婚事，他决定出外闯荡，多挣些钱，哪知道命运不济，他到城市之后才一个月，出了一场事故，他在铁轨上闲逛时，被飞驰而来的火车切断了他的双腿，他从此成了没有双腿的残疾人。他没挣到一分钱，反而丢了双腿，再与巧姑结婚的话，只会拖累巧姑一辈子。但他清楚，以自己残疾了为理由提出与巧姑分手，巧姑一定不会答应，所以，他编造了一个理由，说自己要与城里的一个有钱女人结婚了……

老赵噙着泪，回头仰望着身后的巧姑，动情地说：“我以为我这样做能给巧姑幸福，结果，我却害了她。她以为我变心了，她嫁了人后又得不到幸福，于是，她渐渐变了……去年偷偷回村转悠一遍之后，回去我就再也睡不着觉了，是什么将一个好女人变成这么一副我都不敢认的样子？都是我的罪过，在我的有生之年，我得将我的好女人重新变回来，不能再让她自暴自弃。我知道巧姑是个心灵手巧的人，所以，我打算用激励的方法，让她找回自我。这就是我要赞助办巧女节的原因。”

听着老赵的讲述，人们唏嘘不已，原来，爱情的力量是如此巨大，它能完全毁了一个人，也能重新拯救一个人。

老赵讲完故事，开始给几道食品打分，他给了李悦 10 分，因为李悦做出的，就是他心目中的爱情酥。他只给了珍婶 7 分，珍婶的树叶豆腐虽说全由树叶汁做成，但味道苦涩，而辣嫂，得了 6 分。

翻盘了！一番累记分值之后，刘背山宣布："本届的巧女奖获得者是——李悦。"

刘背山的话音刚落，李悦站了出来："不，这一届的巧女不是我，我这道食品不是我自己做出来的，是我妈妈教给我的，算不得数。我认为，真正能当得巧女称号的，是珍婶。她不但心灵手巧，她也特别需要这个奖，因为，她的儿子……"

面对李悦的反驳，刘背山一时找不到话说，倒是一直没吭声的小莲开腔了："真正的巧女，不但要心灵手巧，还要有高贵的品性，你能这么说，我越发觉得，这一届巧女，你当得。至于珍婶儿子的病，你放心，珍婶是一个特别心灵手巧又为人厚道的人，如果珍婶同意，我可以以 6 万的年薪聘请她，而且珍婶儿子的手术费，我会无偿提供。"

这真是太好了，珍婶高兴得双手发抖，眼泪夺眶而出。

刘背山听了也高兴起来："以后，我们仙果村就会成为高级保姆的输出地，大家都可以凭着一双巧手发家致富了。我相信，我们村的风气，会好起来的。"

刘背山走到李悦面前，诚恳地说："李悦，别怨我给你出难题，爸有这样的儿媳妇，心里巴不得呢，哪还会给你提条件。其实，我和你妈是同辈人，我知道你妈和老赵的过去，老赵说要办巧女节，我也知道他真正的目的，只是去年的巧女节你妈就不愿参加，我看到老赵用的招不管用，心急，才给你提条件，逼你妈妈认清一个事实，她已经影响到她的女儿，好让她能够醒悟过来。”

李悦的脸红了，刘辉适时地走过来，拥住了她。李悦看看自己的妈妈，再看看坐在轮椅上的老赵，准确说，那是她的爸爸。她在心里对自己说：“爸爸和妈妈都不容易，受的苦太多了，我一定要让他俩幸福，一定！”

（方冠晴）

（题图：杨宏富）

有时候，不说反而比说更能打动人。

沉默·隐情

c h e n m o   y i n q i n g

老婆换老婆

这天，罗老汉接到儿子永利一封信，信上说他媳妇香叶生了个大胖小子。罗老汉喜得眉开眼笑，立即打发老伴儿带上几只鸡，进城为儿媳妇伺候月子。

罗婶说："把你一个人搁家，我还真不放心哩。"

罗老汉说："你只管走你的，我又不是三岁小孩子，一个月咋都好对付。"罗婶这才走了。

月子伺候满了，孙子也长得白白胖胖，罗婶便动了回家的念头。香叶见状，把永利拉到一旁，悄声说："眼下咱这里事儿还不少，再说我带孩子也没有经验，能不能让妈别走，帮咱把儿子带到一周岁，那时就能送托儿所了。"

永利听这话有理，就问妈行不行，罗婶二话没说就应承下来。

转眼一年过去了，罗婶还没回家。罗老汉有些心急，于是亲自进城接老伴儿，香叶看出公爹此行的目的，便私下里对永利说:“咱儿子太小，送托儿所我还真不放心，雇个保姆吧，又要花不少钱。要不你去和妈说说，让她再住一段时间，等孩子能上幼儿园再回去不好吗？”

永利把这个想法告诉妈，罗婶说：“我倒没啥，不过要和你爹商量商量才是。”

罗老汉一听，便来气了：“永利小子太不懂事，拿他老娘当保姆是不是？还有那香叶，成天一副娇小姐派头，脏活累活儿一点儿不沾手，全推给你一个人干。”

罗婶忙说：“看你说的啥话，城里姑娘可不都这样？再说人家有工作能挣钱，哪能和我一个乡下老婆子比？我说他爹，要不你就一个人先回去。咱老的受点屈没啥，可别让小的亏着，你想想看，我留下还不是为了你罗家的大孙子吗？”罗老汉没招儿，只好独自走了。

又过了一年多，罗老汉见老伴还不回家，就给儿子写去一封信，信上说过几天是他生日，要罗婶务必赶回家给他祝寿。

香叶看过信问永利：“爹多大岁数？”

永利说：“今年五十七。”

香叶说：“你去求求妈，让她别急着走，等爹六十大寿时，咱全家老少一起回去，热热闹闹给爹祝寿。”

永利想想说：“对，那时儿子该上学前班了，家里也就没啥麻烦事儿啦。不过，爹已经来信把话说明，我们不能不听啊。”

香叶说：“嗨！活人还能让尿憋死嘛，咱想个办法就是了。”

把信发出去后，罗老汉每天到村口汽车站去接老伴儿，这天总算把人接到了，可来的却不是老伴儿而是儿媳妇香叶，香叶一下车就冲罗老汉举起一个大蛋糕说：“爹，我来给您老人家祝寿。”

罗老汉问："娃他奶咋没回来？"

香叶说："我妈她舍不下孙子，永利就让我来了。"

罗老汉招待香叶吃过饭，说："你在家歇着，我下地摘个西瓜给你吃。"

出去一袋烟工夫，只见他拄着根棍子，一瘸一拐回来了，嘴里还"哎哟、哎哟"叫个不停。香叶忙问咋回事儿，罗老汉说不小心把脚崴了，疼得钻心。香叶赶紧把他扶到炕上。

本来香叶打算当天返回去，现在见公爹受伤，身边又没人伺候，就不好意思走了。可一连过了几天，罗老汉那脚伤丝毫不见好转，稍微动一点儿就疼得直咧嘴叫唤。

这天永利打来电话，问香叶咋老不回家，香叶带着哭腔说："你爹把脚伤了，生活不能自理，我哪里走得开？永利呀，你看这事儿可咋办哟！"

第二天，罗婶便从城里返回来，一见到婆婆，香叶像盼到了救星，忙收拾收拾告辞回家。

香叶刚出门，罗老汉"扑通"从炕上跳下来，罗婶忙问："你那脚伤……"

"压根儿就没伤着！"罗老汉嘻嘻笑道，"我不使点儿招数，永利那小子能放你回来？嘿嘿，他若不把我老婆放回来，他老婆也甭想走！"

（吴　港）

（题图：张恩卫）

救命的差错

茱莉原本是法学院的高材生，实习的时候认识了做律师的罗克，两个人一见倾心，几个月后便举行了婚礼。

最近，茱莉的伯父去世了，这个无儿无女的老人在遗嘱中注明茱莉作为唯一的合法继承人，成为老人所有财产的拥有者，这其中包括一家规模很大的贸易公司。

这天吃晚饭的时候，茱莉对罗克说："结婚以后我一直没有出去工作，现在有了伯父留下来的公司，我准备亲自去打理。"

罗克看得出她说这些话是经过深思熟虑的，可他似乎也早有准备，立刻微笑着回答道："宝贝，我已经打算从律师事务所辞职，全心全意去管理这家公司了，我的经验总比你老到一些，等我把公司经营得兴旺发达时，就会让你去主持一切的，而我依然回去干我的老本行，这样你就不会很辛苦了。"

茱莉对罗克的决定感到意外，刚想再争辩什么，可罗克走过来，搂住她的肩膀说:“家里有很多事情等着你做，你还有更重要的任务呢。”

茱莉很委屈，想不出除了那些琐碎的家务，她还有什么重要的事情可做，没有事业，没有社交，这样枯燥的生活让茱莉变得越来越焦躁不安。可看到罗克坚决的表情，茱莉又一次妥协了，她从认识罗克开始，就习惯了听他的安排。罗克有些大男子主义，喜欢包办一切，让茱莉去享受他的安排，他觉得这就是男人疼爱女人的方式，也许有女人喜欢，可茱莉并不喜欢坐享其成。

三个月过去了，为了公司的事情，罗克每天忙得团团转，但似乎精神状态特别好，每天早晨神采飞扬地打好领带，匆匆走出家门，而晚上回来后却总是一副疲倦的样子，不是在客厅里看球赛，就是倒在床上呼呼大睡。最让茱莉受不了的是，自从罗克接掌公司以来，已经整整三个月没有碰过她了，每到晚上，当她对他有所暗示时，罗克总是装糊涂，实在装不下去，他就索性说:“亲爱的，我很累了，让我好好地休息一下吧。”

茱莉开始为这些细节感到不安，时间一长，有个可怕的想法在她头脑里出现。一个丈夫，这么长时间不亲近自己的妻子，这还能意味着什么呢？对，他在外面肯定有了别的女人。茱莉被这种想法吓了一跳，她为罗克甘愿放弃自己的事业，要是他有了别的女人，那真是太残酷了。

这天清晨，茱莉迷迷糊糊地躺在床上，突然隐约听到卫生间里传来罗克打电话的声音：“对，就这么做，照我说的去做……活一定要做得干净利索，不能有一点人为的痕迹，好的，好好干吧，伙计。事成之后，我会给你们一大笔报酬的。”

天啊，他要做什么？茱莉觉得大脑一片混乱，整个人就如同掉进了冰窖里。这时候，脚步声响起，罗克向卧室走来。茱莉紧紧地闭上双眼，她要镇定，要装成没事一样，绝不能让罗克察觉到自己偷听了他的电话。

“亲爱的，你的睡姿是多么美妙，就像一只可爱的猫咪。”往日令人陶醉的称赞这会儿却让茱莉阵阵发冷，她真想知道罗克温柔的眼神背后到底藏着什么。

第二天的天气并不是很好，天空阴阴的，飘着细细的雨。整整一个上午，茱莉都坐在沙发上发呆，她需要静静地思考，用她的法律知识来判断自己的处境，而且要赶快做出决定。

不错，按照法律的规定，如果离婚的话，伯父那笔遗产是不能作为夫妻共同财产分割的，因为伯父的遗嘱在他们婚后生效，并且注明由她一个人来继承，这样说来，如果离婚，罗克将得不到一分钱。但如果罗克将自己杀掉，最好是不用亲自动手，而是雇人造成一次意外，他就可以成为合法的受益者，然后和别的女人一起双宿双飞，安心地享用这笔财富。

茱莉为自己的结论感到害怕，她承认自己还是爱罗克的，可罗克现在要杀死她来夺取遗产，而且还可能和别的女人分享！想到这些，茱莉的伤心变成了愤怒，她爱罗克，所以她能想到的唯一两全的办法就是自己先除掉罗克，然后再自杀随着他去。

下定决心以后，茱莉倒觉得平静了，她换好衣服，开车直奔城郊的农药市场。她走进一家商店，一个大腹便便的胖子走上前来，问：“小姐，您是不是需要老鼠药或者蟑螂药？”

茱莉皱了皱眉头，可胖子似乎并没有意识到，干笑两声继续说道：“一看就知道您被家中这些小寄生们折磨得不轻，我们店里有自己配置的特效毒药，保证立竿见影。”

茱莉想了想，农业药物的味道太刺鼻，应该是鼠药更容易下手，但她怀疑地问道：“真像你说的那么有效吗？现在卖假药的骗子很多。”

胖子转过身去，从柜后的箱子里拿出一只盛有暗黑色液体的小玻璃瓶，低声说："小姐，你仔细看，任何食物只需要滴上几滴，老鼠吃过后绝对活不上三分钟。不过需要注意的是用完后您一定要把它收好，因为这东西对人也是同样有效的。"

茱莉看着小玻璃瓶，突然感觉心慌起来，她紧张地抓过小瓶子，匆忙付了钱逃出店门。心惊肉跳地回到家后，她有点犹豫了，可一想起罗克打电话时那种斩钉截铁的语气，她再一次坚定下来。

茱莉拿出小玻璃瓶放到桌子上，然后取来杯子，又准备好一听可乐，就开始等待罗克回来。她知道，罗克每天回家，都会先喝一大杯可乐，这药与可乐的颜色差不多，加在里面，应该不会被发觉。

已经是下午六点三十分了，罗克应该很快就会回来。果然，门外传来一阵熟悉的脚步声。茱莉心中突然冒出一个奇怪的念头，如果罗克真的在外面有女人，为什么他还能每天按时回家呢？但时间已经不容她多考虑了，说不定这家伙是故意装成这样迷惑自己的。她抓起可乐，启开铁环，倒了一杯。这时门铃已经响起，她慌乱地拿过桌子上的玻璃瓶，拧开盖子，把小瓶中的液体倒了进去，然后随手把玻璃瓶藏到沙发后面。

门自己打开了，显然是罗克以为她不在家，用钥匙开了门。茱莉紧张地看着罗克，只见罗克满脸兴奋地把公文包丢到一旁，快步走上前来抱住茱莉说："亲爱的，知道吗，你今天特别漂亮，我有一个好消息要告诉你。"

茱莉强挤出笑容，推开罗克，端起桌子上的可乐杯递了过去："等等，罗克，喝完之后再告诉我，好吗？"

罗克点了点头，接过杯子一饮而尽，随后从怀中掏出一只红色小方盒说："宝贝，记得今天是什么日子吗？是我们结婚一周年的纪念日呀。

记得当初我很穷，结婚的时候没钱给你买钻戒，但是现在一切都好起来了，我找到城里最有名的珠宝工匠，把钻石镶嵌得和天然形成的一样，看不到一点人为的痕迹，干净利索极了。哦，对不起，不应该说干净利索，我总是很难忘掉以前做律师时说的话，这个应该称作精美绝伦吧。”

人为的痕迹？干净利索？难道指的是这些吗？茱莉只觉得脑子里“轰”的一声，一阵昏厥，不由得闭紧了双眼。可是女人是怎么回事，他应该在外面有女人的，要不怎么会连着三个月对我这么冷淡？

只听罗克继续开心地说道：“还有，宝贝，你不是一直想要小孩吗？可我们无论多努力都没有成功。我偷偷去医院检查过了，是我的原因，现在已经治疗了三个月，我一直不好意思告诉你，但今天一切都好了，医生说我已经完全正常了，我不想让你出去打理公司，就是想让你在家里安心照看我们的孩子，我想我们今晚……啊，天啊，这是，这是……”

茱莉惊恐地睁开眼睛，只见罗克面容极其古怪，忽然丢下手中的红色小方盒，一言不发地向卫生间冲去。

“是药性发作了，上帝啊，我都干出了什么蠢事呢！”茱莉两眼发直，喃喃自语，再也控制不了自己的身体，瘫倒在沙发上。

大约过了三分钟，罗克从洗手间走了出来，睁大眼睛对茱莉喊道：“亲爱的，你究竟把什么东西放进了可乐？弄得我的牙缝还有舌头都变成了黑色，还有一股子奇怪的味道！”

茱莉目瞪口呆地看着罗克咆哮的样子，又转过身来看看桌子，只见那只装着毒药的小瓶子还安静地待在那里，原本放在那里的一只黑墨水瓶却无影无踪了。

（李　想）

（题图：箭　中）

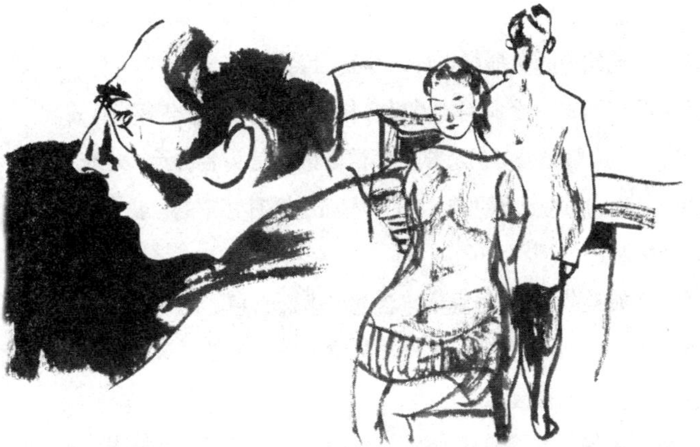

奇怪的考题

我是个柔顺的独生女孩，不知道是因为人长得还可以，还是因为其他原因，反正追求我的人很多。面对众多追求者，我自己有些拿不定主意，于是决定让老爸来帮我挑选。我一向崇拜老爸，他眼光特厉害，要不我也不会把这么重要的任务交给他。

那天，我郑重地提了我的要求，老爸似乎很开心，和颜悦色地讲了两点意见：第一，恋爱结婚我自己做主，他和妈决不干涉；第二，婚姻事关一生幸福，一定要慎重，建议我扩大一下接触面，遇到比较中意的先带回家，先让全家统一统一意见。

老爸的民主作风让我很开心，我高兴地说："我挑跟我合得来的人，您帮我看看他的前途，两者都通过，就好啦！"

"放心吧，要说前途，没点儿真本领休想混过我这一关，我这儿正准备着一道难题，等他们来考哩！"老爸胸有成竹地说。

我知道老爸做事向来让人琢磨不透，这道考题不会那么简单。但是，我根本没想到，他的考题会那样奇怪，令我啼笑皆非！

几天后，我带回来一个帅哥，姓韩，相貌堂堂，家庭也有些背景。前不久，他参加市人事局公务员考试，笔试面试都是头名状元，才貌那可是万里挑一。我们虽说认识不久，可两人都还挺有感觉的，我在心里偷偷希望他能顺利过关。

见面后，老妈笑得像朵大菊花，老爸也满面喜色，问寒问暖，同小伙子天南海北聊得非常投机。看样子两位主考大人都很满意，可奇怪的是老爸好像并没出什么难题。

一晃就到了中午，老爸随和地说："小韩，中午留下来吃顿饭。我要亲自下厨做几个拿手菜。你呢，也不能不劳而获哟——我家菜刀钝得不能用了，你们一道上街去买一把。"小韩连声说好，拉着我上街买菜刀去了。

没多会儿，我和小韩有说有笑地回来了。小韩递上一把亮闪闪的新菜刀，老爸漫不经心地问："小伙子，这刀快吗？"

"快！我们跑了好几条街买的，看了好几家店铺，挑最快的买的！您试试看。"小韩擦擦额头上的汗珠回道。

老爸切切菜，连声夸赞："好刀，好刀！果然锋利无比！小韩同志，你还蛮有眼光的嘛。"虽然老爸的考题还没出，但看得出来，气氛融洽，一切顺利，我心中窃喜。

吃过饭，老爸客客气气地送走小韩，我正红着脸等老爸的表态，谁知他关上门，转身对我说："小韩这小伙子是不错，但还是嫩了点儿，你自己再考虑一下。"

我愣住了，一肚子委屈地说："为什么呀？您连题目都没给他出啊！"老妈也一头雾水。

“天机不可泄露，我已经考过他了呀！”老爸慈爱地拍拍我脑袋，淡淡一笑，“以后你会明白的，有合适的小伙子，你就接着往家带吧。”已经考过了？考了什么呀？我疑惑不解，好几天都有点情绪低落。

过了好久，一个姓文的小伙子被我带回了家。小文出身于高级知识分子家庭，满腹经纶，谈吐不凡，各方面都很不错。他和老爸聊了一会儿，似乎挺对脾气的，我刚松一口气，谁知老爸忽然打住话头，又吩咐小文上街去买菜刀。

小韩买的菜刀还是崭新的，怎么又要买？我心里一动：莫非老爸的考题与菜刀有关？为了能帮小文顺利过关，我和他一起仔细研究了“菜刀”问题，最后终于达成了共识。我们直奔进口商品商店，花大价钱买了一把样式好看的名牌菜刀。

吃过饭送走小文后，我担心的事还是发生了。老爸说：“小文呢，的确很出色，但还不是很成熟，要不再看看？”

我不乐意了，噘起小嘴，气呼呼地问：“小文又哪儿不对劲啦？”

老爸安慰说：“莫急，莫急。老爸以后自然会给你满意的答案。风物长宜放眼量嘛，再挑挑看。”我有点沮丧，想不出我的爱情和菜刀能有什么关系。

就在我渐渐有些泄气的时候，一个长相一般、看上去挺憨厚的小伙子频频向我发起了爱情攻势。小伙子名叫温天明，家庭没有任何背景，但从政却很顺利，据说才干出众，他温柔、体贴、细心，对我非常有耐心，在他的温柔攻势之下，我动心了，决定把他带回家。

这天，温天明夹着公文包如约来到我家。老爸果然又要让他去买菜刀，小温温和地点点头，并不让我陪着去，没过多久，就拎着一把模样很普通的菜刀回来了，连个包装也没有，我一看就灰心了，在边上直摇头。

老爸也冷淡地问："这么快就买回来了，这菜刀快不快啊？"

"不快，但也不钝。"

老爸听后板起脸，有些不高兴地问："让你去买菜刀，你买把不快不慢的来干吗呢？"

我看势头不对，坐在一旁焦虑不安，可小温却似乎不在意老爸的态度，耐心地解释说："我一向喜欢用这种菜刀，要是您愿意听，我想给您讲个我亲身经历的故事，也和菜刀有关。"

老爸点点头，示意让他讲。

小温慢条斯理地讲开了——

我小时候生活在农村，这年开春，一班铁匠来到村里，给农户打农具、铁器，就住在我家。有个一头银发的童老师傅手艺特好，白天默默无言地干活，晚上就给我讲古今故事。童师傅走南闯北，见多识广，讲的故事让我听得入了迷。我总爱提些稀奇古怪的问题，很讨童师傅喜欢。临走时，童师傅特意打了三把菜刀送给我，说："你这孩子机灵，将来很有可能成大器，我送给你三把菜刀，一把切肉如泥，一把切菜如柴，一把不快不钝，你好生琢磨，留意它们，若是能彻悟，定会前途无限，受用一生！"我当时一个小孩子，哪懂这些，大人图个吉利，也就收下了。

后来，村里人都知道我家有把锋利无比的大菜刀，凡遇红白喜事都来借用。那大菜刀切肉剁骨头样样顺手，难活儿都是它包揽了。起初，今日在东家风光，明日在西家逞能。可是好景不长，不久，那菜刀锋刃残卷，锋芒全无，厨师们弃之一旁，再无人问津。而那把钝刀呢，从无人用，搁在墙角，渐渐锈蚀腐烂，成为废铁。倒是那把不快不钝的菜刀，似快非快，磨磨又用，四季油光锃亮，厨师们觉得还是这把刀顺手，一直用了很长时间……

听完故事，老爸微睁双眼，突然收住笑容，一脸严肃地说道："我让你买刀，你却和我讲中庸之道，用这样的态度工作，恐怕不太合适吧？"

屋里的气氛一下子紧张起来。我知道坏事了，赶紧使眼色让小温别顶撞老爸，哪料小温不理睬我，不卑不亢地说："我不觉得这是中庸之道，我是觉得不管是刀还是人，能力和精力都是有限的，除了要有拼劲，也要有耐力和韧性才行，您说呢？"

老爸对他的话未置可否，淡淡地说："工作上还是要积极主动的，要明白事理，但不要沾染庸俗之风。"

我一听这话，知道又黄了，可小温却一点不觉得尴尬，憨笑着说："谢谢您！您的教诲，我一定铭记在心！"

小温走后，我一头钻进卧室不出来了，这时候，我真有点后悔让老爸帮我做参谋，究竟什么样的人在他眼里才是有前途的呢？

可没想到，第二天中午小温跑来找我，高兴地说："晚上一起去看电影吧！"

我暗骂这小子笨，自己被否决了都不知道！于是不高兴地说："你觉得自己通过了我老爸这一关？"

小温开心地说："当然啦，你要是不信，就打电话回家说晚上要和我去看电影，看看你老爸怎么说？"

我当然不信，立刻打电话给老爸，说小温要请我晚上一起去看电影，没想到老爸爽快地说："天明这小子不错，你要是想去看，我是没意见的。"

我忍不住叫了起来："怪了，昨天没听你说同意呀！"

老爸在电话那头笑着说："天明知道我的态度就行了，你这丫头，小孩子脾气，是要这么个成熟点的人带着！"

当天晚上，我和小温开开心心地看了电影，有了老爸的认可，我们相处起来随意多了，回到家，我追着老爸问小温这菜刀买得好在哪里，老爸点点头道："天明不简单呀，有悟性，是块好料！别小看这菜刀，大有学问呢！你老爸一无靠山，二无奇才，却从小小村支书起步，到现在成了五百万市民的父母官，全靠自己悟透做人做官的道理，小温才二十几岁，就能明白，还能不卑不亢，无庸俗之气，我这一关，他算是通过了！"

我虽然还不能完全明白这菜刀的玄机，可看到老爸对小温肯定的态度，还是大大地松了一口气，总算有人通过了这个奇怪的考题。

（白　驰）

（题图：箭　中）

未露面的雇主

卡罗 13 岁那年他母亲病故了，他一直跟着父亲老卡罗一起生活。

老卡罗操持着家里的一个小农场，所以平时很忙，但再忙他也不忘关心卡罗，他一心希望卡罗成人后能继承他的农场，或找一份正当的职业有所作为。谁知偏偏事与愿违，卡罗成人之后不知怎的竟会鬼迷心窍地做起了职业杀手，老卡罗痛苦异常，竭力劝说卡罗回头，可卡罗就是固执地不予理睬，直言除非自己在行动时失手，否则就一辈子不会改行。

无奈之下，老卡罗只好等待卡罗会有哪一次失手的时候。可卡罗是个办事谨慎的人，每每受雇，他都要仔细验证被刺杀的对象，不致发生错杀。而且他的枪法又特别准，百米之内射击百发百中，每次行动都是一枪解决问题。为此，老卡罗十分沮丧，而卡罗却越干越有劲，到后来他甚至在外面买了自己的寓所，经常不回家。

这天，卡罗正在自己的寓所里擦抢，电话铃响了。是一个陌生男人打来的："你是卡罗先生吗？我想马上见到你，我在南大街咖啡店等你，请你马上过来。"卡罗知道又有买卖来了，当即驱车过去。

南大街咖啡店里静悄悄的，只有几对情侣在聊天，卡罗进去之后就找了个靠窗的位子。刚坐定，一个服务小姐走上来问："您是卡罗先生？"

卡罗点点头："是啊！"

服务小姐把手中的一封信递给他，说："刚才有个先生要我把它交给您。"

卡罗一怔，接过信撕开一看，里面有一张照片，一张50万美金的支票，还有一封信。看照片，这是个五十出头的男子，穿着名牌西服，看上去挺有钱，气度不凡的样子。

信上这样写道："卡罗先生：因有急事，来不及与你见面，只好先走了。照片上的那个人叫威尔森，是蓝佛公司的总裁，我愿意出100万美金，你替我蒸发了他。我先预付50万，另50万事成之后再付。留个手机号给你：319875427，克德曼。"

卡罗觉得奇怪：这个叫克德曼的人既然约了自己，为什么又不露面呢？看来这是个特别谨慎的人。好吧，既然你愿意出大价钱，而且已经预付了一半定金，那还有什么可犹豫的？何况自己干这一行，从来就没有去了解雇主与仇家恩怨是非的习惯，只要自己行动时谨慎小心，不错杀对方，事成之后拿钱就是了。

当天下午，卡罗就去蓝佛公司验证威尔森的长相，确认照片上的人就是威尔森本人。之后，他又进一步了解威尔森的活动情况，寻找自己下手的最佳机会。不想这一了解，他才明白对方为什么愿意开出这么高的酬金了。原来威尔森平时特别注意保护自己，其防范程度简直不亚于一个总统，他平时有四个保镖不离左右，而且办公室内外都装着闭路电视监视器，即便杀手能侥幸进入也无济于事，就连他坐的小车也有防弹功能，子弹根本没法击穿。所以要想刺杀这个人，简直比登天还难。

事情非常棘手，可酬金又非常诱惑！卡罗不肯轻易放弃这笔买卖，却一时又想不出好办法。这天他从外面回来，发现邮箱里有封信，取出一看，是雇主克德曼写来的："卡罗先生：上次未能与你见面，十分抱歉。现向你提供一个关于威尔森的情况：市郊爱克路上唯一一幢外墙爬满了青藤叶的别墅，是威尔森金屋藏娇的地方，无人知晓，他去那里与情人幽会从来不带保镖。明晚8点，他会去那儿。克德曼。"

这个情报此刻对卡罗来说真是太重要了，只是他十分惊讶：既然无人知晓，那克德曼又是怎么知道的呢？也不管它了，第二天上午，卡罗便悄悄来到市郊爱克路上踩点，做好了当晚行动的一切准备。

晚饭之后，卡罗便带着装有红外线夜视镜、强力瞄准器和消音器的高性能步枪，来到爱克路上白天找好了的伏击点等候。趁着这会儿，他又在步枪上装上红外线同步摄像机，当子弹射击出膛的一瞬间，摄像机会同步拍摄猎物中弹的情形，到时他就凭这个向雇主克德曼提供实证，领取余下的那一半酬金。

准8点，果然见一辆小车急驶而来，在别墅门口停了下来，车门打开，从里面走出一个五十出头西装革履的男子。借助夜视镜，卡罗一眼认出这男子就是威尔森。只见威尔森转过身，朝四下看了看，正要迈步朝别墅走去，就在这当儿，卡罗瞄准他的脑袋扣动了扳机，威尔森应声倒地，前后不到两秒钟。

原本那么棘手的事情居然这么轻易就解决了，卡罗真不敢相信。回到公寓，他将照片冲洗出来后，就马上给克德曼打电话，准备领取余下的50万美金。可一拨号码，他才知道，克德曼留给他的其实是个空号，卡罗上了克德曼的当！该死的克德曼只给了他一半的佣金就溜号了。

对卡罗来说，这样的失手还是第一回，他非常恼火，后悔自己当初被100万美金迷住了心窍，没坚持见到克德曼之后再动手。现在好了，克德曼长什么样都不知道，还怎么去找他要钱？

猛地，卡罗想起了一件事：克德曼当时不是让咖啡店里的小姐转信给自己的吗，只要从小姐那里弄清克德曼的长相，就不愁找不到他。哼，到时非好好收拾他不可。

第二天，卡罗要去咖啡店，突然发现自己的邮箱里又来了一封信，拆开一看，上面写着："卡罗：你完成了任务，但完成得不漂亮，因为昨晚被你杀了的不是威尔森，而是我——你的父亲老卡罗。不过你不必为此感到惊讶，因为这个事情从头到尾都是我一手设计的。我这辈子就你一个儿子，一心希望你成人成才，谁知你竟然会这么令我寒心，也让我日后实在无法向你母亲交代。你曾说过，除非在干这种事情时失手，你才会考虑改行。为了让你改行，我决定用我的生命为代价。那幢别墅不是威尔森的，而是我一个朋友的，他出国旅游去了，委托我帮忙照看他的房子。至于我为什么选择威尔森，是因为我的朋友平时都说我长得非常像他，只需稍稍整容，就能跟他一个样。你是神枪手，一枪命中我绝对没问题，所以我不怀疑我的计划会落空。现在你终于失手了，你应该信守自己的诺言，彻底抛弃你现在的职业。家里的农场留给你了，如果实在不愿干，你就去找一份正当的职业，堂堂正正地活着。你的老卡罗。"

看完信，卡罗如雷轰顶，这样的结局是他万万没有想到的。悲伤地处理完老卡罗的后事之后，他把所有的枪械都交到了警察局……

（张伟良）

（题图：王申生）

朋友抽了我的筋

天字出头夫作主，结婚以来，家里的事，老婆听我的。

谁知女儿一出生，老婆不但不听了，反而骑到我头上来了，她把女儿的屎布尿布，还有一大堆衣服放在我面前叫我洗，我火了，说："男做女工，越做越穷，这事不做的。"

老婆喉咙很响："一把屎一把尿把孩子养大，你做爸的没责任？"

这个女人简直胡言乱语，我每天上班拿着工资养家糊口，不是责任？我火冒三丈地说："你真要找人洗，我把我妈从乡下接来，总行了吧。"

老婆用手指头戳到我头上："你昏头了，你妈七十的人了，让她来伺候我们，你开得了口？"

这个女人啊，寻死觅活的，一定变态了，赶快躲几天再说！

我坐了两个小时的长途车，到了随州的大学同学马君家，马君见到我，拍肩握手，乐呵呵地说：“当爸爸了，来报喜的吧。”

我被他问得哭笑不得，他却把我拉到街上去喝酒，几口酒下肚，马君的话多了，他和我碰着杯说：“你小子娶了老婆，养了女儿，是真正的家长了呀。”

我说：“受气家长，早知如此，这家长真不想当呢。”

“哈哈哈！”马君幸灾乐祸，拿着筷子指着我说，“一定和你老婆吵架了。夫妻吵架，越发越吵，越吵越发。”

这个马君啊，人家在火里，他在水里，我说：“马君，你开什么玩笑啊？”

马君说：“老同学，谁说开玩笑，就是你老婆为什么和你吵，我也一清二楚。”

我觉得他在吹牛，反问道：“谁告诉你的？”

马君神乎其神地说：“这还用得着人告诉？读书的时候，谁不知道你脾气犟，嘴巴硬，你这坏脾气用到你老婆身上了吧？”我不服气，刚想顶嘴，又被马君打断了：“不说了，不说了，你难得来，好好玩几天。”

马君陪我玩了随州的名胜古迹，第二天吃午饭的时候，马君突然对我说：“我的眼皮不停地跳，一定是你老婆孩子催我叫你回去了。”其实我早有点想家了，被他这么一说，出走时的怨气烟消云散，马君没给我嘴硬的机会，乐呵呵地把我拖到了车站。

我回到了家，按照马君教的说了几句软话：“我到马君家去玩了几天，马君说他的眼皮跳，是你和孩子催我快回来，我也想你们了。”

老婆听得眼睛红红的，心酸地说：“我服侍孩子，又要服侍你，多难呀……”

回来一个星期不到，马君上门了，一进门，就把我女儿举在手里，不住地称赞小孩机灵活泼，眼睛水灵灵的，笑起来两个酒窝一颤一颤的，多像她妈。他又不住地称赞家里搞得干干净净的,表扬我老婆勤快能干。好话说了不少,最后露出底牌,他要办一所私立学校,钱筹得差不多了,还差八千块,求我帮帮忙。

我趁老婆正被夸得轻飘飘的机会,赶紧点头同意了。我一边拿存折,一边提心吊胆地看着老婆,谢天谢地,尽管她脸上的笑容渐渐消失了,可总算没反对。

马君写了借条,拿了钱匆匆走了。日子流水一样过去,马君借去的钱,却一点儿音讯都没有了。

这可苦了我!有一段时间我甚至觉得当初不该去找马君,倒不是因为心疼那两个钱,而是在老婆那里落下了话柄,我不听话也得听话了。发了工资,我马上交到老婆手里,不敢乱花一个,更不敢找茬,就算是没忍住和她吵了起来,只要老婆一提这八千块钱,前面我吵得再凶,也马上矮了半截。我让家里的财政账上一下子少了八千块,哪里还硬得起来。

她理直气壮,我底气不足,没办法,我每次都用同样的话安慰自己:马君很快就会还我钱的,等钱一还,看她还有什么话说?到时候决不饶她!

几次吵下来,老婆好像发现了我的"死穴",跟我吵架时,其他的话题都不重要了,她也不兜圈子,看形势不对,就说:"八千块钱呢?你把八千块钱拿来!"由于敌强我弱,自己处于劣势,斗不过就只好躲,于是,我从纺织厂的朋友那里,找了两个工业用耳塞,每次老婆啰嗦的时候,我就偷偷地把耳朵塞住。

整个世界都清净了。耳边没了老婆喋喋不休的唠叨,就只看到她忙里忙外,跑来跑去,突然发现老婆真的承担了很多家务,把我和孩子照顾得好好的,以前光听她唠叨了,都没注意到她干了那么多活。而且我听不到她说的话，自然就不顶嘴，我不顶嘴也就吵不起来了。就这样，我们相安无事地度过了两年。

直到有一天，我的耳塞找不到了，竟意外地发现老婆没那么啰嗦了。

事情还没完。

春天里的一个礼拜天，有人敲门，打开一看，竟是马君。

我心里一阵惊喜，就知道好兄弟肯定不会赖我的。果然，一进门他就掏出一个存折，说还钱给我。

我拿着存折很神气地往老婆手里一塞，转身拉着马君坐下叙旧，可没一会儿，老婆从屋里出来，神色怪异地把存折递过来让我看，我一看，上面竟有一万五千块。

“马君，你这是干什么？你只借我八千块。”

“没错，借的时候是八千块，其他的是红利，我的私立学校办得很红火。”马君看着我和老婆，笑着说，“怎么样，这两年小两口挺和睦的吧？”

我连忙应道：“挺好，挺好。”我这话说得挺真诚，老婆听了倒有点不好意思。

马君说：“今天也不瞒你们了，当初办私立学校确实差点钱，从你这儿借了八千块钱后，第二年收了学费就能还你。不过当初借的时候我就想好了，就是有钱也先不还你，就是要让你在老婆面前气短三分。刚有了孩子的女人最辛苦，有点怨言本来没什么，你这根硬筋一顶，就糟糕了。知道你是吃软不吃硬的倔脾气，我就是要抽掉你身上的这根犟筋。”

我和老婆都愣了一下，然后又都笑了，这八千块钱的收效可真不小啊。

（张志安）

（题图：张　恢）

不是冤家不聚头

零点多钟，妻子的肚子剧烈疼痛起来，也许是坐了十多个钟头火车的缘故，刚下车她便捂着肚子，不停地呻吟，我看情况紧急，二话没说，就叫辆出租车直奔峄镇中医院。

到了那里，医生检查了一下，便说："孩子快生了，赶紧办住院手续吧！"待妻子住进病房后，我们俩都发愁了。

我是河北人，妻子是山东人，几年前我在北京认识了她，并且深深地相爱了，等到了谈婚论嫁的时候，她妈却坚决反对。见实在说服不了妈妈，我们便来了个"先斩后奏"，瞒着她妈妈登记结婚。待妻子怀了孕，生米已煮成熟饭，她便想回家认亲，让她妈妈看看我这个"准女婿"。为保险起见，我们在离预产期还有二十多天就坐火车从北京来到了峄镇，没想到才刚到峄镇，我们的孩子就迫不及待要出来了。

“一切都等不及了，赶紧做准备吧！”同病房的一位大妈一边照顺着自己刚生产完的儿媳妇，一边对我说。我本想打电话找妻子的娘家人来帮忙的，听了大妈的话便打消了这个念头。

很快，妻子有了欲排便的感觉。

医生说这是要生孩子的信号，让我赶紧把妻子扶进产房。刚才和我说话的那位大妈见我笨手笨脚的，忙过来帮我的忙。

到了产房后，我被医生拒在门外，却把那位大妈留了下来。我有些过意不去，隔着门连说谢谢。大妈说：“这里有我，你赶紧去烧碗红糖水，煮几个鸡蛋过来。”在火车上我就听妻子说过，她们老家有个风俗，就是生完孩子马上要喝红糖水吃鸡蛋，说这样能补充体力。我从产房门口走到病房，心里一下没了主意，心想这半夜三更的，这家医院又没有食堂，我到哪里去弄这些东西啊？

大妈的儿媳妇见我犯难，便对我说医院门口有夜市，可以到那里去买。我一听赶紧往外跑，出了门才发现外面下起了小雨，夜市上做生意的大多提前收摊了。雨越下越大，我身上已经全被淋湿。我正在失望的时候，猛然发现路边一个小吃店里还亮着微弱的灯光，于是不顾一切地跑过去，对店主说：“麻烦您，快给我烧碗红糖水煮几个鸡蛋！”

店主是个男的，有五十多岁的年纪，他看了我一眼，说：“做这个干什么？”

我急切地说：“我老婆快要生了，我要烧碗红糖水给她喝。”

店主为难地说：“可我这没有红糖怎么办？”

我一听心里凉透了，但我还没有死心，用近乎哀求的语气说：“您能帮我想想办法吗？我可以多给您钱！”

这时从另一间屋里走出一个五十多岁的妇女，她说："我家里有，你能等一等吗？"

我问她家离这远不远，她说不远，一会就能回来。

我说行，我等您。她找了把雨伞就去拿红糖，店主却一把抢过雨伞，说："这么大的雨，你不要命了？你在这守着店，我去拿！"说完跑进了雨中。

我一看他们是夫妻俩，便说："老板娘，你老公挺心疼你的！"

老板娘说："你难道不心疼你老婆呀？"

我说："当然疼了，我就是心疼她才要做红糖水的！"

老板娘抬头看了我一会，说："听口音你不是本地人吧？"

我说："我是河北的。"

老板娘说："那怎么跑到这里来生孩子了？"

我见店主还没来，就把我和妻子偷结婚，现在想来认亲的事情说了。

老板娘听后半天没有吭声，我又说："都是这个丈母娘害的，她太自私了。要不这会还用得着我急吗？我早打电话叫他们来了。"

这时店主回来了，老板娘拿过红糖，说："小伙子，咱把话说清了，我这红糖水可是贵了点？"

我心想她肯定见我是外地人，想讹我一些钱财，但我又实在没别的办法，便说："那您要多少钱？"

她说："红糖水 500 块钱一碗，鸡蛋 10 个，50 块一个，不多不少，一共 1000 块钱！"

"什么？"我一听两眼都瞪直了，说，"你这是想宰我呀？"

"对，就是这个意思。但你可以不要，我这可是提前说的。"老板娘面无表情地说。

我看看外面的雨，耳边似乎听到了婴儿的哭声。我不能再等了，于是咬了咬牙说："我，我给你！"

我掏出1000块钱扔给她，心想：瞧你这事办的，天一亮我就打投诉电话，让你宰我！

店主却是好心肠，同老板娘说："收10块钱就算了，怎么能收这么多呢？"

老板娘说："不多，才1000块钱，现在你让他拿10000块钱也买不来红糖水呢！"说完收了钱，然后又同店主说，"老头子，我先回家睡觉，你赶紧给这个小伙子做出来。"店主显然是个"妻管严"，点头答应了。

等老板娘走后，店主对我说："小伙子你别急，我老婆这人是个财迷，回头这钱我一定退还给你。天亮了你来拿钱，我们是本分人，不会宰你的！"

我一听，心头一热，也没了告他们的想法了。

红糖水和鸡蛋做好后，我向店主借了把伞打着，小心翼翼端进了医院。刚到产房门口，大妈从里面走出来，满头大汗地对我说："你老婆体力不行，孩子老是生不下来。"

我急了，红糖水差点给泼了："那怎么办啊？"

大妈说："刚进去一个人，说是你们的亲戚，她把我换了下来，等一会你和她商量商量。"

"亲戚？"我想现在这个时候从哪里冒出来的亲戚，莫不是想来偷孩子的吧？我急忙凑在门缝上往里看，只见刚才讹去我1000块钱的老板娘正在里面。

我慌了，忙同大妈说："大妈，快，您快去帮我再看看去，我根本不认识里面的那个人，她可能是来偷孩子的！"

大妈也慌了，赶紧走进了产房。这时有位医生见我老扒在产房门上，便过来赶我，一边赶一边说：“你个大老爷们，看生孩子干什么？”我只得回到病房里坐着。

不一会，那位热心的大妈走了过来，她说：“说来也怪，你老婆一看见那位老姐，顿时来了劲，一下就把孩子生了下来，是个大胖小子，恭喜你了！”

我听完就往产房跑，刚才赶我走的那位医生见我想冲进去，便不高兴地说：“你是她什么人，怎么老往这边跑？”

我说：“我是她爱人！”

那个医生说：“生完了，是个儿子，你快去看看吧！”

我跑了进去，见那位小吃店的老板娘正用毛毯包孩子，妻子无力地躺在产床上。

老板娘看见我后急忙说：“快给她穿上衣服抱回房间去！”

我过去给妻子穿衣服，妻子扒在我耳根说：“这是咱妈，她同意咱俩的事了！”

“啊！”我又一次瞪大了眼睛。

妻子说：“咱妈以前见过我寄给她的咱们的合影，她说她和我爸新开了一个小吃店，在小吃店里认出了你，就赶紧过来了。”

妻子紧接着又说：“一看见咱妈，我就浑身有劲，一下就把孩子生了下来！”

穿好衣服，我把妻子抱回病房，赶紧端来红糖水让她喝，又剥了个鸡蛋让她吃。

丈母娘在一边看着，说：“我女儿没看错人，真是个会心疼人的小伙子！”

妻子不好意思地笑了，说：“我妈说她是故意试探你的，看你疼不疼我，所以才要了500块钱一碗的红糖水，50块钱一个的鸡蛋！”

丈母娘笑着说：“生米已成熟饭，我就是想自私也自私不成喽！”

看着妻子一边吃着鸡蛋一边喝着红糖水，又看着丈母娘怀里抱着的我亲爱的儿子，我也忍不住笑了。

（孙剑文）

（题图：杨宏富）

亿万富翁的选择

亿万富翁的儿子克里刚和女友来到夏威夷，就接到家里的电话，说他父亲旧病复发，恐怕不久于人世，要他马上赶回去继承遗产。克里只好放弃了这次浪漫的度假，赶回家里。

克里和女友马丽这次出来是瞒着父亲的，因为克里已经有了未婚妻，名叫艾琳娜，克里在父亲的坚持下，被迫与她订了婚，但克里并不爱艾琳娜，认为她看中的是他的亿万资产，而他在一次聚会遇上马丽时，公开的身份是一名火车司机的儿子。两个人一见如故，克里不顾一切地爱上了她。

马丽知道克里是富翁的儿子后很不开心，说："如果早点知道，我就不会跟你交往，我讨厌富人。"

克里两手一摊，说："没法子，这不是我能选择的。"

克里赶回家，老克里正昏睡在病床上，守在病床前的又是那讨厌的艾琳娜。过了一会，老克里醒过来，叫来律师，向克里公布了遗嘱内容：作为老克里唯一的继承人，克里有权继承父亲的亿万资产，但必须满足两个条件：一是在十天内挣到一千美元，二是要在指定区域用一周时间找回家里保险箱的钥匙……

按照遗嘱要求，克里第二天就得找工作。因为父亲不许他到自家的公司打工，也不能公开自己的身份，在这个失业率很高的城市，克里要在短期内找到一个薪水高而又舒适的职位还真不容易。当规定时间还剩一周时，他终于下决心干起了以前想都没想过的工作：在饭店涮盘子，兼做家庭清洁工。每天近十个小时的工作真让这个公子哥儿吃不消，好在他是个不服输的人，咬着牙坚持一个星期后，他挣到了一千美元，也体验到了下层社会的辛劳痛苦。

挣一千美元虽然很不容易，但比起第二件事简直算不了什么，因为这件事是要他在一个星期里，在一条小街上问出他家保险箱的钥匙。这简直是大海捞针。

克里来到父亲指定的这条破烂小街。这里住的都是一些下层贫民，破败的景象和外面繁华的大街形成鲜明对比。克里以前很少到这种地方来，来了也很不习惯。他皱着眉捂着鼻子，不断问街上的人："我是克里先生的儿子，你们知道我父亲保险箱的钥匙放在哪里吗？"

可行人们态度冷漠，有的人说声"不知道"就匆匆走过；有的人懒得说话，只是摇摇头；有的人干脆装聋作哑，理都不理他。

三天下来，克里一无所获。这时艾琳娜来了，说可以帮助他，克里想也不想就拒绝了，艾琳娜笑着说："拒绝我很容易，但你这样能找到钥匙吗？为什么不相信我能帮助你？试试也不行吗？"克里想想自己的确已无计可施，时间又紧迫，只好同意她一起试试。

于是，艾琳娜和克里一同来到这条小街上。

艾琳娜面带微笑，很有礼貌地询问他们碰到的每一个人，尽管人们不能给她满意的答案，但被问到的人全都很认真地回答他们。

眼看又一天过去了，他们还是一无所获。正当克里垂头丧气时，艾琳娜拉了拉他，指指街上，说："那位老妇人很吃力，咱们去帮她一把吧！"于是克里和艾琳娜一起上前，帮助老妇人把刚运来的水果搬进了铺面。

临走时，艾琳娜习惯性地问了句："尊敬的太太，您能告诉我克里先生家保险箱的钥匙在哪里吗？"

这老妇人耳朵有点背，没听清她说什么，艾琳娜就附在她耳边又重复了一遍。老妇人点点头，手朝东边指了指，说："到那里等着老山姆，他能告诉你们！"

两个人喜出望外，连忙按照老妇人指引的方向来到街头等候。刚到一会儿，就有一个乞丐走过来，身上浓浓的汗臭味让克里皱起了鼻子，但艾琳娜却认真地掏出一张钞票递到他手里，乞丐道谢后，走了两步，又站住，回过头来问道："小姐，先生，请问有什么需要帮忙的吗？"

艾琳娜说："我们在这里等着山姆先生，您认识他吗？"

乞丐说："你们等着。"说完便急匆匆地走了。

不一会儿，那个乞丐把一个年纪很大的老乞丐带到克里和艾琳娜面前，高兴地说："这就是老山姆，我把他给你们找来了！"

艾琳娜真诚地感谢了他，又给了山姆大叔一张钞票，问他是否知道克里先生家保险箱的钥匙。老山姆点点头，说："我年纪大了，记性不好，不知道还能不能想起来，我得好好想一想，你们明天再来吧。"

第二天，克里和艾琳娜又来到那个地方等着。老半天过去了，还不见老山姆来。他们向过往的行人打听，可谁都说没有见过山姆。他们只好在原地耐心等待，一直等到了下午五点，老山姆这才走过来，说："我想起来了，金匠鲍勃好像知道这件事。"

克里和艾琳娜按照老山姆的指引来到了鲍勃家。这个金匠听了他们的话没有回答，指了指旁边的凳子示意他们坐下，然后便自顾自忙起手里的活计，再不说一句话。克里和艾琳娜坐在这张破凳子上，不知不觉间天已黑了下来，他们又累又饿，却不敢离开半步。

几个小时过去了，金匠的活计终于忙完，他把刚刚制成的一把金钥匙递给克里，说："这就是克里先生订制的保险箱钥匙。"

克里和艾琳娜舒了一口气，急忙赶回家，将金钥匙交到了老克里手上。老克里点点头，问儿子："你除了挣到一千美元，找到这把金钥匙，还有什么收获吗？"

克里想了想，说："我还明白，人有很多活法，只要认认真真，都能活得好。"

老克里满意地点点头，用克里带回的金钥匙打开一个精致的小盒子，这个小盒子里放的才是真正的保险箱钥匙。可克里没想到，保险箱里留给他的不是现钞或支票，而是一张字条和一份协议。字条上写着——

如果你想做一个继承者，就撕掉这份协议；如果你想做一个创业者，就签下这份协议。

再看那份协议，竟是一份捐赠协议。上边写着老克里和克里共同决定，把全部资产捐献给慈善机构。老克里已经在上面签好了字，很显然，他在等待儿子的决定。

律师对克里说："您有三天的时间做出选择，请您仔细考虑后再做决定。如果你签下字，你将失去亿万家产。”

克里拿着协议书，把自己关在屋子里。

两天后，克里把那份协议送到父亲手里。老克里接过一看，克里已经在上面签上了自己的名字。他激动得连连点头，抱住儿子，满脸都是自豪。

克里心里也放下了一副重担，他马上给马丽打电话，把自己的决定告诉了她。他想，马丽一定很高兴，因为她再也不用背亿万富翁的包袱了。

谁知马丽一听他捐出了全部家产，立即破口大骂，说他是个傻蛋、混蛋、倒霉蛋……挂断电话前，她又加了一句：“见你的鬼去吧，傻子才会嫁给你这个穷光蛋！”

放下电话，克里好半天才想明白，马丽看中的也是他的亿万资产，说不定他们的相遇都是她预先设计的情节。

克里又把艾琳娜约了出来，向她通告了自己的决定，然后笑着问她：“我已没了亿万家产，我们什么时候解除婚约？”

艾琳娜非常平静地笑笑，说：“不，我正考虑和你结婚哩！”

克里大吃一惊。

艾琳娜认真地说：“你父亲做出捐赠决定前征询过我的意见，我支持他，我希望你能靠奋斗来证明自己！我爱你，希望你能成功，哪怕你最终只是一个小老板，我也会为你自豪！我知道你现在还不爱我，但我希望从今天开始我们能够相爱。你同意吗？”

克里望着艾琳娜，伸出双手轻轻拥住她，说：“我很庆幸，我抛弃了亿万资产，却得到了你……”

（黄守东）

（题图：佐　夫）

老怀表上的十二颗钻石

谢波德先生是一位颇有声望的珠宝鉴定家，而且他自己也开了一家珠宝行，生意十分红火。如今他考虑的是，偌大的家业，哪个子女最具潜力来继承。对于一个从事珠宝鉴别的人来说，不仅需要具备精深的专业技能和广博的知识阅历，而且更需要一种职业性天赋。

在谢波德的子女中，小儿子斯丹无疑具备了这样的天赋。斯丹从小就对珠宝表现出一种天生的鉴赏力，对各种珠宝的质地，同类质地的不同成色以及真伪的辨别等等，只要稍加点拨，便能掌握十之八九。

于是谢波德就悉心培养这个儿子，有意识地带他参加一些大型珠宝展和拍卖会，给他讲述世界上各种珠宝传奇和鉴别技巧，后来又送他去法国、瑞士进行专业学习。

按说，有这样一个聪明的儿子，谢波德先生是完全不用担心后继无人的。可是，斯丹却有一点让父亲忧心——那就是他对别人的轻信。

斯丹从小就心地善良。在家，只要哥哥姐姐们随便说个理由，他总是有求必应；在学校，他也总是不遗余力地帮助别人。但据谢波德先生私下了解，他哥哥姐姐的"理由"和那些同学的所谓"困难"，水分很大。至少有那么一两个是被夸大了的。换句话说，就是他们利用斯丹的好心肠满足了自己的愿望。

谢波德先生不止一次地把实情告诉他，希望他能有所感悟。可斯丹不为所动，依旧我行我素。谢波德先生无话可说了，他知道，这是儿子与生俱来的一种本性。然而这种善良宽厚的本性又恰恰是时刻充满着伪赝、阴谋与欺诈的珠宝鉴别行业的一个大忌。谢波德因此非常担心，他知道如果斯丹改不了轻信的秉性，日后就很难在这个领域立足！到斯丹 22 岁时，谢波德先生的担忧终于成了现实。

那年，斯丹刚大学毕业，开始在谢波德先生的珠宝行实习。有天上午，谢波德先生外出办事，午后回来，就听职员说斯丹以十万英镑的价格收购了一块 17 世纪瑞典国王的加冕纪念怀表。谢波德先生来到内室，打开保险柜，果然看见里面有一块怀表。表壳和表链是纯银的，镌刻着非常细腻的花纹。在表的背面，还刻有 17 世纪的瑞士皇家徽章和年份。

谢波德先生怦然心动，他把怀表拿到台灯前，就着灯光仔细掂量和咂摸。从成色上可以判断，这块怀表正是当时瑞典国王的加冕纪念品。谢波德立即想到，资料上记载，这种加冕怀表一共只制造了十块，是作为新王加冕的礼物赠送给十位功劳显赫的大臣的。为防止伪造，当时瑞典皇室分批请了瑞士最好的表匠和工艺师用了长达两年时间才完成，每批人员只负责一个部分的制造，完工之后，怀表的设计图和模具就被统统销毁了。因此这块加冕怀表的收藏价值极高。

想到这里，谢波德先生微笑起来，看来儿子的眼光不错，而且所出的价格也很合理。接着，他轻轻用手指拨了一下精致小巧的表壳扣，只听“啪”的一声，表壳打开了。当他的目光接触到走动的表针时，他脸上的笑容立刻僵住了。

谢波德知道，在怀表的每个整点，都镶着一颗紫罗兰色的钻石，它们在光照之下会映射出美丽的紫色光焰。这也是这种怀表价值高昂的原因之一。而现在，他所看到的，竟是十二颗普通的人造水晶石。

谢波德先生怔怔地看着怀表，好久好久，他才长长叹出一口气。十万英镑对他来说，尽管数目不小，但还赔得起，而真正让他伤心的是斯丹所犯的这个错误。不要说专业的珠宝鉴别者，就连稍微具备一点珠宝常识的人也不会犯这个错误啊，可是……

晚上回到家，谢波德先生把斯丹叫进书房，将那块加冕怀表放在儿子面前说：“以我的了解，你不可能辨别不出钻石和人造水晶。我很想知道你为什么会犯这么愚蠢的错误。”

斯丹沉默片刻，说出了实情：“有位老先生拿来块怀表，我看出它的确是瑞典国王的加冕表，只是钻石被换成了人造水晶，顶多值一万英镑。可老先生却开价十万，因为他女儿要和一个富家公子订婚，需要一笔匹配夫家的丰厚嫁妆。我想，如果我们损失九万英镑，能够帮助一个女孩换取一生的幸福，那为什么不做呢？”

谢波德先生一听，气得猛拍了一下桌子，吼道：“蠢！你就这么轻信别人？你怎么知道人家不是在骗你？”

斯丹依然镇静自信地说：“我当然知道人家没有骗我，因为他眼里闪现的是一位父亲慈爱和充满期望的神情，和您看我的眼神一模一样。”

话说到这个份上，谢波德先生彻底没辙了，一点脾气也发不出来。他看着儿子，心中满是爱与痛。真是个好孩子啊！可是，正是因为这种善良，他或许注定无法继承自己的家业了。

第二天，谢波德先生和斯丹照常去珠宝行上班。一进店堂，就见一位年轻的姑娘已经等在那里，她拿出昨天斯丹开出的支票退还给斯丹，说：“对不起，先生，那块加冕怀表不值十万英镑，因为几年前为了给母亲治病，我偷偷卖掉了怀表上的十二颗钻石，并用人造水晶代替了。这一切都是瞒着我父亲做的，他并不知道内情。”

听姑娘这么一说，父子俩不由得交换了一下眼神。斯丹说道：“哦，小姐，你父亲说过这笔钱的用途，也许我……”

那女孩会意了，她感激地看着斯丹说：“你的心真好，可我已经不需要了，我的未婚夫得知我父亲的公司破产后，就取消了婚约。”说完，她把支票轻轻地放在斯丹手里。

进到内室，斯丹有点得意地对父亲说：“您以前教过我，和珠宝打交道就是和人打交道。珠宝的真伪需要从成色和质地上辨别，而诚实是人的质地，需要用善意的心去仔细辨别。”

谢波德先生笑了。儿子已经长大，并且开始有独立的见地了，还用得着自己瞎操心么？他把那块加冕怀表递给斯丹，小声说：“我还有一招教你——送还怀表的时候，别忘了要坚持送那女孩回家。她是个好女孩，需要一个好男孩陪伴。”

斯丹的脸红了。不过，他还是依照父亲的话走了出去……

（佘泽敏）

（题图：箭　中）

家有巧媳妇

祸从天降

清朝末年，民间约定俗成，大年初二是回娘家的日子。这年的大年初二，闷丫娘一大早就往村口走去，打算接闺女闷丫回娘家。

一想到闺女，闷丫娘的心里就堵得慌。闷丫去年出嫁，嫁给了镇上的李家。这李家倒是个富户，开着一家卤菜馆，生意红火，家里青砖房院、高骡大马，该有的都有，可关键是不该有的也有，这李家有着一个“活夜叉”。

活夜叉是闷丫的大姑子，她为人又刁又狠，人们背地里就给她起了这么个外号。早几年她嫁过人，嫁过去后因为她性子泼，三天吵两天闹，把家里搅得狼烟四起，害得她男人得了气鼓病，时间不长就死了。活夜叉被婆婆撵回了娘家，不但没收敛，反而活得更肆意了。闷丫过门后，活夜叉算是瞄上了准儿，想尽法子欺负她，挑拨兄弟三天两头打媳妇。性子绵软的闷丫整天过得提心吊胆。

两个月前，闷丫生了个闺女，闷丫娘去探望月子，只坐了一会儿，活夜叉就灌了她满耳朵的风凉话，说什么败兴人，不是旺夫的命，头胎生丫头，好谷子都填了粪坑……气得闷丫娘饭都没吃一口就走了。

闷丫娘想着闺女，不觉已到了村口。此时村口聚集了不少乡亲，有人一见闷丫娘过来，便喊道："闷丫娘，咱村就数闷丫的婆家富，我们今天可要抢你家的'回娘馍'吃个够。"

闷丫娘听了，忙笑眯眯地接话："好，好，吃'回娘馍'，福财双得！"

这是怎么回事呢？原来这是当地的一个风俗，大年初二，回娘家的闺女都要给娘家送"回娘馍"。这"回娘馍"可不是一般的白面馍，做"回娘馍"，要用上等的新麦子磨面，再用极细的箩筛过三遍，直到筛出来的面粉细得喘口大气都能吹散。然后打甜井的水来和面，面和好后经过三揉三搓，醒发成筋力十足的面团，再揉成又圆又光的生坯，烧起旺火蒸。馍蒸好了，屋里院外都弥漫着清甜的麦香。这馍咬上一口，不软不硬，满口甘美。因为"回娘馍"形状圆圆的，象征着团团圆圆的福气，又因它是发制出来的面食，带着来年"发"的彩头，人们图这个吉利，初二一早就迎在村口，抢吃各家闺女带来的"回娘馍"。

这时，从村外远远地来了一辆马车，有人喊了一声："有闺女回村了！"人们忙一齐朝村外看去，就见马车越来越近，这辆马车挺神气，高大的枣红马拉车，车上还搭着蓝布围幔，不用说，准是个富裕人家。

有人就说："闷丫娘，准是你家闷丫来了，别家谁能套这样的车？"闷丫娘闻听，赶紧往前凑。马车到了跟前，果然，从车上跳下了闷丫的丈夫李友二。他个子不高，粗粗壮壮的，此时他站在众人面前，不知怎的竟有些手足无措。他不自然地冲着闷丫娘低低喊了声“娘”，便不做声了。

乡亲们都乐了，他们觉得这是姑爷腼腆，有人就冲着马车里喊：“闷丫，快把‘回娘馍’拿出来。”话音刚落，车帘里果然递出个挎篮。有个乡亲手快，一把接过来，掀开盖布就要拿馍，可这拿馍的手刚伸到一半就停住了，大伙直愣愣地盯着挎篮里边，都是一脸惊恐——只见挎篮里躺着几个蔫蔫瘪瘪、半生不熟的“回娘馍”，样子难看不说，更让人瘆得慌的是，每个“回娘馍”上都点着一个大大的白点儿。

“这是‘丧馍’！”有人惊恐地小声说，人们都倒吸了一口冷气。闷丫娘的脸色立刻变得煞白煞白的，她哆嗦着问姑爷：“这是怎么回事？”

李友二吞吞吐吐地说：“娘，闷丫没了，她昨夜……跳井了。”

闷丫娘一个愣怔，突然疯了一样扑向李友二，哭喊着：“我好好的闺女怎么就没了，你还我闺女……”乡亲们也都懵了，心想闷丫没了，那车帘子里往外递馍篮的人是谁？

这时车帘一掀，从里边蹿出一个人来，只见她瘦条子身形刀条子脸，长着一双老鼠眼，再配上一张地包天的兜齿嘴，说起话来嘴角还一歪一歪的。她不是别人，正是闷丫的大姑子，那个活夜叉。

她怎么跟来了呢？因为李友二是个没主意的憨性子人，遇到大事就有些傻眼，只有听活夜叉吩咐的份了。这活夜叉呢，她恨闷丫大年初一寻死，给她家添了晦气，所以便出了这个缺德主意，在初二一早给闷丫娘家村里送“丧馍”，让全村人都接晦气。

话又说回来，闷丫好好的怎么跳井了呢？说起来，这也是让活夜叉给逼的。

那时人们过年，讲究在家里边热闹，没人下饭馆，所以一到年三十，饭馆都关门封灶，伙计们都拿着封赏回家。闷丫婆家开的是卤菜馆，伙计一走，家里一应杂务全得闷丫一个人干。她直忙到初一晚饭时，趁着一家子吃饭，才有空去蒸明天给娘带的“回娘馍”。

正忙着呢，孩子哭了，孩子一哭，闷丫的瞎眼婆婆心疼了，她让儿子把孩子抱过来，喂上点汤水。李友二刚要去抱，活夜叉不愿意了，她一拍桌子吼道：“哪有大年初一老爷们抱孩子的？初一抱了，你得抱一年！”说着话，一步窜到屋里，拎起孩子来到灶房，往闷丫怀里一扔，便骂开了：“你个败兴人，给娘家蒸馍看把你上劲的，你的丫头片子号丧，你没听见？成心添堵是不是？我让你蒸！”说着一扬手便将冒着热气的笼屉掀翻，屉里的馍“噼里啪啦”滚了一地。

闷丫憋屈啊，看着滚了一地的“回娘馍”，想想自己一年到头受的窝囊气，明天没有“回娘馍”怎么进村？娘的脸往哪儿放？越想心里就越窄，她把孩子奶足了放回屋，狠了狠心，一头朝院里的那口井扎去……

凤姑续亲

闷丫一气之下寻了短见，活夜叉害了人不愧疚反而生气了，她要送“丧馍”来报复。此时她见乡亲接了“丧馍”，心里乐开了花，便吩咐兄弟赶紧回家。不料兄弟被他丈母娘撕扯着脱不了身，活夜叉的泼性上来了，一指闷丫娘，兜齿嘴上下翻飞：“你闺女自己跳的井，没有哪个推她吧？这叫神仙地难留该死的鬼！还你闺女？我还让你还我家一口井呢，好好的甜水井让这死鬼糟蹋了……”

一番话把闷丫娘气得浑身打颤，一口气没接上，直直地就倒了下去。乡亲们见闷丫娘气昏过去了，赶紧七手八脚地救人。等闷丫娘这口气缓过来，活夜叉他们早走了。

真是欺负人到家了！人们摇着头，只好先把闷丫娘背回了家。到了家，闷丫娘躺在炕上干瞪着眼，不哭也不闹。请来的郎中说，她这是连悲带怒，气堵心窍，这口气窝在那里下不来，时间长了恐怕得要命。乡亲们看着直叹气，谁都束手无策。就在这时，只听“咣”的一声，从大门外闯进来一个人。

一见来人，大家眼睛都亮了，闷丫娘有救了。果然，这人一出现，闷丫娘“哇”的一下就哭出了声。

要问来人是谁？她就是闷丫娘的亲妹子，嫁在邻县，她听说了闷丫的事，便赶紧搭了大车赶来了。闷丫娘多年守寡，妹子没少帮衬她，姐妹俩感情很好。

此时闷丫娘拉着妹子一边哭一边说了经过，气得妹子两手直哆嗦。老姐妹俩哭了一阵后，妹子冷静下来了，她想起一件要紧的事：闷丫这一走，撇下了襁褓中的女儿怎么办？等李友二再娶进一房，那时，一个后娘、一个夜叉，这可怜的孩子夹在中间还有活路？不行，得想个万全之策。闷丫娘的妹子是个有主见、办事嘎嘣脆的女人，就见她紧抿着嘴想了半天，点了点头，似乎下定了决心。

她拎起李家送来的那个馍篮，几步来到门外，“刷”地一把扯下门框上的春联，撕下未染上墨汁的地方，团成一个红纸团，用水洇湿，将丧馍上的白点一个个全都涂成了红色。

“丧馍翻红！”人们惊得瞪大了眼睛。原来当地有个风俗，哪家的媳妇没了，媳妇的娘家如果有意续亲，想将媳妇的妹子再许配过去做填房，就把“丧馍”上的白点翻红送回去。婆家那边收到翻红的“丧馍”，就不能再与别家议亲。

闷丫娘的妹子在人们惊异的目光中完成这一切后，提着馍篮来到一位族叔跟前，说："叔，还请您老人家做主，派人将馍给李家送去。"

这位族叔哪敢应啊？谁不知道，闷丫娘就闷丫这么一个闺女，往哪给闷丫找妹子去？族叔小心地劝说："她姨啊，你别生气，你姐就这一个闺女，这馍咋能送啊？"

闷丫娘的妹子咬了咬牙，说："俺还有个闺女，不是闷丫的妹子？"这句话声儿不大，却惊呆了所有人。一旁的闷丫娘一听急了，冲妹子哭道："妹子，你也就凤姑这一个闺女，哪能再填那个火坑？"

"姐，闷丫没了，可还留下个吃奶的孩子在李家呢，不能眼看着她也没命了。凤姑性子烈、命格硬，又从小跟着她爹识文断字的，不怕。"

闷丫娘一听妹子这话，心里对妹子充满了感激，但她想想还是不妥，就说："那也得跟凤姑爹商量商量。"

闷丫娘的妹子干脆利索，说："不用商量了，我做得了主。"要说过去的婚事就这么简单，凭的是父母之命，就闷丫娘妹子的这一句话，凤姑便进了李家门，也自此，李家那个活夜叉有了克星。

这凤姑人长得俊俏白净，百里挑一的好模样。她有一个异相，只要一发怒，两眉之间就会泛起一块水滴一样的红印，越怒越红，活像是二郎神的第三只眼，等怒气一消，红印也立马消失。她性子刚烈，小时候跟伙伴玩耍时，常因打抱不平而跟男孩大打出手，从没怕过谁。因为凤姑的爹是秀才出身，从凤姑小时起，就教她背四书习五经，所以十八岁的凤姑可以说是能文能武、手一份嘴一份的人尖子。

再说李家，一见闷丫娘家送来了翻红的馍，活夜叉不由得恨恨地骂："真是不知死的玩意儿，又送来一个。等这个也跳了井，看你往哪儿淘换第三个去！"

将计就计

因为有“冲喜不过三”的讲究，所以李家在正月初三那天就将凤姑娶过了门。李友二一见凤姑，立刻心花怒放，好一个白净水灵的漂亮人，心里对丈母娘家充满了无限的感激，自然对凤姑百般怜惜。这本是挺好的事，却让活夜叉感到那么难受，直恨得牙痒痒，她暗暗筹划，一定要做点什么来改变形势。

凤姑是初三嫁过来的，转眼就要到正月初五了，这是买卖家开业的日子。按“李家卤菜馆”的惯例，初五一早，掌柜的要用特制的长鞭在店门外甩响九鞭子，寓意长长久久。然后，掌柜的一家和伙计们一起在店里吃顿破五饺子，就算正式开业。这顿饺子可有讲究，饺子皮要擀成椭圆形，将长圆的两头对折，把饺子包成元宝形状，寓意招财进宝。最最要紧的一点是，饺子馅儿千万不能调咸了，因为咸跟“闲”谐音，犯了买卖家图兴旺的大忌。

调馅、包饺子都是内掌柜的事，所以初四吃完晚饭，李友二跟凤姑交代一番后便去店里忙活了。凤姑在家便开始和面、调馅。活夜叉一看偷偷乐了，她的机会来了，她要通过这个机会一举定乾坤。

凤姑将馅和好、面准备妥当，刚要包饺子，忽听屋里的小外甥女哭了。凤姑记着娘嘱咐的话，一定要照顾好自己这可怜的外甥女，不能让她受一丁点委屈，便赶紧擦擦手去抱孩子。

凤姑刚一离开，活夜叉就闪了进来，她撇着兜齿嘴，心里特佩服自己：略施了一个小计，把孩子掐哭就引走了凤姑。只见她飞快地拿过盐罐子，“哗”的一声朝馅儿盆子里就倒，然后快速搅拌几下，又赶紧溜了出去。

溜出去的活夜叉可并没走，她躲在黑影儿里偷偷地看着，见凤姑用背兜背着孩子进了灶房，根本没有任何觉察，很快就将极咸的馅都包成了饺子，活夜叉长舒了一口气。见凤姑收拾利索回屋哄孩子睡觉去了，活夜叉心里说："初战告捷。"现在她要等兄弟回来，再实施第二步计划。于是她盘腿坐在炕上，竖着耳朵听着大门的动静。

终于，大门"咣当"一声响，李友二回来了。活夜叉"噌"的一声蹿到门口，说："兄弟呀，你可回来了，那小娘们早就睡了，姐可不能不给你等门。"活夜叉这边小声说着，一转身，吓得一哆嗦，只见凤姑就站在她身后，正笑盈盈地看着她。"你……你没睡？"活夜叉有些尴尬。

凤姑微微一笑，说："我睡了，可被院里的母驴叫唤给吵醒了，这不，出来看看这牲口。"说完转身就回屋了。

活夜叉这个气呀，心想：这个天杀的，我还没开始整治你呢，倒先听了骂，看我不把你治死！她神秘地冲李友二招招手，说："兄弟，明天的破五饺子可不吉利呀！"李友二不明白，问："咋能呢？"

活夜叉低声说："这小娘们可狠呢，可着劲往馅子里倒盐。唉，原以为她嫁过来是过日子呢，谁知她是搅日子来了。"活夜叉就是活夜叉，瞎话说得就跟真的一样。

"那……咋办？"李友二又没了主意。活夜叉叹着气说："还能咋办？都包成饺子了，看来，只有明天'使破解'了。"

什么是"使破解"呢？过去的买卖家，如果不慎犯了忌讳，总会用某种办法去弥补一下，这个弥补办法就叫"使破解"。李家卤菜馆对饺子馅儿咸的破解法是抽"咸"，取个忙里才抽闲（咸）的谐音，具体怎么做呢？说白了，就是用鞭子去抽把馅儿调咸的人。

原来活夜叉的目的就是要在明天当众用鞭子抽凤姑！

李友二有些犹豫，对姐姐说："这使不得吧，闷丫就是想不开才跳了井，凤姑刚进门，如果因为这再想不开……”活夜叉哼了一声说：“你以为这货还是闷丫？就是你把她推井里去，她都能自己爬上来！你不趁这机会治服她，她就要骑在你脖子上拉屎了。”

李友二摇摇头，叹了口气，没再说话了。

初五早晨，鞭子九响后，李家卤菜馆店门大开，大家团团围坐，等着凤姑上饺子。活夜叉悄悄把鞭子往兄弟跟前挪了挪。这根鞭子是用牛皮条编成的，鞭绳长一米五，鞭根有大拇指粗细，这要是一鞭子抽下去，血沫子都得溅起来。活夜叉想象着凤姑挨抽的样子，只恨时间太慢了。终于饺子上桌了，每人一碗，一碗里九个，凤姑摆好碗刚要坐下，活夜叉赶紧夹起自己碗里的饺子就咬了一口，哎哟，果真极咸极咸的。她心里高兴，脸上却表现得非常痛苦，故意“呸呸”连啐几口，大声嚷着：“咸，太咸了！”

她这一嚷，气氛立刻紧张起来，馅儿咸了，这可是关系到来年兆头的大事呀！于是谁也不敢动筷子了，一齐看向李友二。说实话，李友二和凤姑新婚燕尔，他哪舍得打这个媳妇，所以事到临头，他就想混过去得了。

活夜叉可不干了，她将鞭子递给兄弟，说：“兄弟，祖上的规矩，犯了忌讳，赶紧抽‘咸’！”

店里的伙计都眼睁睁地看着，事情到了这个地步，李友二一狠心，慢慢举起了鞭子。就在这时，突然听到一声“慢着”，只见凤姑凤眼圆睁，问道：“饺子馅是我亲手调的，怎么可能会咸？”

“哼！”活夜叉都要笑出声了，心里想：正因为是你调的，所以它才会咸。表面上她却对大家正色说道：“大伙儿都尝尝，看是不是咸！”

“好！”凤姑也不示弱，她把筷子递给瞎眼婆婆，说，“娘，您老做评判。”

瞎眼婆婆举起筷子，李友二也忙丢下鞭子，先坐下来尝饺子。其他人一看掌柜的吃了，也都跟着夹起饺子咬了一口。这一尝不要紧，李友二立刻皱起了眉头，他有些恼怒地抬起头，可是没冲凤姑，而是冲着活夜叉说："姐，这馅哪咸？"

一心等着看戏的活夜叉愣了，怎么可能不咸呢？再一看大伙的表情，都疑惑地看着自己，她忙从李友二碗里夹起一个饺子咬了一口。这一口让她浑身一激灵，妈呀，简直出了鬼，明明极咸的饺子怎么一点也不咸了？

活夜叉愣怔的工夫，凤姑说话了，她俯下身子问瞎眼婆婆："娘，饺子咸吗？"瞎眼婆婆本是个老实人，见儿子和伙计们也都吃了，她只能实话实说："不咸。"

"那好！"凤姑一把抢过桌上放着的鞭子，冲活夜叉说："姐啊，今天是开业的好日子，可你偏偏嚷嚷'咸'，犯了忌讳。祖宗既然有规矩，那我就只好抽'咸'了！"说着话一扬手，一鞭子就抽向了活夜叉。凤姑自小身手利索，动作快得根本不容人反应过来。这一鞭子下去，活夜叉回身一躲，可没躲过，一下子抽在了后背上，疼得她"嗷"的一声蹦了起来，抱着脑袋就窜进了伙计堆里。凤姑看着她那副样，扬着鞭子可没罢手，看样子还要抽。

这时，一个人过来劝凤姑道："内掌柜，开业的喜庆日子您就消消气，再怎么说她也是掌柜的姐姐，看着掌柜的面子吧。"凤姑一看，来人是卤菜馆的头灶大师傅范四。这时，李友二也赶紧借着话头劝凤姑："听范四师傅的劝，赶紧伺候娘吃饺子吧。"

凤姑微微一笑，见好就收。活夜叉一举定乾坤之计就这样失败了，她怎么也想不明白，倒了那么多盐的饺子馅怎么就不咸了呢？

原来昨天后半夜，凤姑的小外甥女忽然哭闹不止，凤姑想起娘说的，小孩子肚脐没封全，哭闹多半是肚子疼，要将盐炒热，包到布里给孩子焐肚子。她便举着油灯去灶房炒盐，这一拿盐，猛然发现盐罐子里的盐少了半罐。她立刻想起先前自己背着孩子回来时，好像看到人影一闪，当时自己没多想，现在想来一定是有人使坏了，多半是活夜叉偷偷把这么多盐都倒进馅儿里了。一会儿天一亮这些饺子就得下锅，这可怎么办？凤姑两眉间的水滴红印越来越红，她紧咬嘴唇想主意。过了一会儿，就见她两眉间的红印慢慢褪去，凤姑有了个好主意。

凤姑带着一根针去煮饺子，一大锅饺子，除了用笊篱圈住一个给活夜叉留着，其余全部用针在饺子底扎出了细密的小眼。煮饺子时，锅里的沸水从密密麻麻的小眼里进入，冲走了咸味，煮出来的饺子不仅咸淡正好，还带着汁水。

暗盗秘方

这些活夜叉哪知道啊？她的如意算盘落了空，脸也丢大发了，早晨挨了一鞭子，臊眉耷眼地逃回家后，一直到后半夜还在炕上卧倒呢。后背上的鞭伤火烧火燎，她的心里更是又惊又恨。惊的是，放了那么多盐，怎么说不咸就不咸了？难道是闷丫有灵，在帮凤姑？恨的是，兄弟竟眼睁睁看着媳妇抽自己，连个屁也没敢放，还有自己瞎眼的妈，竟然不管不顾地说饺子不咸……她越想越恨，恨得心里直抽抽，暗道：如今这情形，这个家横竖是不能呆了，得赶紧想办法。想到此，她一咬牙爬了起来，她要去找一个人。

活夜叉要找哪个？就是白天为她求情解围的头灶师傅范四。这个范四跟她的关系可不一般，早两年前就勾搭上了。范四做梦都想自己开一间卤菜馆，可李家卤菜馆是百年老号，有不少招牌菜，尤其是“清卤牛肉”这道当家菜，片片挂着腱子花，纯色无酱、清清爽爽，吃在嘴里却滋味醇厚，吃过的客人没有不赞的。像这类招牌菜，是李家的祖传秘方，只有李友二会做。范四一直琢磨着怎么把李家的秘方弄到手，他跟活夜叉好，也是为了这个。

范四是头灶大师傅，在前院有一间单独的屋子。此时活夜叉熟门熟路地溜进去，一进门她就宣布说要给范四一个惊喜。

活夜叉拉住范四，鼠目含情地说要嫁给他。范四一听，热血立刻上涌，不过不是激动的，是吓的，他想哭。这是怎么说的，费了两年工夫，秘方没到手，夜叉到手了。

一看范四不情不愿，活夜叉使出了杀手锏，她斜眼看着范四，说：“李家卤菜的秘方我从我娘那偷来了，而且我娘钱匣子里的银票我也都拿来了，要是用这钱去盘间铺面、开个卤菜馆……”

范四听到这里两眼瞪大了，活夜叉的这个主意可太有吸引力了。

要不怎么说活夜叉毒呢，见范四点了头，她索性六亲不认，跟自己的亲娘亲兄弟使了一个“卷包烩”的绝户计，把李家这几年挣的钱都卷走了，拍拍屁股就嫁给了范四。

活夜叉梅开二度，李家总算获得了空前的清静。不料清静的日子没过多久，一件意想不到的事发生了。镇上突然冒出一家“范家卤菜馆”，菜单竟和李家卤菜馆一模一样，就连当家菜“清卤牛肉”也分毫不差。

这在行内叫“呛行”，用今天的话说，就叫“不正当竞争”。李友二一打听，呛行叫板的正是范四和自己的亲姐姐。李友二气坏了，当时的饭馆行业规矩严谨，各家都有自己的特色，绝不能全盘照抄别家的菜谱。若有人真敢冒天下之大不韪，公然挑衅，就要打一个“灶台擂”，决出正宗。为了李家卤菜馆，李友二要向“范家卤菜馆”挑战打灶台擂！

灶台擂有着严格的规则，挑战的一方，要接对方所下的菜单，接菜单三日后开擂。如果挑战方能在开擂现场做出菜单上的菜品，则为挑战方获胜；如果做不出菜单上的菜品，则为应战方获胜。胜者原地营业，败者立即摘幌子关张。

李友二很自信，他从小跟爹学手艺，卤、炖、炒、汆、煮，哪一样不是手到擒来？他去娘屋里拿钱，要提前准备上好的食材，专等对方下菜单。可他这一拿钱就傻了眼，钱匣子里装着银票的锦囊现在却装着一堆烂纸，银票不见了！不仅如此，更可怕的是，另一个装着祖传秘方的匣子也不见了。娘这屋里从来不进外人，不用问，准是被活夜叉拿走了。

天塌了！李友二和他娘都是老实人，出了这样的大事只剩慌神儿了。尤其是李友二那瞎眼的娘，一个劲地流着老泪，说自己对不起祖宗，把李家的家底儿给弄丢了。

凤姑劝婆婆说：“银票丢了就丢了，咱还有店，有店就不愁赚钱。”

哪知瞎眼婆婆一听，哭得更厉害了，她说：“李家的家底哪是那些银票呀，李家的家底是那些秘方！”

凤姑一听，松了口气，心想，秘方更好说了，哪道菜的秘方李友二不是烂熟于心？她劝婆婆：“娘，秘方丢了不怕，哪天得闲了让友二说，我给写，再写一份出来放匣子里给您老收着，不就得了？”

不料瞎眼婆婆摆了摆手，说：“秘方可不是这样就能补回来的。”

这话倒把李友二和凤姑给说愣了，瞎眼婆婆便告诉两人，这秘方里藏着一个秘密。

原来，写秘方的那一张张发黄的薄纸，其实根本就不是纸，是李家的老祖宗用浓缩后的卤煮老汤，掺入糯米汁子制成的薄片。而秘方上的那些字，是用笔蘸上豆蔻、花椒、八角等作料研磨成的汁写上的。正宗卤菜，有两样必不可少，一个是秘方，另一个就是多年的老汤。这李家的老祖宗是个精明人，他琢磨出了这么个办法，把老汤连同秘方融为一体，传给了后辈。

这个秘密，李友二和活夜叉都不知道，按规矩，这是老一辈归西前才能说的。不料还没来得及说，秘方就落到了外姓人手里，瞎眼婆婆怎能不伤心呢？李友二知道后也气得不行，正生气呢，有伙计来报，范四和活夜叉已经派人把打擂的菜单送到了李家卤菜馆。

智解菜单

李友二赶到店里接过菜单一看，立刻就傻眼了，菜单上列了四个菜：皮包骨、皮包水、皮骨皮、皮碰皮。

这叫什么菜？这范四两口子真黑心，不知下了多大工夫淘换来这几个歪菜。李友二接了菜单就开始琢磨，琢磨了两天，愣没解出一点意思。看来，这百年老号就要毁在自己手里了。

实在没招了，李友二只好眼泪汪汪地向凤姑如实相告。他觉得对不起媳妇，这几年挣的钱没了，秘方也丢了，更要命的是自己还做不上来这四个歪菜，连李家卤菜馆也保不住了。

李友二本以为凤姑听了也会哭天抹泪，哪成想凤姑听后竟很平静。她说："钱没了没关系，做这四样菜的材料不用去买，用咱铺子里现成的材料就成。"

李友二一愣，他不敢相信地看着凤姑。凤姑对他如此这般地吩咐了一番，李友二听了，兴奋地一拍屁股就去准备了。

第三天很快到了，李家卤菜馆内座无虚席，当中主桌前坐着几位业界前辈，他们是被邀来做评判的。李友二和凤姑作为挑战方，坐在主桌的左手，范四和活夜叉作为应战方，坐在主桌的右手。

在主桌的正对面，设了一个灶神台。打灶台擂的规矩，要请出灶神爷主持公正。灶神不像其他神，他只受灶火不受香火，所以在灶神像下新砌了一个灶台，灶台上安了一口大锅。此时灶膛里的火旺旺的，把大锅里的热水烘起了如雾般的袅袅水烟。

一位评判上前将李家卤菜馆和范家卤菜馆的店幌子一左一右摆在灶台上，意思是，先把它们交给灶神爷看管。等一会儿分出输赢，赢的一方拿回幌子，输的一方幌子要被扔进灶膛里烧掉，让灶神爷收回去。

几位评判带着众人给灶神爷施过礼，灶台擂就正式开始了。

靠左一拉溜有四个灶台，此时灶台上安着的四口大锅徐徐冒出热气，阵阵诱人的香味飘散开来。就见李友二掀开第一个锅盖，第一道菜“皮包骨”出锅。大家一齐朝他手里的大盘子望去，只见一盘清卤鸭掌颤颤巍巍，在盘里隆成了小山。鸭掌只只卤得通透晶亮，凝脂般的掌皮内细骨如玉。大家纷纷持箸品尝，轻轻一嘬，鸭骨即脱，留下胶质的肉皮，软烂鲜香，绝了！“嗯，皮包骨，好！”一致的叫好声中，几位评判点了点头。

李友二再掀锅盖，第二道菜“皮包水”出锅。就见白色的盘子中，堆着如葡萄珠般黑亮黑亮的东西，仔细一看，原来是一盘清卤牛眼。这牛眼在清卤前已剔净眼肉，用卤汁浸泡，入足了味，所以经大火快速汆卤，牛眼形状完美如珠。用筷子夹起一只，就如同托着一颗硕大的黑珍珠，晶莹剔透，薄皮内清水涓涓，“刺溜”一声入口，浓汁满颊泛香。“嗯，皮包水，好！”叫好声中，几位评判又点了点头。

接着第三道菜“皮骨皮”出锅。只见一个大平盘上，摆放着一片片雪白的东西，如同特大的百合花瓣，这是一盘清卤羊耳。薄薄的羊耳，两层皮夹一层脆骨，吃在嘴里皮糯骨嫩，泛着羊肉特有的鲜香。大家纷纷挑起大拇指：“好，皮骨皮，好！”几位评判对视一眼后又点了点头。

李友二越战越勇，他再掀锅盖，第四道菜“皮碰皮”出锅。就见一个大深盘里有半盘浓汤，雪白的鱼肚就如叶叶小帆，挂着卤汁浸在汤中。鱼肚就是鱼泡，这种东西一经热卤，泡内的气体被压出来，只剩下两层皮，正应了“皮碰皮”。评判们趁热夹起鱼肚入口，嘿！外脆内黏，越嚼越香。“好，皮碰皮，好！”

人们一下子轰动了，四道菜样样合题，色美味鲜，李家卤菜馆获胜无疑了。几位评判站起身来，一齐走到灶神台前，他们要按规矩把范家卤菜馆的幌子扔到灶火里，宣布李家卤菜馆为正宗。就在这时，忽然传来一声破锣般的叫声：“慢着！”

随着话音落地，活夜叉腾地站了出来，她撇着嘴对大家说：“我们也给诸位上一道菜，大家品了以后再说谁是正宗。”

天道好还

一听活夜叉也要上菜，大伙儿都愣了，刚才没见他俩做菜啊，怎么上菜？只见活夜叉一回身，从范四手里拿过一个匣子，高举过头，炫耀地向大家展示了一圈。李友二一见，汗立马下来了，怎么了？这个匣子他认识，正是李家盛秘方的匣子！这时就听活夜叉说道：“爹临死前把李家卤菜的秘方传给了我。大家想想，秘方在我手里，谁才是正宗？”

这无中生有的一番话，还真把在场的人给唬住了，几位评判也面面相觑。要知道，按照行规，有祖传秘方者方为正宗。形势急转直下，大家的目光齐齐地看向李友二。

此刻李友二左右为难：秘方是被偷走的，可这话不能说，一说出来就等于承认自己手里没有秘方，也就等于承认人家是正宗了。李友二偷眼瞄向一旁的凤姑，就见凤姑静静地坐着，两眉间的水滴红印却越来越红。过了一会儿，红印慢慢褪去了，凤姑站起来，呵呵一笑，对大家说："秘方好好的在我家里放着，哪可能落到别人手里？"

活夜叉笑了，心想，我要的就是你这句话。她故意激凤姑，说："既然你说秘方在家里，那你敢不敢去拿来让大家当场验看？"

凤姑把头一扬，一双秀目瞪视着活夜叉，说："好，我这就去拿！"

李友二急了，心想：这下麻烦了，凤姑年轻气盛中招了。虽然这几天，他背诵、凤姑写，两人已经又录下了一份秘方，但那是写在普通纸张上的，和活夜叉那份写在糯米老汤薄片上的秘方一比，真假立判啊！想到此，他暗暗一拉凤姑，想阻止她的莽撞。凤姑却没理会，站起身就走了。

场上的人们你看看我，我看看你，全场静极了。一小会儿的工夫，凤姑回来了，她手里托着一个和活夜叉那个一模一样的匣子。李友二的心提到了嗓子眼。

活夜叉一见，忍不住连连冷笑。她太清楚了，她娘的两个匣子，放秘方的被她连锅端了，凤姑手里那个，只是原先装银票的匣子。于是活夜叉步步紧逼，对凤姑说："既然你说匣子里有秘方，那敢不敢把匣子放到灶神爷跟前，咱当着灶神爷的面，以店立契，然后开匣验看？"

人们一听这话，立刻议论纷纷，都说活夜叉做事太绝了，对买卖人来说，没有比"以店立契"更狠的赌约了。这等于说，打赌双方在灶神爷面前把店押上，输者要连店带伙计都送给对方，自己光杆子走人。

凤姑被活夜叉拿话一激，脖子一梗，说了声："敢！"

活夜叉心里憋着乐啊，脸上的肉丝儿都横了。这时，一位评判将两家的秘方匣子摆到了灶台上，有人拿来纸笔，一会儿的工夫，两份以店立契的字据就写好了，只等签字画押。

活夜叉激动得鼠目泛光，故作娇嗔地把字据往范四手里一塞，丢了个眼风，说："你来画押。"范四抑制住想吐的冲动，在字据上摁了手印。

这边李友二哆嗦着手拿契约，犹犹豫豫地刚要画押，却被凤姑一把抢了过去。此时她仿佛刚醒悟过来，后悔得站也不是，坐也不是，拿着那张契约满屋乱转，一会儿到灶神爷跟前磕头，一会儿双手合十望空膜拜，嘴里嘟嘟囔囔地求闷丫姐显灵救救她。

过了半炷香的工夫，凤姑静了下来。她把契约递给李友二，平静地说："画押吧。"

双方画了押，两个秘方匣子又从灶台上拿到主桌上，人们"呼啦"一下围拢过来。李友二心里绝望到了极点，他找了个墙角，双手抱头冲着墙角就蹲了下去。

先打开凤姑的匣子，只见匣子里赫然摆着一个锦囊，锦囊上绣着一个大大的"李"字。"啪！"凤姑突然一把将匣子合上了，她对评判说："李家的秘方就装在这个锦囊里，一直以来秘不示人，既然今天要当场验看，也得两家同时往外拿秘方。"

活夜叉胸有成竹，根本不怕。她斜了一眼凤姑，拿过自己那个匣子，"啪"的一下打开，嘴里说着："大家尽管看。"

此时全场静极了，大伙儿看看匣子，又抬眼看看活夜叉和范四，就像在看一对怪物。活夜叉不明白了，低头一看，浑身猛的一哆嗦，妈呀，闹鬼了！只见匣子里空空如也，比猫舔的都干净，刚才还好好的秘方哪去了？

几位评判愤怒地看着活夜叉和范四，本来灶台擂他们就输了，竟然还敢演这一出空城计，怎么让人待见？范四的脸涨红成了一块猪肝。活夜叉呢，此时只觉得天旋地转，她大叫一声："有鬼啊，是闷丫，是她在捣鬼！"抱着脑袋就往外蹿去。

李家卤菜馆大获全胜，李友二简直像在做梦。他从墙角站起来，跟着凤姑送走了人们，还在纳着闷。他问凤姑："你说，活夜叉偷去的秘方怎么就没了？"

凤姑拉着他到了灶神台前，一指灶台上安着的那口大锅，说："秘方都在锅里。"

"嗯？"李友二更不明白了。

凤姑笑了。原来，凤姑听婆婆说李家的秘方是用老汤和糯米汁子制成的，便知道它们最怕高温和热气。画押的时候她故意假装后悔，又拜灶神爷，又求闷丫姐，折腾了半天，其实就是为了拖延时间。摆在灶台上的秘方匣子经过长时间的灶火炙烤，再加上大锅里冒出的热气这么一熏，匣子里那用老汤和糯米汁子制成的秘方纸便渐渐熔化了，最后化成了浓汁儿。巧的是，旧匣子底部有细小的裂缝，这些汁竟顺着小缝流了出来，沿着灶台的坡度一点不剩都进了大锅。所以最初的一锅水，现在已经变成了一锅香气浓郁的老汤。

李友二对凤姑充满了佩服与感激。从此，他和凤姑更相爱了，对凤姑的爹娘和闷丫娘更是侍奉得周周到到。每年初二，他都会亲自备上精心蒸制的"回娘馍"，带着凤姑和孩子给两家老人早早地送去……

（陈　墨）

（题图：杨宏富）

禁忌·苦情

j i n j i　k u q i n g

人生不如意事十之八九，遇上了，唯有坦然面对。

桃花运

是好还是坏

南山坳村地处偏僻，外面很少有人进来。去年开春的时候，来了两个山西人，说是来替小煤窑招收矿工的。他们的条件很诱人：管吃管住，每月还有一千元的工资。南山坳穷啊，有不少人都动了心。可动心归动心，谁都知道下窑采煤不是闹着玩的。电视上经常有大小矿难的消息，看那些遇难矿工的家属呼天抢地的模样，真让人心酸啊。做矿工，虽说挣钱不少，可好死不如赖活着，没穷到极点，谁敢去冒险呀？

结果，山西人在村里呆了两天，只有二贵一个人跟着他们走了。

二贵是和老婆枣花闹了矛盾，一气之下离家出走的。两人自打结婚后，就小吵一四七，大吵三六九，几乎没有消停过。吵架的原因，无非就是枣花嫌二贵窝囊，没本事抓钱。这次吵架，枣花只图一时痛快，对二贵极尽挖苦之能事。二贵伤心之下，正赶上山西人来招工，也就不跟枣花言语，跟上山西人走了。

枣花好不后悔，可找又找不回来，只能天天为二贵担心。不过，当枣花一个月后收到从山西寄来的六百元钱时，她后悔的心就淡了，还学会了开导自己：天下矿工那么多，绝大多数活得好好的，倒霉事不一定就会摊在二贵的身上。

村里人看枣花用二贵卖命赚来的钱吃香的喝辣的，背后都说：等着吧，等二贵出了事，她自己当了寡妇，就知道后悔了。

可不是，那年年底二贵就出事了，一个山西人拿着两个盒子回了南山坳，其中一个盒子装的就是二贵的骨灰。抱着丈夫的骨灰盒，枣花号啕大哭，哭得是肝肠寸断，哭得大家都忘了当初是她把丈夫逼走的，跟着她一起掉眼泪。可当山西人打开另一个盒子，亮出盒子里的二十万时，大家都看呆了：天啊，二十万，乡下人几世几辈也花不完呀！

枣花的哭声不知不觉地小了。

枣花因祸得福，成了南山坳的首富。不久，她就到城里买了楼，做了城里人。随后，又嫁给了一个小学教师。柱子在县城打工，回村就说他亲眼看到枣花跟她老公手挽手在大马路上散步，那模样，要多幸福有多幸福。村里人听了，又是嫉妒又是气愤：二贵死得真是亏呀，全便宜了这娘们。

二贵走了，村里又出了个“名人”，他就是老光棍李广田。李广田今年五十了，可看上去就像是个六十多岁的小老头。他讨不上媳妇的原因，一个是穷，另一个是丑。几乎所有的人都认为，李广田这一辈子算是完了，到死也是光棍一条。可万万没想到，李广田的桃花运说来就来了。

前些日子，也就是寡妇枣花迁到城里不久，又有一个操着山西口音的人来到南山坳，还是招矿工。不消说，村里人给他的又是冷脸，何况前面有了二贵的例子，就更没有人愿意拿命去换钱了，除非这个人是活腻歪了。

可李广田就是活腻歪了。

这次，山西人来招矿工，李广田就动了心：反正自己是一人吃饱全家不饿，当矿工，不愁吃不愁喝，死了拉倒，也算是脱离苦海了，如果不死，还能挣点钱，回来后说不定还能娶个女人呢。就这样，李广田报了名，准备去山西挖煤了。

是悲还是喜

很快，南山坳的人都知道了这件事。村长第一个来找他："广田，听说你要到山西挖煤？你可要仔细想想，那营生可危险呢。"

广田满不在乎："可那营生赚钱呢，俺想挣点钱。"

村长依旧严肃地地点点头："出去闯一闯也好，好男儿志在四方嘛。其实，在井下自己当心一点，也不会那么容易就出事的。"这时，村长眼里突然掉出了一滴泪，沉痛地说："可是广田呀，我为你感到亏呀。"

广田从没看到过村长掉泪，那可是比鳄鱼的眼泪都要稀奇呢。他慌忙站起来，手脚都不知道往哪搁。

村长很动感情："广田，我是可怜你，你活了都要半辈子了，连女人的滋味都没尝过，要是现在万一出个什么事，连个……连个……广田，你别怪我说的难听，到时候连个给你烧纸的人都没有哩。你活着的时候是光棍一条，死了也是孤魂野鬼呀。”村长眼睛红红的：“广田，这事想起来我就为你发愁呀。没帮你成个家，是我这个村长失职呀。”

李广田感激涕零：“村长，不怪你，怪我自己没本事。”

村长伸出黄黄的巴掌，抹了一把眼泪，然后往下一劈，果断地说：“不行，我想过了，一定在你临走前帮你成个家，让你放心地出去闯。”

李广田又惊又喜，要是真能成个家，让他给村长跪下也行呀。

村长看出了他的激动，微微一笑，说：“广田，其实，我心里现在有个人选，你看合不合适。”

没等村长说出来是谁，李广田就赔着笑表态说：“合适合适，只要人家愿意就行。”

村长又笑了，摇摇头：“那你也不能不挑不捡呀。广田，你看我那侄女小娟怎么样？”

“谁？小、小、小……小娟？”李广田惊得几乎要跳起来，“村长，你别开玩笑，小娟比我小好几十岁啊。”

村长却根本不像是开玩笑：“广田，你说，你愿不愿意吧？”

李广田脑门子上的汗都下来了，他摸不透村长到底是什么意思，一个劲地摇头，语无伦次：“我不敢……不合适……小娟不会愿意的……”

村长哈哈大笑：“广田，你别说，小娟那丫头还真愿意，她说，她一直偷偷喜欢你呢。只要你点个头，明天就去给你们登记结婚。你愿意吗？”

打了半辈子光棍的李广田怎么会不愿意呢？他欢喜得都要哭了。

村长雷厉风行，他马上让李广田把身份证交给自己，明天由他负责去镇上办理结婚证。村长又高高兴兴地说："领了结婚证后，你们就算夫妻了。等你到山西干一年，攒些钱，就回来收拾房子办喜事。"

还要过一年才办喜事呀，李广田大失所望。村长解释说："你看看你这破房子，能住人吗？怎么也得翻新一下置点家当吧。当然，你现在要是有钱，我马上就给你们办喜事。"

李广田穷得叮当响，自然没钱，有钱他也打不了光棍啊。

村长安慰他说："你放心吧，只要登记了，媳妇就是你的，谁也抢不去。你现在的任务，就是到山西后，拼命干，多赚钱，回来跟小娟过好日子。"

李广田不吭声了，村长说得很有道理，他默默点点头。村长走后，李广田好半天不能平静下来，笑一阵，哭一阵，哭一阵，笑一阵，觉得简直跟做梦一样。他想到小娟，想到将来与小娟的幸福生活，就感到未来无限美好。

正坐那傻笑呢，有人"啪啪啪"敲他的门。李广田抹干净脸上的喜泪，问："哪个？"

"我，虎子他妈。"

李广田一怔，深更半夜，这寡妇来找自己干什么？自打虎子爸得绝症死了以后，李广田就对虎子妈有了想法，他主动去给虎子家干活，挑水打柴种庄稼，里里外外的体力活都包了。虎子妈呢，也大哥长大哥短的，对他非常热乎。这样干了一年后，李广田鼓起勇气，表达了想跟虎子妈成家的想法。没想到虎子妈却把他骂了个狗血淋头，说他也不撒泡尿照照，癞蛤蟆还想吃天鹅肉。后来，这事成了众人的笑话，此后，李广田看见她就躲着走。

这会儿，虎子妈温柔地说："大哥，你开开门，我有话跟你说。"

李广田要去拉门闩，可手拿了起来又放下了，因为他想到了小娟，自己现在是有女人的人了，还是谨慎为好。于是，就隔着门问："虎子妈，你有什么事呀？"

"当然是咱俩的事。"

"啥？"李广田又差点闪了舌头，纳闷地问，"咱、咱……咱俩？咱俩还有事吗？"

虎子妈"扑哧"一笑："广田哥，你真坏，故意装糊涂。"

李广田说："我是真糊涂呀。"

"好了，你不是要跟我两家合一家吗？我一直等着你呢。上次我骂你，那是在考验你，谁想你就当真了，也不再去找我。广田哥，这几年，我心里一直有你。我不嫁，就是在等你呀。"

李广田不敢相信自己的耳朵，他猛掐了一下自己的大腿，疼，不是在做梦呀！

门外，虎子妈又继续道："广田哥，我听说你就要去山西了，这一走，没个一年半载回不来，所以，今晚我就不顾脸面来找你了，广田哥，我想好了，如果你心里还有我，明天我就跟你登记去。"

屋里，李广田听了这番火辣辣的表白，一身一身地冒汗。天啊，这是怎么一回事，就这一天，来的全是自己盼了几十年的好事呀！这事要是搁在几个小时以前，他一定会激动地打开房门，将虎子妈迎进屋来，可现在他只能拒绝："虎子妈，你来晚了，我已经有对象了。"

只听外面"扑通"一声，似乎虎子妈一屁股坐在了地上，她急问："是谁？"

李广田喜滋滋地说："是小娟，刚才村长亲自来做的媒。"

虎子妈喘着粗气，恨恨地说："这个老狐狸，又被他占了先。广田，你可别上他的当。你想想，小娟那么年轻漂亮，怎么可能看上你呀？"

李广田说："是村长亲口说的，他把我的身份证都拿去了，明天就要去给我们办结婚证呢。"

虎子妈有些气急败坏了："那她肯跟你马上办喜事吗？我跟你明天领证，明天就办喜事。"

李广田真想马上打开屋门，可一想起小娟，脑子就冷静下来。跟小娟比，你一个寡妇算什么呀。他说："虎子妈，对不起，你回去吧。"

虎子妈还不甘心："广田，我可是真心对你呀，你好好考虑一下，别上别人的当，村长那点心眼我还不知道，不就是为了二十万……"说到这里，她自觉失言，赶紧住了嘴。接下来，她又央求了一会儿，见李广田就是不肯开门，只得说："广田，你先考虑一下，明早我再来。"

这一夜，李广田一夜未睡，他想着虎子妈的那半截子话"为了二十万"，心里明白了许多，他不觉流下了辛酸的泪。

是生还是死

李广田真是交了桃花运了。第二天一大早，来到他家的，除了村长、虎子妈，还有邻村的两个媒婆，她俩也是受人之托，分别来为李广田介绍对象。媒婆说，人家女方都说了，只要李广田同意，马上就可以去登记，个个都是迫不及待。

她们围住李广田，你一言我一语，各摆各的好，上演了一场四女争夫的闹剧。村长见是这么一种局面，急了，将李广田拉到一旁，也改口了："只要你同意，领了结婚证，我就在你去山西前将你和小娟的喜事办了。"

经过一夜的考虑，李广田想明白了许多事，他看着村长，突然问："村长，小娟跟我成了亲，将来我要是没死，活着回来了，那可咋办？"

村长愣住了，他这才发现，李广田并不是自己想象中那么傻。他干笑了一下，说:“哈，你当然要活着回来，你不回来，小娟不成寡妇了吗？”

李广田笑笑，说：“有了二十万，当寡妇也很好呀。”

村长脸上顿时变了颜色，像是当众被扒光了衣服。另外三人也面面相觑，脸上都露出了尴尬的表情。

两天后，李广田坐上了去山西的火车。他已经摘掉老光棍的帽子了，就在昨天，在村长的操持下，他已经跟小娟热热闹闹地成了亲。那真是幸福的一天哟，虽然，有时他会觉着别人看他的目光像是在看一个死人。

火车在往前奔驰，李广田木然地看着窗外，他不知道距离自己的终点还有多远，前方等待自己的是什么。现在，唯一能让他安慰的是，自己是一个有家口的人了。

（黄　胜）

（题图：魏忠善）

酒吧枪声

威斯是个聪明能干、遇事不慌的小伙子，乔尔退休以后，他接替乔尔管理酒吧。

除了乔尔每天早上要来酒吧喝咖啡外，店里还有许多常客，最熟的要数老吉姆。老吉姆原来是个列车长，在一次火车事故中成了跛子，安了假腿。他每天一早就来酒吧，喝酒吃干辣椒。

一天上午，乔尔和老吉姆都还没有来，店里只有威斯一个人。就在威斯擦抹柜台的当口，门外传来“嘎”的一声，一辆破旧不堪的福特车停在了酒吧门口。威斯朝外望去，只见车上下来一位老太，身材矮小但很精干，穿着军人夹克，肩上挎着松软的旧挎包。她推开酒吧的门，走到柜台前，在威斯面前的高凳子上坐下，一点表情都没有地从嘴巴里蹦出两个字：“咖啡。”

威斯应了一声，转身去准备咖啡时，那老太又问道：“这酒吧是从芝加哥来的乔尔开的吗？”

威斯回答道："是的，这酒吧正是乔尔开的。"

那老太一听，突然高兴地大笑起来，边笑边说："这是个好消息，年轻人。我跑遍了芝加哥西部的每一个偏僻小镇，寻找乔尔和他的酒吧，今天终于被我找到了，他什么时候在店里？"

威斯问："您是他的老朋友吗？"

老太说："算得上吧，他等会儿来吗？"

威斯总觉得这老太神情有点不对劲，忍不住问道："您找他有什么事吗？"

"是的，很重要的事情。"

"那我打电话告诉他你在这里等他，好吗？"

"没这个必要，我可以等。"她边说边低头打开手提包，突然掏出一支手枪指向威斯。

威斯一看那是个真家伙，惊呆了。但他很快镇定下来，平静地说："我可以问你一些问题吗？"

老太冷冷地说："尽管问吧。"

"你干吗要杀乔尔？他向来是个好人，从不伤害别人。"

她眯着眼睛盯着威斯看了好一会儿，突然咬牙切齿地说："他毁了我的生活，和玛尔塔私奔了。"

威斯惊奇地说："玛尔塔？那是他已经过世的妻子。"

老太听说玛尔塔死了，高兴地大笑了一阵后，说了起来。

原来，这个老太名叫艾尔茜，三十年前她和乔尔相爱。后来乔尔提出想去西部开个酒吧，遭到她的反对。她很生气地说，这世上男人多的是，自己宁愿不要乔尔也不会和他去西部。还说哪个女人愿意葬送自己的前途，就和乔尔结婚，一起去西部过乏味的生活吧。没想到，一直在追求乔尔的玛尔塔真的愿意去，两人很快结了婚，一起去了西部。

听了老太的话，威斯不解地问："既然是你让他们走的，为什么又责怪乔尔呢？"

老太说："当时我琢磨着我会弄到一个更合适我的男人，可最后我终于明白了，那个人不是别人，正是乔尔，是他害得我一个人过了一辈子，是他毁了我的一生，我恨他，在我死之前，一定要杀了他！"

威斯说："也许现在你们俩可以在一起生活了，你知道吗？玛尔塔死后，乔尔一直没再结婚。也许……"

老太叫了起来："不！太晚了。你不要再说了，今天是我报复的日子。不过你放心，我不会伤害你的。"

威斯说："夫人，我不想让你伤害乔尔，他是个好人。如果你真爱过他，你就应该收起你的枪，等他进来时说声'你好'。"

老太苦笑着说："你不了解我的痛苦。你体会不到当你爱上一个人，又失去这个人时的感觉。"

"我有体会。我失去过我所爱的人！"威斯激动地说，"我母亲两年前死了，我很伤心，母亲离开了我，我的感觉像被她抛弃一样。但如果这时候她出现在门口，我肯定不会用子弹迎接她。我会紧紧地拥抱她，对她说，'欢迎您回来'。"

威斯见那老太听得有些入神，觉得机会来了。他飞快地伸手从柜台里拿出一把空咖啡壶使劲向她脸上砸了过去。

那老太居然一点不惊慌，敏捷地用枪管猛地一击，咖啡壶被打碎了，她往后一跃，离开凳子。威斯跳过柜台，想去抓她的手，却不料老太身子一挺，枪口已对准了他的胸口，威斯暗叫一声：这下可完了。

但她并没有扣动扳机，而是将枪管向上一击，狠狠地打中威斯的下巴，疼得他眼冒金星，踉跄地向后倒退，撞到凳子上。

老太嘲笑道：“小子，你有胆量，但没有头脑。”

威斯在心里暗骂：这个该死的老太婆，年纪虽有我的三倍大，动作却比我灵巧。

当威斯回到柜台后面时，老太拖动凳子向后移动到威斯的攻击范围之外，然后冲着在擦下巴上血的威斯说：“小子，听着，我决定要干的事，谁也阻止不了。”她顿了顿又说:“知道为什么没人能挡得住我吗？因为我不打算活了，等我杀死了乔尔，我就离开这个镇，开着我的那辆老破车，加快速度，然后对准路边一棵最大的树……”

威斯突然哈哈大笑起来，笑声打断了老太的话。她板起脸来说:“你以为我是说着玩的？”

威斯说：“不，不，夫人。你说到撞树，倒让我想起了一件事情。”接着他就滔滔不绝地说起来。

他说两年前，乔尔带着妻子驾车外出，一不当心，车子撞在一棵大树上，他的妻子，就是在那次事故中死去的。现在乔尔变得很难看，左眼瞎了，他只好戴上了眼罩，还失去了一条腿……

老太突然大叫起来：“别说了，我不想听！”

威斯叹口气说：“好吧，夫人，请原谅。我只是想提醒你，撞到树上的人不一定都会死。也许你的结局和乔尔一样，缺腿瞎眼，疤痕累累，连你最要好的朋友也会认不出你了。”

老太猛地大吼一声：“你住嘴！”

威斯耸耸肩，不说话了。就在这时，外面传来脚步声，是那种缓慢的、不稳的、穿过门廊拖动靴子的声音。透过窗玻璃，威斯和老太抬眼望去，只见一个灰白头发的男人走了过来，他那满是伤疤的脸上戴着一个眼罩。

门被推开了，老太太迅速地转过身，把枪指向了门口。

威斯大叫一声："乔尔，闪开！"

来人还没反应过来，那老太已向他开枪了。第一颗子弹打高了，子弹打碎了窗玻璃。第二颗子弹打中了他的腿，把他打倒在地。然后，老太把枪对准了他的头。

就在这危急时刻，威斯不顾一切地腾空跳过柜台，在老太扣动扳机的那一瞬间猛击她的背部。子弹打在地板上钻了一个洞，威斯和老太一起重重地倒在地板上，枪摔到了一边。

威斯顾不得痛，爬了起来，见那老太躺在地板上，失去了知觉。

再看躺在地上的老人吓得直发抖，子弹打在他的假腿上，带出的只是一些手术碎片。

就在威斯打电话叫救护车的时候，酒吧的门"吱呀"一声被推开了，接着，一个高大的男人走进来，他看到眼前的情景，惊讶地张开嘴巴。

他愣了一会，对躺在地板上的那个独腿人喊道："吉姆，你没事吧，老伙计？发生什么事了？"

吉姆眯着一只眼睛，不解地说："一个疯老太婆向我开枪。"

威斯指着躺在地板上的老太说："是这个叫艾尔茜的干的。"

这个高大的男人，才是真正的乔尔，他盯着躺在地上的老太，喃喃地说："艾尔茜，这名字听着挺耳熟，可是……"

"你当然熟，"威斯说，"你离开了她，然后娶了母亲。她是来杀你的，爸爸！"

乔尔终于明白了是怎么回事，他激动地走上来，抱住威斯。

（编译：李能安）

（题图：箭　中）

敲诈幸福

田绣最近听说，丈夫在城里包了个二奶。田绣是个要强的女人，眼里岂能揉进沙子，可还没有等她开始行动，丈夫就把家里的钱席卷一空，领着二奶跑了。田绣认定丈夫还在省城，只是不知躲在哪个角落享清福，就来到省城，租了间房子，打算边赚钱边寻找那没良心的丈夫。

田绣去劳务市场找活干，在那里，她遇到一个高个子中年男人，他给田绣提供了一条致富门路，他说眼下最富一族就是二奶，她们最害怕的就是被“大奶”发现，但二奶又很少有见过大奶的，听说南方有人冒充大奶杀上门去问二奶要钱，二奶分不清真伪，害怕把事情闹大，反正钱又不是她们自己赚的，就乖乖掏出钱来。再说就算被识破了也不至于出大事，哪个二奶敢张扬?

看田绣挺感兴趣，中年人又说，国泰小区是有名的“二奶区”，很多有钱人都在那安了个家外家，在3单元509室就住着个叫张苗的，是个叫王建国的老板包的。中年人还说，王建国这段时间出远门，不在家，是个机会。田绣问中年人为什么要告诉自己这些，中年人笑了，说他也是个受害者，他如果是个女的，早就自己去用这个办法了。

临分手时，中年人又提醒田绣：你不能直接去敲张苗的门，二奶是不会轻易给陌生人开门的，你得先猛敲张苗对面人家的门，这样张苗兴许就会出来看热闹，不用这个办法，是敲不开门的。

田绣心想：自己本来就是婚外情的受害者，那种愤怒、委屈的情感不用酝酿就有，保证表演得天衣无缝。听了中年人的话，她决定去国泰小区试试。

主意打定，田绣就大步朝国泰小区走去，根据中年男人的指点，来到3单元5楼后，她就开始猛敲508的门，敲了好半天，果真没有人来开门，田绣趴门上一听，刚才响着的电视机也关了。呵呵，你不敢开门，才好呢，要是开门了，我还得编个谎话。这时，田绣听见身后“吱扭”一声，回头一看，509的门开了，一个年轻女人探出了半边脸，田绣赶忙来个急转身，509的女人发现不妙，刚要关门，田绣拉开门冲了进去。

田绣见屋里果然没有男人，就说话了：“看起来，我要不是声东击西，故意敲对面的门，还不能把你个小妖精的门敲开啊！”

“大姐，你是……”

“装什么糊涂，还用我自报家门吗？你不是整天咒我死吗？”

“你是……素梅大姐？”

田绣知道，现在自己表现得越凶，对方就越会对自己的身份深信不疑，于是她拉开架势，捋胳臂挽袖子就朝上冲：“呵呵，你凭这张脸把我老公的魂勾走了，今天老娘就给你这张脸添点东西，让它更迷人！”

年轻女人“扑通”跪下了:“大姐，你大人不记小人过，其实我知道，王建国他挺记挂大姐你和孩子的……”

田绣心里暗自高兴，中年人说的没错，男主人果然叫王建国。她故意装出一副鄙夷的神情：“不准叫我大姐，我没有那个福分承受。我说他几个月不给家里钱，原来把钱都用在你这个小妖精身上了！你马上给王建国那个挨千刀的打电话，说孩子有病住院了，老娘来要钱，问他给还是不给。”

年轻女人按下免提键拨通了电话，一个女声提示道：“您拨打的电话不在服务区。”年轻女人为难地说:“大姐，建国他去大山里收购山货，手机没有信号。再说了，家里用钱也用不着请示他啊，我给你拿。”说着从兜里掏出1000元钱，递给田绣，“大姐，家里就这些钱了，你先拿着，给孩子治病要紧，不够，我再想办法。”

田绣万万没有想到年轻女人这么痛快就拿出了钱，心里高兴，可一点没在脸上流露出来，她接过钱，冷冷地说：“转告王建国那个陈世美，这点钱别想打发我，我还会来的！”

这么容易就成功了，田绣太高兴了，回去时买了几样好菜，想请房东冯大姐吃顿饭，一来感谢这段时间冯大姐的悉心照料，二来她心里痛快，得找个人说说。两个女人打开了一瓶“五粮液”，几杯酒下肚，冯大姐先打开了话匣子，讲了自己的秘密：原来她也是个被冷落的女人，丈夫做生意有钱了，找了个年轻的，养了起来。两个相同命运的女人有说不完的话，田绣一激动，就告诉了冯大姐自己如何混进国泰小区，冲进509室，把那个二奶吓得乖乖地掏出钱来。

听说田绣冒充大奶敲诈了1000元钱，冯大姐害怕了，忙说：“妹子，你这样做是犯法的啊，出了事是要蹲监狱的，就此收手吧，别再干了。”

“凭什么，大姐，就许他们男人胡作非为，就不许我们弄几个钱花花？下次，我还要让王建国的那个小二奶多出点血！”

看田绣主意已定，冯大姐只好无奈地摇了摇头。

过了一周，田绣拨通了张苗的电话，她气冲冲地质问王建国为什么还没有到医院看孩子。张苗解释说还没有联系到王建国，不过她又准备了20000元钱，正等她的电话，她问田绣孩子住在哪个医院，她马上把钱送来，顺便看看孩子。

田绣想了想说，她不想让张苗到医院来，怕孩子的心灵受到伤害。张苗说，那好吧，胜利公园西北角，望江亭附近有个长凳子，下午五点，你在那里等我，我给你送钱。

“胜利公园西北角，望江亭附近的长凳子，下午五点……”田绣重复了一遍，放下了电话。尽管田绣不知道胜利公园在哪里，可她不打算问冯大姐，因为从那天晚上开始，她发现冯大姐似乎在偷偷盯着她。

田绣对冯大姐说要上街转转，没等冯大姐说什么，就急匆匆离开了。

倒了两次车，赶到胜利公园门口，田绣看了看表，差两分钟五点。深秋了，才五点钟天就黑了，公园里一个人也没有。远远地，田绣看见张苗坐在长凳子上正喝饮料。田绣来到跟前，刚坐下，张苗顺手递给她一瓶牛奶：“大姐，天气冷，喝点热牛奶暖暖身子。”

田绣走得急，真感觉有些渴，她打开瓶塞，刚要喝，跑过来一只小“吉娃娃”狗，轻轻一跳，扑洒了她手里的瓶子，牛奶洒了一地。

小狗舔了几口，倒地上打了几个滚，死了。田绣大吃一惊，这时树后闪出一个人，田绣一看，愣住了：是冯大姐！田绣恍然大悟，原来这小狗是冯大姐家的“豆豆”。

张苗“扑通”跪下，求两个大姐饶过她。她说，王建国曾多次许愿，等黄脸婆死了，就娶她过门：“大姐，你们不知道啊，当二奶多么不易啊，我就盼望有一天能正大光明当一回夫人。素梅大姐找上门来，我就琢磨机会来了，故意把她约到这里，想把她毒死，别人又不知道我们见过面……”

原来，冯大姐听见了田绣和张苗的电话，就打车提前来到公园，正好看到张苗往牛奶里放东西，就躲在暗处，看田绣要喝，赶紧命令“豆豆”冲上来，扑洒了毒牛奶。冯大姐说：“那天晚上我就琢磨，她怎么会乖乖地答应你的条件，一定会算计你……”

张苗使劲把头朝地上磕，紧紧抱住田绣的大腿，说要把王建国还给她，恳求她大人大量放过自己。这时冯大姐说话了：“你不用求她了，你处心积虑要毒死的人，根本不是阻碍你幸福的人，我才是冯素梅啊！”

“什么？”张苗和田绣都愣住了，最吃惊的还要数田绣，她只知道房东姓冯，不知道姓名，也从来没有想过，她竟然就是王建国的妻子。

“冯大姐，你为什么要救我，如果让她的阴谋得逞，关进大牢，对你是最有利的，你就可以重新得到王建国了。”

“为了我自己的幸福，眼睁睁地看着两个人毁灭，这幸福来得是不是太沉重了？我情愿不要这个幸福！”

张苗给冯素梅磕了一个头，说：“大姐，你是个真正的好人，和你比，我连畜生都不如！在你面前，我没有脸请求宽恕，两位姐姐，能陪我一起去公安局吗？”

“不急！田绣妹子，有一件事我想知道，你为什么单单选中了张苗家。”

等田绣描述了劳务市场那个中年人的模样，张苗和冯素梅都不约而同地说出三个字：“王建国！”三个女人一起走进了公安局。

经审问，王建国供述，他对张苗早就厌倦了，又甩不掉，就怂恿田绣上门敲诈，自己则躲到了大山里。他摸准了张苗的性格，知道她一定会利用这个机会除掉田绣的。等张苗成了杀人犯，自己就能轻而易举地甩掉她，可他万万没有想到，他善良的妻子坏了他的好事。

（宋利民）

（题图：谢　颖）

惹祸的浪漫

阿文是个小职员。这天，他拖着疲惫的身子回到家，刚进门，老婆阿花就埋怨开了，说今天有个男同事买了条最新款的项链，准备回家给老婆个惊喜，人家这么有情调，可阿文就只知道工作，根本不懂得浪漫。而对这样的奚落，阿文无话可说，他们刚买了套房子，到现在还有一万元的外债没还呢，哪还有心思浪漫。

可话是这么说，老婆的需求也是要尽量满足的。第二天，阿文下班后跑了几家礼品店，还真让他找到了浪漫。在礼品店货架上，他发现了一个漂亮的工艺品，是两只可爱的小海豚情侣戏逐着一颗漂亮的小球。

这勾起了阿文尘封已久的回忆：在一间临时租赁的房子里，他和阿花守着一台破旧的 VCD，阿花躺在他的怀里，一集又一集地留恋在《海豚湾的恋人》的故事情节里，然后一把鼻涕一把泪地蹭着阿文那件唯一能穿出门的上衣。

想到这，阿文毫不犹豫地买下了它，他已经想象到阿花感动得一塌糊涂地扑到他怀里的美好景象，甚至想好要找出最破的一件衣服，让老婆在他怀里蹭鼻涕眼泪，就像当年那样。

阿文以百米冲刺的速度回到家，门都没进，把礼物挂在了门把上，就掉头去接阿花下班了。

等他们回来的时候，刚走到楼下，邻居大妈就告诉说他们家门口挂了件东西。阿花听了觉得挺好奇的，立刻快步上楼，阿文故意落在后面，想看看阿花看到礼物时的反应。

当阿花小心翼翼打开礼品包时，阿文看到了阿花脸上按捺不住的甜美的笑容。“会是谁呢？”阿花困惑地自言自语道。

阿文心里在说：“还用脑子想吗，是你老公我啊。”

进了家门，阿花放下东西就开始拨打电话，阿文的坏笑慢慢地凝固在脸上。阿花拨一个电话，阿文的笑容就会减去一分；阿花再拨一个电话，阿文的心就多一份沉重。

当阿花开始翻箱倒柜找旧电话簿时，阿文开始烦躁，一个念头一闪而过，阿花不会在外面有情人了吧？

“到底是谁啊，不会是你的情人吧？”阿文讽刺地说。

阿花马上回敬说：“有人送，总比没人送强。”

最后，阿文没等到阿花扑到他怀里蹭泪水和鼻涕的机会，等到的是争吵，为了他送给阿花的海豚而争吵。

过了好一会，阿花拿着电话进了洗手间，阿文痛苦地坐在沙发上，咬着牙，想：“老婆，我就不明白，你为什么就不能想一下，也许会是你的老公呢？本来就真的是我呀。”

阿花从洗手间出来，讪笑着把手机给阿文，说："别猜疑了，是小雷送的。"小雷，阿花的童年玩伴，是个女的。

阿文接过手机，那边笑着说："是我送的，我和你们开个玩笑，你也太小心眼了，明天罚你请我吃饭。"阿文没有笑，没有任何表情，他不想再说什么，阿花也不再提这档子事，忙别的去了。

一个月后，阿花对阿文说："对不起，那对海豚不是小雷送的。"

阿文面无表情地说："我知道。"

阿花有点惊讶，说："你都知道了，那我也没什么好说的了，咱们离吧。"

阿文问："我想知道你们从什么时候开始的？"

阿花说："从我收到那对海豚。"

阿文又问："他说是他送给你的？"

"难道会是你吗？不会，你不懂得浪漫。"

阿文沉默了，想说什么，却没有说出来。

阿花继续说："你放心好了，除了那对海豚，我不会要家里任何东西的。"

第二天，他们去民政局办了离婚手续。出来的时候，一个男的开着车在等阿花。

"对不起了。"阿花说完就打开车门坐了上去，阿文走上去敲了敲车窗，男的摇下玻璃窗问："还有什么没有说清吗？"

阿文从兜里掏出一张皱巴巴的纸条，递给他："你还欠我钱呢。"

阿花伸手接了过来，那是一张收据。

收据上写着：礼品：海豚。价格：十五元。

（孟　鹏）

（题图：魏忠善）

骗子也痴情

有一段经历，我一直不愿提起，可后来有人对我说，把人生的阴影拿到太阳下面晒一晒，也许可以更好地开始新的生活。

我是一家远洋托运公司的小职员，和爱人白灵结婚以后，手头一直比较拮据。后来一个开婚姻介绍所的朋友说我模样周正，很适合做他们婚介所的“托”，只要按照婚介所的要求和女方见面，再按照事先约好的办法拒绝对方，就可以领我的“兼职”工资了。虽说这“托”是帮着别人骗人，可面对金钱的诱惑，我最终还是答应了。

我的兼职一直还挺顺利，直到我见了一位叫心仪的姑娘。

说实话，一见到这位清秀的姑娘，我就很有好感，而且越聊越投机，到后来，真的有点约会的感觉了，心仪也对我很有好感，可越是这样我就越不自在。我毕竟是有家室的人，再说要是真动了心，也坏了做“托”的规矩。

这天是我和心仪的第三次约会，按照规定，也是最后一次。我们正聊得起劲时，我的手机响了，是短消息。我知道高潮戏来了，分手的时间也到了，因为有点不忍心伤害这么好的姑娘，所以犹豫了一下，没有立刻拿出手机查看，可心仪却十分体贴地说："你先看短消息吧，也许是有急事。"

没有办法，只能按照事先与婚介所的约定，开始进入角色。

看着手机上的短消息，我的表情变得气愤起来，蒙在鼓里的心仪在一边很关心地看着我，我抬头瞪了她一眼，把手机往她手里一塞，生气地说："你自己看看吧，怎么可以这样！"

心仪看我突然发那么大的脾气，吃惊地翻看着短信，渐渐地脸色也变了。

那发短信的人好像对我的个人情况了如指掌，连我们这次约会的时间和地点也清楚得很，还说要我好好对心仪，看口气应该是心仪的家人。我故意凶巴巴地对心仪说："你家里人好像很不信任我，发这种短消息，我们的关系似乎还不到这一步吧。"

她先是显得很惊讶，接着很肯定地说："不可能，一定是你搞错了。"

可我根本不理睬，当着她的面，一个电话打到婚介所去，在我的"百般逼问"下，那边"承认"是心仪的家人要走了我的详细资料。

我很激动地站起来，根本不去听心仪的解释，掉头就走。这出戏我已经演了不少遍，逼真到连我自己都觉得像真的了。

当然，那些短信是我们婚介所借心仪家人的口气发的，目的就是让我找到发怒的借口，摆脱心仪，这样错在女方，她的入会费就不用退了。她不承认也没有用，这种情况很难说清楚，她也只能接受下一次的约会安排。

平时干完活之后，我都很轻松，可这天却怎么也忘不了心仪楚楚可怜的样子。回到家，老婆白灵看我精神不好，以为我是累的，让我早点休息。白灵知道我利用业余时间帮朋友的公司做事，可不知道我在做什么。我借故头疼，回卧室躺下，一闭上眼睛，心仪含泪的模样就在我眼前晃。

这件事要是就这么完了，说不定没几天我也就忘了，可偏偏我们缘分没尽。

第二天下午，婚介所打电话给我，说心仪的舅舅在旁边，无论如何要和我说几句话，我想所里肯定也是被他磨得没办法，就答应了。

心仪的舅舅听声音大概五六十岁的样子，他在电话里着急地说："可找到你了，我想你对心仪有些误会，短消息的事一定是谁发错了，心仪是个孤儿，除了我，她没有别的亲人，我不用手机，不可能给你发短信。心仪很喜欢你，我真心希望你和心仪能做朋友。"

慌乱之下我有些烦躁，随口敷衍道："我不管这些，别再找我了，算我找借口还不行吗？"说完我就挂了电话，可怎么想怎么觉得不放心，我得和心仪说清楚，不然纠缠下去，迟早我的事情会露馅的。

我当即按照心仪留给我的电话给她打过去，心仪不在，电话是她的同事接的，我想了想，狠下心说："请你转告她，我是昨天和她约会的那个人，让她自重，不要再缠着我了。"我想这是让她对我产生厌恶心理的最好办法，反正她一定恨我了，干脆让她恨到底。

很快，我又接到了新的约会任务，也就把心仪渐渐淡忘了。

那天，我正在公司忙得团团转，突然听到一声惊奇欣喜的叫声："你调动工作了？原来到这里上班来了。"

我抬头一看，吓得差点背过气去，是心仪。

她怎么会找到这里来？要知道，我在婚介所对客户公开的资料都是假的，她是不可能查到什么的，可怎么会这么巧？我来不及多想，慌忙把她拉到没人的地方，要是让同事听出了端倪，我就彻底完蛋了。公司里谁不知道我已经结婚五年了啊！

更要命的是心仪好像并没有因为我的绝情而恼怒，对我还是很热情，从她含情脉脉的眼神里就能看出这次邂逅带给她的惊喜。完了，一定是她的同事没好意思把我打电话的内容告诉她。真是邪了门了，她居然还对我抱歉地说："我知道舅舅找你，让你很难堪，老人嘛，处理问题就是简单，你还在生我的气吗？"

我现在哪还有心思生什么气，一心想着怎么能让事情不败露。

我和心仪真正的约会就这么开始了，一开始是不敢拒绝她的约会请求，怕她找到单位来，不敢提出分手，怕她会穷追不舍，暴露真相。到后来，我发现自己竟然真的喜欢上了她，几天不见她，心里就像少了点什么。

事情终于在我生日那天有了进展。

那天因为妈妈一句不经意的话，白灵居然摔门而去，其实还是老话题，我和白灵结婚后一直要不上孩子，过生日时我妈不经意又提到抱孙子的事情，白灵觉得是冲她来的，突然就耍起了脾气。

我越想越气愤，干脆打电话约心仪出来，她早就想给我过生日，接了我的电话，十五分钟就赶到了我们第一次见面的公园，看着她幸福的样子，我矜持的心终于敞了开来，一边是不如意的婚姻，一边是温婉如玉的美人，我再坚持下去，那才真是天下第一号大傻瓜。

我第一次跟着心仪去了她的住所，一夜没回，我希望永远不要天亮，时间就停留在这一夜。

第二天一早，我像贼一样回了家，白灵表面上不认输，但是很显然她等了我一夜，我和解地冲她笑了笑，她受宠若惊，一噘嘴，撒娇地说：

“你住在爸妈那边，干吗连个电话也不打？”听她这么说，我也就默认了。

我从此开始控制不了自己，频频和心仪幽会，这种在家庭和情人间周旋的日子既紧张又刺激，我不知道事情会用什么样的方式收场，就像一个吸毒的瘾君子一样，在随时可能爆发的事态中小心地过着日子。

一个周末，我正打算找借口出门，心仪打电话来对我说她怀孕了，我握住话筒半天没有说出话来：我终于能有自己的孩子了，这么多年，同事都私下里传言我有病，我和白灵不知道花了多少钱吃了多少药，可是现在我该怎么办？心仪并不知道我是个有家庭的人啊？

赶到心仪宿舍，我鼓起勇气，把自己有家庭的事情告诉了她，还为那次相亲编了个理由。心仪失态地大哭起来，她相信我说的那次是替朋友相亲，到后来自己喜欢上了她的说法，但是这些都改变不了一个事实：那就是我是个有妇之夫。

我跪在心仪面前，请求她的原谅，她努力冷静了下来，泪眼涟涟地看着我，说：“我已经爱上你了，怎么办？而且还有了孩子。”

她的话让我无地自容，我向她发誓一定要给她一个交代，要让我们的孩子合法地来到这个世界上。我首先去了爸爸妈妈那里，把事情向他们和盘托出，他们先是责骂了我一顿，后来听说有了孩子，很快就被我说服了。

我和白灵的谈判比预先想的要顺利得多，其实白灵是个很单纯任性的人，她一听我和别的女人连孩子都有了，一下子心灰意冷，加上我这边为了让她同意离婚，经济上做了很大的让步，很快，我们就顺利地把婚离了。

我欢天喜地地跑去心仪的单位，想当面告诉她这个好消息，为了离婚的事情，我已经两个星期没和她见面了。可到了她单位，她的同事说她辞职了，我又跑到她的单身宿舍，已是人去楼空，打她的电话，永远都是关机。我开始害怕了，她一个怀了孕的女人，能去哪里？

我发了疯似的四处找她，却一点踪迹也找不到，心仪像是从我的世界里彻底蒸发了。

三个月后，我接到了一封没有地址的信，上面写着：

寒平：

你好！我是心仪，你不用追究我去哪里，我本来就是这个城市的一个过客，遇到你，我本来以为遇到了自己的真命天子，那是我第一次真心地去相亲，可是你居然骗了我。你一直没有对我说真话，即便是最后，你还在撒谎。从你收到了'我家人'的短信开始，我就猜到你是个托，我一直给你机会，我多么想你能亲口对我说出真相，可是你没有，到最后也没有。

你那么无情地对待我舅舅这样一个老人的恳求，而且你的那个电话是一个和我有矛盾的同事接的，她大肆宣扬，让我在最短的时间里成为了大家的笑柄。舅舅和我一个单位，很快就有所耳闻，他非常懊悔，他说如果不去找你，事情就不会这么糟，那天晚上他喝了一夜的酒，突发脑溢血，落了个半身不遂。

从那一刻起，我决定报复。从在你单位和你偶遇开始，都是我设计的，我恨你，在我真心爱上你的时候，你居然一而再地用欺骗来回报我的心。你一定不会想到，我也曾经在婚介所做过托，见你的时候，我已经痛改前非，金盆洗手，那是我第一次真心为自己相亲。

我根本没有怀孕，所以你也不用牵挂我，托儿给托儿上了一课，到最后我也没想明白，究竟是谁失去的更多。最后，希望我们都在噩梦之后，开始新生活。

心　仪

看了这封信，我彻底傻了眼，觉得像做梦一样，难道这真是我这几年做骗人勾当的报应？妻子，情人，孩子，到头来我什么都没有，真是骗来骗去骗自己！我定了定神，拨通了婚介所的电话，我要告诉他们，我不干了。

（寒　梅）

（题图：箭　中）

老王家的懒猫

在这条街上有一只很有名气的猫，它比街上一个大款的那条德国牧羊犬有名多了，虽然这只杂毛懒猫讨人嫌，但它并不是一只野猫，它的主人是老王。

老王今年五十二岁，为人老实，在一个工厂里当技术员。十年前他死了老婆，至今都没再婚，那只懒猫就是老王在老婆死后喂养的。老王的儿子叫家宝，从小百依百顺，可家宝一点都不争气，初中还凑合，到了高中，学习是一塌糊涂。还好，老王有个亲戚是市卫生局的局长，四年前家宝高中毕业时，那亲戚使出浑身解数，总算在省医院给家宝争取到了一个走读生的名额，老王这才长长吐了一口气：不管咋说，家宝总算是个大学生了。

四年时间一转眼就过去了，这不，今年六月底，家宝上完大学从省城回来了。

回来的当天晚上，说到分配的事时家宝才知道，他爸的那个亲戚，早在三个月前就调到邻市当卫生局局长去啦！这下，把家宝气得当即就摔了一个热水瓶，他跺着脚质问老王为啥不早点说。老王让家宝逼得没法，只得在第二天下午硬着头皮去找自己的老同学——市人民医院的刘院长。

老王从刘院长家回来的时候天都快黑了，那只懒猫被堵在屋门外，正可怜兮兮地用爪子挠门。屋里，传出震耳欲聋的音响。

老王推开门，家宝正窝在沙发上看新买的 VCD，老王见儿子工作还没着落就大手大脚地乱花钱，不觉皱了一下眉："你把声音开小点儿，隔壁的小亮正忙着复习考大学呢！"

"考大学有啥意思？你想弄个毕业文凭还不简单？马路边的电线杆上都是代办文凭的广告，听说也就是千把块钱一个。"他见老王气得直瞪眼，便说，"好啦老爸，你快说，刘院长咋说？"

老王告诉儿子：人民医院正需要外科方面的专业人才，但刘院长说了，在正式接收之前，必须先到他们那里实习三个月，并成功地完成几例断肢再植手术。

家宝一听火冒三丈："什么？必须先实习三个月？我堂堂医学院本科毕业，这不是明摆着刁难人吗？"

正说着，家宝的手机响了："嗯……小丽！好好，我马上就到！"家宝关上手机，冲老王一伸手："老爸，先赞助二百，你未来的儿媳妇约我去看电影。"

"一百！"老王恼火地把一张钞票扔过去，"不挣一个钱还玩手机，穷烧！”

家宝拿着钱急急忙忙地出了院子。老王呆坐在沙发上，怀里抱着“呼噜呼噜”大睡的懒猫，心里是千般愁肠，万种滋味。唉，这个家宝啊，眼下总算是顺顺当当地读完了四年大学，拿回了毕业证，而且成绩单上每一门功课都在 80 分以上，特别是断肢再植专业的课程竟然考到了 92 分，真叫自己欣慰，想到这里，老王的心酸酸的，眼睛也湿了。只是，这么些年来，家宝花钱大手大脚的毛病一点都没改，四年大学几乎花完了他老王大半生的积蓄。如今，就剩家宝分配这一关……

两天后，老王便领着家宝去医院实习……

自打家宝去实习，老王每天都要细细盘问家宝在医院里的事，而家宝却总是满脸不耐烦，抱怨工作无聊，缠着老王给刘院长送礼，巴望早点结束自己实习生的身份。对此，老王很恼火，但又无可奈何。

两个多月的时间慢慢腾腾地过去了。这天上午，因为厂里没活儿可干，老王便直接上医院去看儿子。

到外科一问，有个护士说家宝和一个女孩子出去玩了。外科的丁主任很失望地告诉老王：因为刘院长一再关照，说家宝是高材生，叫科里多给他几次实习的机会，所以，曾经有两个断掉手指的病人来就诊，科里都让家宝去做，可他说这是小手术，不值得动手，他非要做断胳膊断腿的大手术。这个年轻人做事太浮夸，丁主任要老王回去后好好劝劝家宝，要是再这样下去，恐怕对他的工作分配有影响。

老王头都气大了，一到家就把家宝堵在屋里好一顿训，但家宝满不在乎地说：“老爸，那种小手术我毕业前实习时就做过十几例啦，再做还有啥意思？我一再催你去给刘院长送礼，可你就是送不出去！你们是老同学，你去，他当然不好意思收，你就不能托个中间人？”

“你别说啦！刘院长不是那号人！我实话跟你说，我们厂里没活干啦，我眼看就要下岗啦！到那个时候，别说送礼，咱爷俩儿连生活都成问题！要是你不能靠自己的本事到医院工作，我这个当爸的也没办法。我是无所谓，都五十多啦，你还年轻，还有奔头，可你又不好好实习，还能有个奔头吗？”老王再也说不下去了，老泪纵横……

家宝傻了，头一勾，不吭声了。

那只懒猫蹲在沙发上，冲着家宝又是弓腰又是探爪。

又熬了半个月，在离中秋节还有十来天的时候，老王的那个厂子终于倒闭了，接到下岗通知的当天晚上，为省钱已经几个月没沾酒的老王一仰脖灌了七八两白酒，踉踉跄跄地直奔刘院长家，一见刘院长就呜呜地哭上了："老同学，我下岗了，你看家宝的事儿咋办哪？"

刘院长同情而又为难地说："家宝都快实习三个月了，听丁主任讲他做事浮夸得很，多次给他实习的机会他都不屑一顾，就算他真有本事我也没法帮他呀！"

老王无言以对。

刘院长拍了拍老王的肩："老同学，咱们不是外人，有一件事我必须和你说，前天，卫生局的陈副局长给我打了个电话，说他有一个亲戚，学的也是断肢再植，想到我们医院实习。说是实习，实际上还不是想分到我们医院？所以，要是家宝迟迟不能用事实证明他的医术的话……"

老王一听这话，脊梁骨上顿时起了一股凉意，他差一点要给刘院长磕头作揖了："刘院长啊刘院长，我的好同学呀！无论如何你也要再给家宝一次机会啊！"

看着老王可怜兮兮的样子，刘院长的心软了，他叹了口气，说："唉，好吧，只要他能在最近一段时间里做一次成功的再植手术，哪怕接上一个断指头，我就同意接收他！”

“谢谢，谢谢！”

老王回到家，家宝正闷着头抽烟，一见老王回来，立刻哭丧着脸说：“老爸，快想办法吧，小丽刚才说要是我二十天之内分不进医院，她就要和我分手啦！”

老王见儿子一副窝囊相，又是气又是疼，说：“刚才刘院长说了，只要你在最近几天里能接上一个断手指头，他就同意接收你，这下放心了吧？”

“接手指头？这……这手术也太小了吧？”

老王一拳砸到桌子上，像怒目金刚一般地吼道：“小，也得给我做！”

家宝一副委屈相，噘着嘴说：“做！做！你以为天天都有人断手指头！”

“你……你……”乍听儿子这么说，老王气得话都说不囫囵了，不过静下心来一想，儿子说得对呀，这手指头可不是说断就断的，医院十天半月里能碰上一个算是运气了，可儿子的事耽搁不起，而且陈副局长也在虎视眈眈，夜长梦多、危机四伏呀！想到这里，老王转身奔进厨房，操着一把亮晃晃的菜刀冲到了家宝的跟前！

“爸！爸！你要干什么？”家宝惊恐万状，直往方桌后面躲。

“家宝呀家宝，无论如何爹都要对得起你呀！”老王一咬牙，手起刀落：“嚓——”

鲜血飞溅处，老王的左手食指应声落下！

“爸呀！”家宝一声惨叫，“扑通”跪倒，说，“爸呀，我对不起你！我……我根本不会做那种手术呀！”

“什么？”老王怒目圆睁，身子摇摇晃晃，“你……你……你那四年大学都白上了吗？”

家宝趴在地上，痛哭流涕："我……我不该仗着爹的亲戚是卫生局局长就随便逃学啊，我……我在去年就叫学校开除啦！"

老王缓缓地瘫倒在地上，任凭手指鲜血淋漓："那……那你的毕业证是……"

"是假的……是我买的……"家宝一声长嚎，猛地操起地上的菜刀，"嚓"，剁下了自己的左手食指，而就在这时，一个黑影"嗖"地从窗口窜进了屋里……

当夜，人民医院住进了两个断指病人——不用说，是老王和他的儿子家宝……

老王的断指手术做得很成功，刘院长说绝对可以植活；至于家宝的断指，恐怕连神仙都没法接了——当时家宝悔恨至极而剁下了自己的左手食指，谁知手指一落到地上就让刚回到家的懒猫给叼走了，闻讯前来帮忙的邻居怎么找也找不到……

你瞧，老王家的那只懒猫样样都懒，可偏偏这回手勤脚快，眼睛一眨，就把家宝的手指头给叼走了！或许这正是上苍在冥冥之中给家宝这个不肖之子的惩戒？

现在嘛，这条街上做父母的，每当教育儿女时总会提起老王家的那只懒猫……

（许铭君）

（题图：魏忠善）

你过不去这座山

年轻时，唐一功长得很帅，可人帅，时运不济，小科员干了好多年，还是个小科员，他老婆给他生下个胖小子，不到一年，老婆竟然脚一蹬，死了，你说这不倒霉到家了？

然而，倒霉人也有时来运转时，局长大人的千金小姐，看中了这个帅哥，不过她有个先决条件，不愿一进门就当后妈，让他把这儿子处理了，才能谈婚论嫁。

为了得到这位局长千金，唐一功一咬牙，抱着儿子进了山林，想找户人家把儿子送了，但他怕林场、屯子里人多嘴杂，就一口气跑到了离中俄边界不远的老黑山上，找到一个住在孤零零小房里的护林人，谎称找亲戚走迷了路，接着他趁出来解手的机会，逃下了山，把个才一岁多点的儿子，留在了老山林里。

唐一功如愿以偿地成了局长的乘龙快婿，随之官运也一路亨通，从科员升到了科长，又从科长升到了财务处处长。官大了，贪心也大了，几年下来，居然弄了几十万元，不想最近东窗事发，他吓得携带赃款，逃进了16年前来过的大山林。这山林离边界不远，山高林密，遮天蔽日，他打算钻进山林，伺机偷越国境，到国外去继续过他花天酒地的生活。

这天下午，他下了长途汽车，在山林里蒙头转向地走了半天带一夜，也没辨清到了什么地方。天亮后，他想找个山洞藏起来，等天黑后再走，不想又被蛇咬了一口，痛得他坐在地上抱着腿直叫“哎哟”。这时，一个背着猎枪的老人走了过来，见他被蛇咬了。急忙拽了根青藤勒住他腿的上部，挤出伤口里的污血，然后给他上了解蛇毒的药。给他包扎好，才笑了笑说：“没事的，这蛇的毒性不是很大，再上一次药就好了。”

唐一功觉得这老人有点面熟，仔细看看，竟然是16年前收下他儿子的那个护林人，一问他叫赵石。显然赵石没有认出他，眨着小眼睛问道：“你是哪单位的？到这来干什么？”

唐一功说他是省森林调查大队的科研人员，和一个同事到这里来搞调研，不想和同事走散了，迷了路。他怕赵石不相信，又主动说道：“老哥，你忘了，十年前我来这里搞调研，咱们在山上见过面，我就是那个老刘呀！”

赵石眨巴眨巴眼睛，又摇了摇头，不好意思地说：“想不起来了，人老了记性差。既然咱都是林业人，那就到我小屋里歇着吧，午饭就在我那吃。”

唐一功说：“老哥，不麻烦你了，我还得到下边去找找我那同事呢，你忙你的去吧。”

赵石说:“你客气啥?我不是说还得给你换一次药嘛,蛇毒治不彻底,你这条腿会烂掉的!”

唐一功一听,害怕了,真要烂掉一条腿,那就完了,再说,反正这姓赵的没认出自己,顺便去看一眼丢弃了16年的儿子,心里也许能得到点儿宽慰。于是,他跟着赵石到了小屋里。

此刻,小屋里只有赵石一个人的行李,没有儿子,唐一功试探着问赵石:“老哥,你家里还有啥人?”

赵石说:“还有个儿子,在县里念高中。”

“那你老伴呢?”

赵石苦笑着说:“像我这种人,谁愿意跟我在这老山林里受罪?”

“那你儿子哪来的?”

“是老天赏给我的。”赵石说到这儿,显然高兴了,小眼睛里泛出了一种自豪的光,“那年,一个陌生人突然给我送来了个儿子,我把他一养,嘿!还真是块好料子,如今长得可俊呢,谁见了谁夸,他从小学到中学,年年考第一!噢,他已经放暑假了,说是今天上午回来,也许你能见着他呢!”

果然,中午时分,一个一脸稚气的小伙子闯进屋来,赵石高兴地指着唐一功对儿子介绍说:“捡宝,这位是省森林调查大队的刘叔叔,来咱这搞调研被毒蛇咬了,在咱这歇一会。”

赵捡宝恭恭敬敬地给唐一功鞠了一躬,亲热地叫了一声“刘叔叔”。

唐一功两眼直直地瞅着眼前一表人才的儿子,心里说不上是个啥滋味,这孩子太可爱了,但自己只能接受他一声“刘叔叔”,这时的唐一功感到了一种从没有过的愧疚和揪心的痛苦,他趁爷俩到外屋忙着烧火做饭的时候，从背包里拿出一沓钱塞进了儿子的书包里……

吃过饭，赵石对儿子说："捡宝，下午你替爸到林子里去巡趟逻，我要送送你刘叔叔。"

捡宝答应一声，扎上裹腿，背上防身用的猎枪就出了门，赵石又追到门外嘱咐了几句，回来对唐一功说："走吧，我送你到林场！"

唐一功急忙说："不用不用，我自己能走。老哥，你给我换药吧，换完药我就走。"

赵石两眼突然射出犀利的光，瞪了唐一功一眼，说："药不用换了，咬你的那蛇没毒，我是故意留你在这里等几个小时，就是为了让你看看你儿子……"

唐一功惊得目瞪口呆："你……原来早就认出了我？"

赵石说："我不但认出了你，还看出你是一个可能犯了事、想逃到境外去的罪犯！"

唐一功头上冒出了豆大的汗珠子，他真没想到，这个护林人的眼会这么毒，怎么办？眼下来硬的显然是不行，只得哀求说："老哥，看在我送给你一个儿子的份上，你就放我一马吧，我不会忘了你的。"说着从背包里抽出三万块钱，"先把这些钱留下，供儿子上学……"

"你不要做这种梦啦！要是你儿子知道这是赃款，他会怎么想？"说到这，赵石的眼圈红了，"今天我为什么没说出实情让他认你？我就是怕他年纪还小，心灵上承受不住这种打击。你想想，他一岁多就被亲爹抛弃了，16年后再见到亲爹，却是一个要偷越国境的罪犯，他心里会是啥滋味呀？"

唐一功两眼流泪，喃喃说道："我，我不是人……"

赵石说："不过，我看到你偷着往孩子的书包里塞了一沓钱，觉得你还有点人性，还有救……”说着，他从儿子书包里拿出那沓钱，装回唐一功的背包里，“这样吧，我给你个机会，你自己带着这些赃款到林场去找边防警察自首，争取个宽大处理，以后你改造好了，不管什么时候，我都会让儿子去认你！”

赵石这番情真意切的话，把唐一功感动了，他擦干眼泪，发誓说：“老哥，你真是个有情有义的人，我听你的，我不但到林场去找警察自首，还要检举别人，争取立功！”

赵石说：“好，那你自己走吧，我就不陪你去了。咱们都是男人，说话一定要算话！”

唐一功点点头：“你放心，一定说话算话！”说罢迈出了小屋，大步向林场走去。走了一会，回头看看，见赵石还站在门口目送他，他就挥了挥手继续往前走，又走了一会儿，再回头看时，赵石已经回屋里去了，他又往前走了一段，站下四处看看，认准确实没人时，便扭头钻进树林里，往山上奔去。

唐一功压根就不想去自首，他要到山上找个山洞藏起来，等天黑后再偷越国境。他在树林里走走停停，四下瞅瞅，大约走了半个多小时，他终于发现了一个山洞，心里一喜，几步奔到洞口，刚想往里钻，突然传来一声大喊：“不能进去，那洞里有毒蛇！”随着话音，一个人跳到他跟前，一把把他拽离了山洞口。

唐一功扭头一看，竟是提着猎枪的儿子捡宝，他惊诧地问：“捡宝，你怎么在这里？”

捡宝说：“我出门时，爸爸嘱咐我到这一带巡逻。”

唐一功暗叹：姓赵的好厉害呀！

捡宝问：“叔叔，你这是要干啥？”

唐一功觉得这个孩子好对付，就说："我从你家出来到林场去，见天还早，就顺便到这林子里搞点调查，累了想进山洞里歇一会，不想是个毒蛇洞，谢谢你救了我。"

捡宝轻轻叹了口气说："可惜我只救了你的肉体，还没有救出你的灵魂……"

唐一功一惊："你这是什么意思？"

"什么意思难道你还不明白吗？你根本不想到林场去，而是要找机会偷越国境！"

唐一功一听急了："你胡说什么！我堂堂一个省森林调查大队科研人员，怎么会偷越国境？你快巡逻去吧，我在这歇一会就到林场去。"

捡宝坚决地说："不，我必须送你到林场去！走吧！"

唐一功见这孩子也这么难对付，心里又气又急，就气急败坏地喝道："你这是干什么？我告诉你，我是你的亲爸爸……"

他喊出这一句，两眼定定地看儿子是啥表情，不想捡宝脸上很平静，说："不管你是谁，我今天也不会放你过这座山，这是我们护林员的职责！"

唐一功还以为儿子不相信，又动情地说："真的，孩子，我真的是你亲爸爸呀！当年……"

"你不要再说啦！"捡宝气愤的眼里已经含满泪水，"你现在唯一的出路就是跟我一块到林场去！"

唐一功绝望了，此时的他，像个输光一切的赌徒，他想夺过儿子手里的猎枪，作最后一搏。他慢慢向捡宝靠近，但捡宝很警惕，也慢慢往后退，就在他要向捡宝扑上去时，赵石和两位边防警察赶来了，他们不由分说给他戴上了手铐。

赵石气愤地说："你呀你呀，哪像个男人！我们这里早接到了通缉令，你是根本逃不掉的。”

唐一功长长地叹了口气，在垂下头时又看了一眼儿子，只见捡宝已经转过身去，两肩一耸一耸的，显然是哭了……

当两位警察要押唐一功走时，捡宝忽然擦了擦眼泪对唐一功说：“我和赵爸爸会遵守承诺的，只要你改造好了，我还会认你……”

赵石一听大惊：“捡宝，原来你都知道了？”

捡宝点了点头，又对唐一功说：“你往我书包里塞钱，我也看到了，我觉得这事可疑，所以爸爸让我去巡逻时，我没有走远，在小屋外听到了你们的对话……”

赵石对唐一功说：“看见了吧，儿子已经长大了，现在就看你的啦！”

（杨学利）

（题图：魏忠善）

苦涩的姻缘

人们都叫他黑人。脸黑？不，他是地地道道的黄种人；心黑？更谈不上，他平时连个蚂蚁也不伤害，只因为他不知道自己姓什么，叫什么，也不知道家乡何处，没人疼没人爱，大家就顺口叫他黑人。

九岁那年，有一个叫笤帚韩的人收留了他。笤帚韩也是个没家没业的人，一只小木箱里头装着麻绳、小刀、夹板，走乡串店给乡下人绑笤帚。他的手挺巧，一把黍子苗到他手里三下两下就成了一把笤帚，农村人生活再简朴也得用这个，所以笤帚韩靠自己的手艺，也挣得了一个温饱。自打他收留了黑人，就把自己的手艺传给了他。

解放那年，笤帚韩得了一场大病，临咽气时，他拉着黑人的手说：“小子，我不行了，咱爷儿俩在一块儿呆了几年，我没什么留给你的，就这……手艺，凑合吃……口饭吧！”说着腿一蹬，咽了气。黑人哭了一场，挖个坑埋了笤帚韩，就自己背起木箱，吃起绑笤帚这碗饭来。

黑人凭着手艺干了一年又一年，破窑旧庙都是他的家，有时候喝口河水就是一顿饭。光阴似箭，他已长大成人，个头不高不低，浓眉大眼，要是好好收拾一下，准是个漂亮小伙。

这一年，他来到一个叫贺昌镇的地方住了下来。这个地方和别处有些不同，四五个村子围着一个镇，人口比较稠密。木匠、铁匠、剃头匠，一应俱全，还就是缺这么个绑笤帚的。黑人一来，活就堆成了山，他干脆就在镇东租了一间小房，自己又立了一份小灶，扎下营来。多少年的流动生活，一旦安定下来，黑人从心里往外透着高兴。

他的房东姓章名世才，比他大五岁，才结的婚。别看章世才长得敦敦实实，猛一看跟一个木头桩子似的，他的媳妇竹花可是个水灵灵的漂亮人，精明能干，平日上个街赶个集，不知道有多少人朝她身上飞眼呢。黑人每次绑完笤帚，不但把干活这一片地方扫干净，连整个院子，大门外边全都扫得连根草棍也没有。放下笤帚，又抄扁担，干了这样，又干那样，所以和房东相处得挺好。

要说章世才这人也不坏，可有一样毛病，看见酒就不要命。据说洞房之夜他就喝了个烂醉，倒在炕上呼噜了一夜，竹花坐在一边流了不少眼泪。结婚这几年，毛病一点儿没改，吃了饭抄起酒瓶子就往外走，不喝个烂醉不回来。一到晚上，这院里就剩下黑人和竹花两个人，不过这两人都是本分人，各守疆土，互不侵犯，正房一个，东屋一个，谁也不打扰谁。

可有那么一天晚上，黑人正要吹灯睡觉，忽听见正屋里竹花“妈呀”一声怪叫，他不知出了什么事，赶紧跑了过去。一进屋看见竹花正抱着肩，靠着墙角哆嗦，仔细一问，原来是屋里飞进一只蝙蝠，乱扑乱撞。他差点儿笑出声来，将蝙蝠赶了出去。他转身要走，竹花一把拉住了他说：“兄弟，再待一会儿吧！”

“嫂子，没事了，我得走了。”

竹花可怜巴巴地说：“我害怕，一会儿再飞进一只来怎么办？”

黑人没法，只好留了下来。黑人是个老实巴交的人，平时虽跟竹花说过不少话，可那都是有事，再说还当着章世才。眼下这阵势他可没词了，坐也不是站也不是，硬着头皮待了一会儿，忽然听见院外有脚步声，便说了声：“我走了。”一转身出屋去了。

说也奇怪，从这以后竹花晚上经常害怕，总是找黑人过去陪她一会儿。慢慢地黑人胆也大了，话也多了，就把自己的往事一五一十都告诉了竹花。竹花听得挺认真，听黑人说到伤心处，她也流下几滴眼泪。她也把自己做姑娘时的事说给黑人听，两人挺投脾气。但有时候黑人回到小屋里，挺后悔，觉得这样对不起章世才，可一到晚上他又管不住自己的两条腿。

要不说老赶集没有不碰见亲戚的。有一天晚上他俩说得太高兴了，本来一个坐炕上，一个坐板凳，也不知什么时候坐到一条板凳上去了，偏巧这时候章世才一掀帘子进来了，可把这两人吓了一跳。章世才虽说醉了几分，可心里头有的事还能翻过个来，当时脸由红变紫，“啪”地把酒瓶一摔：“好小子，他妈的，绑笤帚绑到我老婆身……上来了。”

竹花猛地站了起来，没想到黑人把板凳给压翻了，一屁股坐到地上，竹花赶紧伸手去拉。这一下章世才更火了，骂骂咧咧地说：“哟，比跟老子还亲……热呢。”

黑人赶紧赔着笑脸说：“大哥，你别多心……”

“别来这套！”章世才用手一指说，“你小子马上给我滚蛋，我不能自己给老婆找个野汉子。”

“好，”黑人一听也火冒三丈，“走就走！”说着大步出了屋。

竹花拉着章世才的胳膊说：“大半夜的，你让他上哪儿去呀？”

章世才甩开竹花的手说：“他本来就是野地里长大的东西，这会儿又娇贵了？”

说话间黑人已背起箱子，卷起铺盖走出东屋，临出门时朝着章世才一抱拳说：“大哥，往日的关照，小弟忘不了。”说罢出门去了。章世才本来想大骂一顿，可一想这事宣扬出去，自己头上这顶绿帽子可不是好戴的，也就没吭气。竹花不敢出声，只是眼泪汪汪地发着愣。

按以往的脾气，黑人一口气不走出一百里就不算男子汉，可现在他没走，却来到镇东小山上的破庙里住了下来。因为有好几家说好明天得去干活，再说也舍不得竹花，生怕章世才虐待她。一连几天，他都心里惶惶不安，干活时总竖着耳朵，想听点儿关于竹花的消息，却什么也没听到。

到了第三天夜里，他正睡得迷迷糊糊，忽然庙门开了，闯进一个人来。他以为是章世才来找他拼命，吓得一个鲤鱼打挺蹦了起来。只听来人气喘吁吁地叫了一声：“黑人兄弟，你在哪儿？”“啊！”黑人听出是竹花的声音，当即扑了过去，两人紧紧地搂在一块。

黑人发现竹花手里还提着一个包袱，就问：“你这是干什么？”

竹花抽泣着说：“我知道你不走，是心里放不下我，我跟那个酒鬼也实在过不下去了，咱们一块儿走吧！”

“上哪儿?”

“你上哪儿，我跟到哪儿。”竹花一边哭一边说自己的痛苦。原来章世才这个酒鬼只知道喝酒，根本不知道和老婆温存。人家结婚一年就当上了妈妈，可竹花嫁给他四年了，肚子还是瘪瘪的，他哪儿算个男人呀! 自从见了黑人，竹花本来像一个冰砣子似的开始融化了，但当初她只想有人做个伴,说个话也就行了,根本没有非分之念，今天到了这份上，也是章世才给逼出来的。

黑人长这么大，是个“素裹胎”，头一回和女人抱在一起。他们要是此时一起远走高飞，下面的故事就是另外一回事了，偏偏两人的感情激动到了极点，像两块烧化的铁一样熔在了一起……

大约过了半个多小时，忽然庙门外人声嘈杂，黑人伸头一看，不少人打着火把，挑着灯笼朝山上奔来，为首的一个手持大棍，不是别人，正是章世才。黑人吓得赶紧关上了庙门，用杠子顶住。竹花吓得哆哆嗦嗦地偎在他的怀里问:“黑人兄弟，怎么办呢?”黑人也没了主意。

竹花哭着说:“要不死在一块儿吧!”

“不,”黑人咬了咬牙说，“不能为我坑害了你。”说着他看了看庙的后墙。小庙建筑在一个孤零零的山头上，窗外就是陡崖，足有三丈多高，跳下去准得粉身碎骨。竹花看出了他的意思，拼命地拉着他说:“不能跳啊!”

这时，章世才领着一伙人已来到庙门前，拼命地敲打着庙门，大声吆喝着:“开门!”黑人不能再犹豫了，他挣脱了出来，先是把自己的东西从窗口扔了出去，然后像狸猫一样蹿上窗台，望了望竹花，可惜黑暗中看不真切，他回头把眼一闭跳了下去。也真凑巧，他把墙上的灰网带了下来，正好蒙在窗口上。竹花只觉得一阵天旋地转，晕倒在地。

“哗啦”一下门被撞开了，众人举着灯笼火把一看，庙里只有竹花一人，便四下乱找。有个嘎小子把嘴凑到章世才耳边说：“叔，他会不会从后窗户跑了？”

“嗯，”章世才看了看离地有一人多高的窗户说，“来，我驮你上去看看。”说着，蹲下身来，让他两脚踩在自己双肩上。他人高马大，毫不费劲地站了起来，嘎小子趁势一伸脖，那灰网正好蒙在他脸上，禁不住“啊嚏”了几声，蹦了下来说：“绝对从那儿跑不了，连个猫也钻不出去。”

众人把房顶、地面找个遍，还是没有，正在奇怪时，竹花醒过来了，说：“就我一个人在这儿，心里闷，出来走走……”

一向怕戴绿帽子的章世才见有了台阶，还能不下？回头招呼一声：“快，背起你婶子，回去！”

从此以后，黑人在贺昌镇销声匿迹，活不见人，死不见尸。章世才心里还暗暗高兴，一来轰走了情敌；二来没当众出丑，自己也就把酒瓶子收了收，和竹花过起日子来。

再说黑人跳下陡崖之后，并没有摔死，而是摔瘸了一条腿，他不敢久留，拉着行李爬上了大路。等到天亮时倒在大道上昏了过去，正好有一辆卡车经过，把他送到医院。半年以后，虽然伤好了，可他成了瘸子。

黑人还是靠手艺吃饭，这一日来到离贺昌镇二百多里的一个叫歪树庄的大村子里，正在一家井边喝水，忽听身后一声马嘶，扭头一看，啊，大事不好！只见一辆马车飞奔而来，驾辕的马惊了，赶车人的双手紧拽住缰绳，被拖着往前走，只要他一撒手，准得被车轮辗死。路上的人见了纷纷躲避，黑人只要往后退两步，就一点事儿也没有了。可黑人不，也不知从哪儿来的那一股勇气，一个大步跨了过去，一手抓住了马缰绳。

他也是急中生智，想起哪部电影里驯烈马的镜头，照着那马耳根子就是一巴掌。“啪！”拍得山响。说也奇怪，那马马上服服帖帖地停了下来，摇摇头，摆摆尾，一点儿也不闹腾了。两边的人全看直了眼。

黑人把赶车的人扶到一边，定睛一看，那人看样子比自己大几岁，胡子拉碴的，两眼还有点儿发直。过了好一会，那人才缓过劲来，向黑人道谢说：“多亏了大兄弟，不然我早没命了，您大名怎么称呼呀？”

“黑……”黑人黑了半截儿，一琢磨黑人多难听呀，就改口说，“我叫黑子。”

“哎呀，”那人大叫一声，“雨点落在铜钱里——太巧了。我也叫黑子，咱哥俩同名。”说着就赶着车，请黑人到他家去坐坐。黑人走得人困马乏，正愁没个地方歇歇腿呢，也就欣然前往。

黑子把黑人请进屋，亲热地说：“我大两岁，为了说话方便，我就叫你二黑了。”“行，大黑哥。”黑人爽快地答应着。这个黑子今年三十了，还是光棍一条。他爹娘去世得早，是干娘一手将他带大的。这会儿他把黑人的身世问了一遍，当下拉着他的手说：“兄弟，你若是不嫌弃，咱们就在一块儿凑合吧！”说着，黑子又领着黑人来到干娘的屋里，黑人当即下跪给干娘磕了头，叫了三声干娘，乐得老太太连嘴都闭不上了。从此以后，黑人就在这歪树庄住了下来。

光阴像流水一样，黑人住在歪树庄不知不觉已是十几年过去，无论阴晴雨雪都出去找活干，挣点儿钱除了买点儿口粮外，还时不时地给干娘捎点什么，一家人相处得很好。但是每当黑人空闲的时候，就会想起以前的竹花，心里惦记此刻的竹花过得怎么样了。

一天，哥俩正在对斟对饮，干娘掀帘子进来了。老太太这两年脸上也光溜了，身上也利落了，一进门就说：“看你们俩，一对光棍多自在呀！”

“嘿……”黑子苦笑了一声，“别说笑了，干娘，咱这也不是一天了。”

“那就不兴改……改革、改革啦！”干娘用手一戳黑子脑门说，“我给你们保媒来啦！”

“谁家的大姑娘？”黑子乐得猛呷了一口酒。

“美死你，”干娘说，“也不看看你啥德性，是个寡妇。”

“那也凑合……”

“还带着个儿子。”

“什么……”

“咋啦，还省你的事了呢，进门就叫爹，有啥不好的。”

黑子不吭气了，黑人一见赶紧开导他说：“大黑哥，只要人好，那倒不是个褒贬。”

黑子眨眨眼说：“这一连串的事多了，我一找家里的，咱就这两间小房，兄弟你上哪儿去？”

黑人一听笑了：“这好办，我先住到干娘屋里，等过了年，我再接着大哥的山墙接上一间，也娶个媳妇，咱还一块过。”

“痛快、痛快！”黑子听了连声叫绝，这事就定了。

到了夜里，黑人却失眠了，竹花的身影老是在眼前晃动，黑子要成亲，无意中更勾起了他对竹花的思念之情。

第二天，黑人照常去做活，黑子和干娘坐汽车去相亲。那寡妇住的地方还挺远呢。两人一见面，全都乐意，当时定下八月十五过门。不知不觉迎亲的日子到了，黑子雇了辆汽车，披红戴花，把媳妇迎进了家。贺喜的人挤满了小院，黑子挨个给介绍，他东瞅瞅西看看，就是不见黑人，就问道：“二黑兄弟呢？”

有人告诉说乡政府让他去绑笤帚了，因为明天县里来查卫生，每个办公室得有一把新笤帚，黑子叹了口气说："哎，这帮当官的……" 当晚热热闹闹，黑子和媳妇进了洞房，带来的那个孩子让干娘领走了。他叫妙生，十四岁，一对虎眼，挺惹人喜欢。

再说黑人到乡里之后，一口气没歇，绑了一夜笤帚，眼里布满了血丝。他脸也没洗，早点也没吃，就匆匆地回家来了，他要看看新娘子是个什么样的人。他一进院门，正好看见黑子挑着水桶出来，一见他高兴地说："哟，兄弟，你可回来了。"

"大黑哥，我去吧。" 黑人要接水桶。

"不，去跟你嫂子说说话。" 黑子说着朝屋里喊道，"当……当家的，咱们二黑兄弟来了！" 说着乐颠颠地挑着桶走了。

看黑子那么高兴，黑人也挺乐呵，便朝屋里走去，只听嫂子在屋里头说话了："快进来吧，二黑兄弟。你大黑哥昨儿晚上念叨你半宿……" 说着话一掀帘子迎了出来。

两人一个屋里一个屋外，隔着门槛打了个照面，不由得全怔住了。四目相视，就跟 "定格" 了一样，虽然时隔多年，可他们还是一眼认出来了，原来这位嫂子不是别人，正是黑人日夜想念的心上人——竹花。

这意外的相见，谁也没有想到，一时间嗓子眼里好像堵上了铅块儿，谁也说不出话来。黑人觉得出气都不匀了，竹花觉得心快要跳出胸膛了，两人正这么僵着，黑子挑水回来，一看这阵势，"噗哧" 一声笑了："哟，自家人别这么抹不开了，有话屋里说。" 竹花赶紧强打着笑容让黑人进屋，黑人也不知道自己是怎么走进去的。

黑子把水倒进缸里，边擦汗边说："我就甭介绍了，你们准认识了吧？" 黑人点点头，心里很不是滋味儿。竹花坐也不是，站也不是，倒了一杯水递给了黑子。

黑子一撇嘴：“唉，先给二黑兄弟呀！你别拘着啦。兄弟，往后你常来着点儿，跟嫂子就不生了。”

黑人实在呆不下去了，笑了笑说：“我一夜没合眼，先回去歇歇。见了嫂子一面，我也就……”就了半天，也没就出个什么来。黑子是个实在人，听他这么一说，也没再留，任他去了。

黑人从黑子家出来，晃晃悠悠地走着，他真想大哭一场。要说自己跟竹花有缘吧，总也到不了一块儿；要说没缘吧，偏偏又碰上了，而且成了黑子的媳妇。那会儿干娘介绍时光说是什么花，他也没着耳朵听，要知道是竹花，非得跟黑子说说先娶了她不可。眼下，她已成了自己的嫂子，不能再想她了。可他又管不住自己，竹花的样子老是在自己眼前晃动。这些年，他也曾想过要给竹花捎个信，可又怕章世才发现了，竹花又得吃苦，就一直没捎。哎，老天爷呀，干吗这么折磨人呀！

他进了干娘的家，屋里没人，干娘领着妙生去村口小铺买麻糖去了。他打开橱门想找点儿吃的，一眼看见了摆在正中的两瓶宋宫御液。那酒醇香绵长，可后劲不小。黑人平时很少喝，现在不知怎么一下来了酒瘾，打开一瓶，也不用杯，对着嘴喝了起来，一眨眼工夫，已喝了个底朝天。他一松手，酒瓶子摔在地上，“哗啦”，摔了粉碎。

这会儿正好干娘回来，她让妙生回家后，进门一见黑人这样子，吓了一大跳，忙过来问道：“你这是怎么啦？”

“大哥，嫂……子……”黑人酒后失控，说出这么一句话来。

干娘一听乐了：“哟，看你哥哥娶了媳妇，你绷不住劲儿啦！这事包在干娘身上。”她这么一说，黑人竟咧着大嘴哇哇地哭了起来，哭得天昏地暗，怎么劝也劝不住。干娘没办法，只好任他哭，哭了又吐，把酒全吐了出来，屋里那个味儿呀，甭提多难闻了。

“孩子，你到底是怎么回事呀？”干娘看出这里头有故事眼儿了。黑人这么一哭一吐，酒劲儿也过去了，心里明白了，听见干娘问，就把自己和竹花的事来了个小胡同扛竹竿——不带拐弯全说了出来。说完捶着自己那条有残疾的腿又抽泣起来。

干娘听他这么一说，可是傻了眼了，这里头的事她是一点儿也没料到，她跺着脚说：“孩子，这是我乱点了鸳鸯谱呀，怨我……”

“干娘，我俩是不是没缘？”黑人含着泪水问。

“哎，前世无缘呀！”干娘一声长叹。

好一阵子娘儿俩都没开口，后来干娘站起来把地上的碎瓶子和黑人吐的东西扫干净，问道：“孩子，往后怎么办呢？”

黑人这会儿已冷静下来，他沉吟了片刻说：“歪树庄我是住不下去了，走，远走高飞，免得日后再给大黑哥添烦恼。”

干娘关切地问：“你上哪儿去呢？”

“天下大着呢，哪儿不能吃口饭？再说以前我就是这么过来的。”黑人拉着干娘的手说，“走到河边，我逮条鱼托人带给您；走到山上，我砍一根拐杖，求人捎回来。干娘，我走到哪儿也忘不了您老人家！”

“孩子……”娘儿俩紧紧地搂在一块儿。

第二天，黑人装作若无其事的样子，到黑子屋里坐了一会儿，恋恋不舍地看了黑子、小屋和院子一眼，当然也看了竹花，心里说了一声：竹花，再见了。他回到干娘家，干娘已经给他准备好了一桌丰盛的饭菜，这是给他送行。他看见干娘又拿出昨天剩下的一瓶宋宫御液，用袖口把瓶子擦得锃亮，正要拧开瓶口，忽然又想起了什么，对黑人说道：“等一会儿再喝。”转身出去了，黑人不知她去干什么，只得坐下来等着。

没过多会儿，门开了，走进一个人来，黑人以为是干娘，抬头一看，啊，是竹花！他大吃一惊："你来干……干什么？你现在是我嫂子。"竹花瞪着大眼一时说不出话来。

干娘从后边进来说："这是我的主意。你就这么走了，我和竹花都不得劲，你也不好受呀……有什么话麻利说几句吧！"说着干娘把门带上出去了，屋里只剩下黑人和竹花。

屋里静得连喘气的声音都能听到，竹花上前一步低声说："黑人兄弟，有什么话你就赶紧说……吧，这么多年我一直想听呀！"

黑人张了张嘴，说什么呢？他这么多年也一直在想竹花，攒了一肚子的话，可这会儿不知全跑到哪儿去了。他什么也没说，一把把竹花搂在怀里，竹花趴在他怀里呜呜地哭了，泪水打湿了黑人的衣服。

正在他们俩忘情之际，只听"哗啦"一声，门被踢开了。他们吓了一跳，赶紧分开。一看，原来是妙生，手里拿着一根大木棒，眼睛瞪得跟包子似的，头发全竖了起来。原来，这孩子别看才十四，可知道好歹了，妈妈刚找了个对象，自己在跟前是碍事，所以他下午到镇上转了一圈，现在回来找干奶奶。一进院，他就觉着屋里不对劲儿，从门缝一看，啊，这还了得，当下拿了根棒子闯了进来。

竹花一见不好，赶紧拦住他说："孩子，你可别胡来。"妙生人小劲儿大，一把拉开竹花，举起木棒不由分说，照着黑人的脑门就是一杠子。这下打得真狠，当时皮开肉绽，鲜血流了出来。黑人晃了晃，坐在椅子上，用手紧捂着伤口。妙生还不解气，又举起了棒子，竹花拼命地抓住他的手，可劲没他大，眼看就抵挡不住了。这会儿干娘走了进来，一见屋里开了仗，连忙帮助竹花去拉，可两人也不顶事，妙生挣脱了她们，朝着黑人又是一棒子。黑人头一歪，正打在肩膀上，他"咕咚"一声倒在了地上。

竹花见妙生还不罢休，又要下手，什么也顾不上了，撕心裂肺地喊了一声："孩子，别打了，他是你……你爹！"

"啥？"妙生手一哆嗦，木棒掉在地上。他从小就听见村里人说他不是章世才的，是野种，问了竹花几回，结果挨了几回骂。后来大了，这事就不问了，没想到今天在这儿两棒子打出个爹来。

不但妙生吃了一惊，就是黑人和干娘也没想到她会蹦出这么一句来。黑人很费劲儿从地上爬起来，紧绷着嘴唇，望着妙生，妙生也紧盯着他。竹花用颤抖的声音说："这是真的，章世才那个酒鬼，根本算不上是个男人，这孩子还是你在庙里给我留下的，所以叫他妙生。自打酒鬼死了以后，我就盼着你回来，哪知一点音信也没有，这才死了心，嫁到歪树庄；哪知又碰上你，造……造孽呀！"说着痛哭了起来。

"别哭了！"突然有人大喊一声，众人扭头一看，来人竟是黑子。原来他见媳妇被干娘叫走了，半天不见回，便登门来找。刚才竹花的话，他听了个清清楚楚，心里猛地翻了一个过儿。他盯住妙生看了一会儿，吓得那孩子直往后退，他又看了看黑人和竹花，两人全低着头，一声不吭。他就这样，看看这个，又瞅瞅那个，吓得谁也不敢出声。忽然间只听他一拍桌子，喊了声："我好命苦呀！"竟呜呜地哭了起来。

这一哭，大伙全傻眼了。黑人走过来安慰他说："大哥，你别哭了，这事赖我，明日我就走。"

干娘道："这事赖我，大侄子，你就别计较了。"

"不！"黑子擦干眼泪说，"我是个吐口唾沫在地上砸个坑的男子汉，虽说没读过书，可朋友之妻不可夺的道理我也懂，更何况是我的兄弟！"

黑人一听赶紧捂他的嘴："大哥，这是什么话，你和竹花是合法夫妻，领了证的，我们算什么？唉，下辈子再攀吧！"

"不，明日我俩把证退了，你们俩……再领！"

干娘推了他一下说："大侄子，你当是买鞋呢，这双不行再换一双。今儿个大伙都在粥锅里，谁也不清楚了。咱们有话明日再说吧！"说着示意竹花赶紧把黑子领回家去。干娘眼见时候不早了，就打发黑人和妙生睡觉。准备的一桌子饭菜，一筷子也没动，谁还吃得下去呀！这天晚上，黑人紧紧搂着妙生睡了一夜，他看见孩子已经睡着了，可眼角上还挂着泪珠，便轻轻用大手给他擦掉。

再说黑子和竹花回到家里，黑子不住地抽烟，一锅又一锅，竹花在一边也不敢言语。两人就这么待着，直至后半夜才穿着衣服迷迷糊糊地睡去。等到黑子再一睁眼，天已大亮了，他猛一激灵，觉得不妙，马上叫醒竹花，两人大步流星，直奔干娘屋里。

他们推门一看，屋里一个人也没有，黑子急了，拉着竹花拼命朝村口跑去，竹花哪有他跑得快，一步一个趔趄地跟着，一口气跑到了村口的老歪脖子树下。这老歪脖子树不知是哪一朝代留下来的，它不仅是全村的标志，而且也是人们上路的出发地。黑子和竹花来到树下一看，干娘和妙生正在那儿张望。黑子一把抓住妙生问："你爹呢？"

"不知道。"妙生摇了摇头，"唉，我们正睡着，也不知他啥时候走的，连个招呼也没打。"

黑子朝大道两头望望，全是雾蒙蒙的看不到尽头，也不知黑人朝哪边走了。竹花含着泪水说："他一定是朝着东走了。"

"为什么？"黑子问。

竹花抽泣道："因为贺昌镇在西边，他是个不走回头路的人……"

（崔　陟）

（题图：施大畏）

香水陷阱

情迷香水

在江南某市的城郊，有幢造型别致的别墅小楼，里面住着一位年轻娇艳的女子，名叫姗娜。姗娜的丈夫叫林彬，是一家公司的老板，很有钱。他长得矮矮胖胖的，心却很细，把妻子像花一样养在家里，啥事都不让她沾手，还雇了两个保姆任她使唤。

姗娜天生喜爱香味，小别墅里，房里房外洒满了香水，楼上楼下摆满了时鲜香花，因此，她的生活中总是充满了香味。人家都说姗娜是个有福气的女人，可她却觉得现在的生活还缺乏某种激情。

这天晚上，林彬下班回家，姗娜微笑着迎上去问："回来啦？饭吃过了吗？"林彬"嗯"了一声，冲她笑了笑，便往沙发上一靠。

姗娜又柔声问道："累吗？"林彬又"嗯"了一声。

"那我给你放水洗澡好吗？"林彬依旧回答了一个"嗯"字。林彬洗好澡，一句话也没说，便往床上一仰，不一会儿就呼呼大睡了。

姗娜呆呆地望着酣睡的丈夫，心想：他为什么对我总是“嗯嗯啊啊”、不冷不热的，他难道并不真正爱我吗？想到这里，姗娜觉得非常委屈，竟流下泪来。

第二天早上，林彬看出了姗娜的不快，刚好他要到福州去谈一笔生意，于是决定带姗娜一起去散散心。姗娜第一次来福州，这儿青山绿水，景色宜人，她开心得像只飞出笼子的小鸟，一步不离地跟在林彬的身旁，陪他去见客户，陪他游山玩水。姗娜感觉这次来福州简直比度蜜月还要开心。

到福州的第三天晚上，林彬带姗娜去见一个生意上的伙伴，据说这人是在福州做香水生意的。约会地点是一个幽静的小酒吧。他们到了之后，对方还没来，林彬转身上厕所去了。姗娜打量了一下这个小酒吧，觉得这儿与其说是谈生意的地方，不如说更像是男女幽会的场所。酒吧里灯光暧昧，色彩迷离，一对对青年男女卿卿我我，窃窃私语，如此氛围，不禁让姗娜浮想联翩！

正在这时，天空中一道流星划过，姗娜猛然闻到一种清雅而沁人心脾的香水的味道。成天沉浸在香味中的姗娜，也从来没闻到过这么好闻的香味，她觉得头脑一下子变得兴奋起来，抬头一看，只见一个高大的男士站在她的面前。这人三十岁上下，面容俊秀，西装革履，潇洒脱俗。刹那间，姗娜脑子里闪过一个念头：要是自己的丈夫是这样，该多完美啊！

正在姗娜一愣神的工夫，那位男士略一欠身，彬彬有礼地问：“请问您就是林太太吧？”这一声，把姗娜从梦幻中惊醒了。她发现自己失态了，不由脸一红，慌乱地点了点头。那男士从容地在姗娜的对面坐下，顺手倒了杯红酒，默默地呷了一口。

这时姗娜才发现，那迷人的香味竟然是从这位男士身上散发出来的。她惊叹这世界上居然有这么香、这么迷人的男子。姗娜长这么大，很少接触丈夫之外的其他男子，她闻到的只是丈夫身上那让她常常感到恶心想吐的气味。姗娜两眼怔怔地看着这个陌生男人，居然有了初恋时心动的感觉。

这时，一阵“哈哈”的笑声把姗娜从沉醉中唤了回来，林彬回来了！他笑着和那男士握了手，两人寒暄之后，就开始谈生意了。

姗娜再没心思听他们谈生意了，她已经被这个香水男人迷住了。她觉得他的眼神，他的神态，他那自信的笑容和微微翘起的嘴角，还有他身上那种独特的香水味道令她心驰神往。

第二天，姗娜推说身体不舒服，没有跟丈夫去谈生意。其实她自从昨天见到那个香水男人之后，满脑子都是那个男人的身影。她也惊讶自己已经结了婚，怎么还会对另一个男人产生这么浓的兴趣？她想控制自己不去想他，却怎么也控制不了；她想见他，又不知应不应该去见他。想来想去，姗娜还是决定先和那男人通个电话，探探他的心思。

于是，姗娜从林彬的名片夹里找出香水男人的电话号码，给他打了一个电话，没想到香水男人竟然热情地邀请她去他的海边别墅做客。姗娜放下电话，想也没想，立即“打的”前往。

那是一座香雾缭绕的别墅，依山傍海，椰林婆娑。走进别墅，一股淡雅的香味扑面而来。此刻，姗娜只觉得脸在发烧，心跳加速，这可是她第一次背着丈夫与别的男人幽会啊！在香气的包围中，香水男人扑上来抱住了她，在他强有力的拥抱下，姗娜放弃了矜持，倒在了他的怀里。一阵拥吻之后，香水男人把她抱到了床上……

此时的姗娜感觉自己变成了一匹脱了缰的野马，在一片开满野花的草地上狂奔，奔着跑着，渐渐地感到没了力气，接着彻底崩溃了，仿佛从天堂坠人了深不见底的深渊……也不知过了多久，姗娜终于清醒了，她慌乱地爬了起来，穿好衣服，便急忙“打的”回到了住处。

第二天，姗娜又打电话去找那个男人，可电话响了半天，却没人接。她又“打的”去了那个海边别墅，别墅里空无一人，那香味也早已散尽了。香水男人似乎从这个世界上突然蒸发掉了！直到姗娜离开福州，香水男人再也没有在她面前出现过。此时，姗娜心里矛盾极了，既思念那人，又觉得这个结果让她宽心。毕竟她的内心还是爱着自己丈夫的。香水男人的出现只不过是她生活中的一个美丽的小插曲，而且这个小插曲在她心里打下了有愧于丈夫的烙印。

从福州回来之后，姗娜收到一个邮包，邮包的落款居然是“香水男人”。邮包里面有两瓶香水，一瓶男用的，一瓶女用的。那瓶男用香水的味道就是香水男人身上的那种。让姗娜惊讶的是，林彬非常喜欢这瓶香水。他一改以往不肯用香水的习惯，每天睡觉前总要精心地擦上一遍。每当丈夫喷上这种香水扑过来时，姗娜就有了那天在海边别墅疯狂的感觉，仿佛香水男人一直在自己的身旁。从此以后，每过半年，香水男人就会寄来两瓶香水，一瓶男用的，一瓶女用的。

树林惊魂

一晃三年过去了。一天，林彬出差了，姗娜一个人在家正闲着无聊，一个小男孩儿敲门进来，交给她一封信。姗娜打开一看，信是打印的，落款居然是“香水男人”。他在信中约姗娜下午六点钟到城边的小树林见面。这信又拨动了姗娜早已平静的心弦，她的眼前仿佛又浮现出香水男人那高大俊美的身影。见不见他呢，姗娜有点犹豫，她想眼下可不是在福州啊，去了万一被人发现怎么办呢？但是当她一想起在福州那个疯狂的夜晚，她就不顾一切地决定去赴约。

她欢快地化好妆，“打的”驶向城外小树林。说是小树林，其实面积不小，有点阴森森的。下了车，她走到了约定地点，却看不到香水男人的身影。她试探着往树林深处走去，树林间弥漫着一种淡淡的她熟悉的香味，但仍不见人影。她想这肯定是香水男人故意营造出来的浪漫氛围。她充满期盼，跟着香味来到了一条小河边，还是不见人影。

这时天已经黑了，她借着月光，顺着香味沿着小河往前走去，走了不远，忽然看到河边有一条小小的模型船，船上摆了一小瓶香水，那香味就是从这里弥漫开的。她把香水瓶拿起来放进了随身带的小包里，四下里看看，仍不见人。

姗娜心想：难道这人在跟我捉迷藏？如果是这样，那么这小船上可能会有线索。于是她蹲下身子拿起了小船，可左看右看也没发现小船有什么特别的地方，只是船尾上拴了一根绳子。姗娜拉起绳子，绳子很长，她心里充满了好奇和期待，想看看香水男人到底给她送来了什么特别的礼物。她使劲地拉呀拉，终于把绳子后面的东西拉出了水面。姗娜发现那东西挺沉，拉上来一看是一个黑色的油纸袋子，上面沾了些河泥，纸袋子上还拴了一把小剪刀。纸袋摸起来软绵绵的，滑腻腻的，就像香水男人温情脉脉的眼神。

姗娜急切地拿起剪刀把纸包剪开，刚剪开一点口子，发现有些腥味。她想，可能是河泥的味道吧。于是她把纸袋完全剪开，顿时一股恶臭扑鼻而来，一个圆圆的东西从纸袋里滚出来砸在她崭新的白皮鞋上。姗娜赫然发现那居然是一颗已经高度腐烂发臭的男人的头颅！上面还有白色蛆虫在蠕动。姗娜顿时跌坐在地上，连尖叫的力气都没有了。她挣扎着跌跌撞撞、连滚带爬地朝树林外逃去，几次撞在了树干上。

姗娜记不起来自己是怎么逃出这片树林，又是怎么撞开家门的，更记不起自己是不是打 110 报警了。她的脑子里始终不停地重现着那个腐臭的人头。警察来询问时，她连一句完整的话都说不出来。等好不容易问清了事发地点，已经一两个小时过去了。警察带着狼狗找遍了小河的上游下游和小树林，结果不要说人头了，就是那只小船也找不到了。

警察问姗娜，她总就是那么几句，关于为什么要去小树林，她只字不提，问多了她就号啕大哭。警察没有找到任何线索，只能无奈地说："等你好一点了，请到警察局去一趟，我们重新给你录一次口供。"

姗娜的邻居们议论纷纷，都怀疑姗娜中了邪。等到姗娜觉得好一点了，再去找抽屉里的那封信时，却发现信不翼而飞。听着邻居的议论，再想想那封不翼而飞的信，姗娜的脑子有点糊涂了。她想难道真的是自己的精神出了问题，产生了幻觉？难道这件事自始至终都是一个噩梦？但那小河边的一幕幕，还有那个狰狞的头颅，都那样真实地历历在目。

从此她得了心悸的毛病，别人说话的声音稍大一点，她就觉得心慌不安，上不来气。原来她很喜欢香水的，从这以后也很害怕闻到香水，一旦闻了香水味，她就会心跳加速，喘不上气来。于是她把家里所有香水都扔掉了，连花也不买了。

裸体照片

经过两星期的休养，姗娜心悸的毛病好了许多。这时，林彬来电话说生意谈完了，马上就要回来了。一想到丈夫要回来，姗娜顿觉有了靠山，身上立刻充满了力量。

就在姗娜心情安定地坐等丈夫回来的时候，邮差送来了一个邮包。邮包上没写寄件人姓名和寄件地址。姗娜觉得有些奇怪，她把邮包拿进了自己的房间，打开一看，顿时脸色惨白，一股凉气由下而上直冲脑门，心脏仿佛突然停止了跳动。邮包里面居然是她和香水男人在福州海滨别墅的裸照！姗娜感觉到头昏脑涨，一下子瘫坐在了地上，她做梦也不敢相信，一个看上去潇洒脱俗的君子，怎么竟是这样一个道貌岸然的卑鄙小人，居然心怀叵测地把那一次逢场作戏的事儿拍了照片！这事要是被丈夫晓得，自己的一切不全都完了！

过了好一会，姗娜才从地上爬起来，到卫生间用凉水擦了擦，使昏胀的头脑清醒了一些。她靠在床上，左思右想，想不通香水男人为什么要这么对她！她想：这人给我拍了裸照无非是想问我要钱，可他却只字未提钱的事；他约我出去，又不露面，却让我看一个死人的头颅。他到底想干什么？难道只是为了戏耍我？想到这里姗娜又气又恼，她觉得心肺都快爆炸了。她抓起邮包狠狠地扔在了地上，也许是用力过猛，她突然感觉到一阵剧烈的胸闷，接着便什么也不知道了。当她清醒过来的时候，天已经黑了，她觉得好了一些，就把照片拿到卫生间烧了。

林彬终于回来了，但是姗娜却高兴不起来，因为她心中充满了恐惧，她害怕那个香水男人也同样给林彬寄裸照。可是让她稍微心安的是，林彬仍像以前一样，笑眯眯的。睡觉前，林彬还是和从前一样在身上洒了那种香水，然后朝她扑过来。但是姗娜闻到香水的味道，看着身边的林彬，恍惚地感觉到身边不是自己的丈夫，而是那个给她寄来裸照的香水男人，丈夫的脸好像就是那个恐怖的死人头颅！姗娜的心又开始猛跳，手脚发凉，一会儿就什么也不知道了。

姗娜醒来时，发现自己躺在医院的病床上。床边放了一台监护器在监控她的心脏。林彬坐在床边握着她的手，眼睛红红的。几天之后，医生给她做了全面的检查，最后诊断说她患有心律失常——阵发性房颤！她不明白这是什么意思，只是感觉很虚弱。她对香水更加过敏，一闻到香水味她就觉得要窒息。她现在好担心香水男人会突然出现，在丈夫面前掏出一叠照片。然后会怎么样？也许自己会比街上要饭的还惨，被人从家里赶出去，一个亲人也没有了！她不敢想下去！

姗娜开始怀疑身边除了丈夫之外的所有人。她怀疑家里的两个保姆是不是拿走了那封约会的信；她怀疑那些警察没有好好搜查小树林；她甚至连卫生间都不敢上，怀疑香水男人可能就躲在卫生间的门背后。但是这之后却什么也没有发生，再加上林彬对她无微不至的呵护，渐渐地，姗娜的状况有了好转，心情也开朗一些了。她更加依赖自己的丈夫，也更后悔自己在福州做过的那件荒唐事。她暗下决心，一定要在林彬知道之前了断与香水男人之间的纠葛。

一转眼两个月过去了，林彬看姗娜好了一些，又开始忙生意上的事去了，但是每天都回来悉心照顾她。可是有一天，林彬回来后心情很不好，满脸愁云，坐在沙发上唉声叹气。姗娜的心一下子抽紧了，不知该怎么办才好。林彬对她说："还记得那个擦香水的男人吧，他今天找我借一大笔钱，我说暂时没有，他就很生气，还扬言要如何如何！我看他这个人不地道，以后我们不要和他来往了。他今后如果上门来，不要让他进门，知道吗？"

林彬的话刚说完，姗娜顿时如五雷轰顶一般，她想：这可怎么办啊，那个香水男人已经找上门来了，他真的来敲诈了！他为什么不来找我啊，找我的话我肯定会尽可能用钱来摆平这件事的。可是现在呢，他找的是林彬，林彬如果不给他钱的话，他就有可能把我的裸照给林彬。那时候我可就全完了！林彬看姗娜脸色突变，呆若木鸡，就说："嗨，你别怕！谅他也不敢怎样！早点休息吧！"说完就去洗澡了。

这一夜姗娜彻夜未眠，恐惧、悔恨、羞辱、愤怒在她的心里纠缠，她只觉得欲哭无泪，生不如死。

第二天丈夫按时回来了，还是那么心神不宁，一根接着一根狠狠地抽烟。姗娜小心翼翼地问他，他只是冷冷地说你不用管。林彬刚坐下没一会儿，就有人给他打手机，林彬接了电话后，什么也没有对姗娜说，就出去了。

姗娜赶紧走到窗口向外望去，天哪！外面站着的不就是那擦香水的变态男人吗！这个男人的身影在月色下显得格外地吓人，姗娜几乎都不敢再看，只觉得腿如筛糠。接着，她看见他们两个人好像起了争执，过了一会儿，那个人把一个小包递给了林彬，然后两个人的争执停止了，香水男人扬长而去。姗娜心中只有一个念头：他给林彬的肯定是我的裸照，我完了！这时就听到林彬"乓"的一声重重地拍上大门，"噔噔噔"气势汹汹地走了过来……然后她就什么都不知道了。

也不知过了多久，姗娜醒来了，一看四周，又是在医院里，而林彬已经趴在自己的病床边上睡着了。看着林彬熟睡的样子，姗娜禁不住哭了起来。

听见哭声，林彬醒了过来，他高兴得像孩子一样握着姗娜的手对她说："姗娜，我那天和那个叫吴祖茂的擦香水的男人大吵了一顿，回来就看到你昏过去了，真是把我吓死了！"说这话时，林彬脸上充满了后怕的表情。

姗娜迟疑了一阵，才喃喃地说："我……当时在窗口看见你们吵了。

我从来没见过你生那么大的气，他当时对你怎么了？”

林彬听了这话更加生气：“别说了！他是一个纯粹的无赖！我这次郑重其事地告诉他，我不会借钱给他，他冷笑着跟我说，他早就知道我不仗义，所以在送给我们的香水里面加了他的尿！我当时气得真想掐死他！然后他给了我一包东西，说看了之后我就知道不借钱的代价了。我想他这个无赖能给我送什么好东西？所以回来后看也没看，就扔到垃圾桶里去了！”

姗娜听到最后一句话，暗暗地舒了口气。

主动出击

出院后，姗娜回到家，在垃圾桶里找到了那包东西，果然没有打开过的痕迹，她到厕所里打开一看，里面果然是裸照。她把照片烧了，但心里仍感觉很累，她知道一天拿不到底片，一天就不会轻松。她思来想去，觉得不能这样被动地受要弄，得主动出击，去找那个叫吴祖茂的无赖。但怎么找，往哪儿找呢？

就在姗娜犯难时，吴祖茂竟主动来信了。信还是打印的，而且还是约她下午六点去那片小树林见面。上次的遭遇让姗娜犹豫再三，最后她一咬牙：不入虎穴，焉得虎子？去！万一见到他，就豁出命和他拼个鱼死网破！于是，姗娜略做准备，在包里放了一把小刀，“打的”来到了小树林。

树林里还是像上次一样，弥漫着淡淡的香水味。姗娜找了一阵，不见人影，就来到小河边。小河里果然和上次一样有个小模型船。所不同的是，小船上没有香水，后面也没有系着绳子。船里只有一张纸条，上面写着：“当你看到纸条的时候，上游马上就会漂下来你的玉照，你赶快跳进水里捞吧！哈哈哈！”

姗娜见了，气得发抖，把纸条撕了个粉碎，然后往上游看去，果然从上游漂来了一张张照片。姗娜知道那个无赖肯定正在上游往河里投照片，她想去抓他，又怕不赶紧把照片捞上来，万一被别人捡去，自己的脸可就丢尽了。无奈之下，姗娜只得跳进水里捞照片。等到小河里看不到照片时，她急忙上岸，往上游奔去。可是，当她气喘吁吁奔到上游时，除了一个牛皮纸袋之外，连个鬼影也没见到。她拿起那个牛皮纸袋一看，上面写着：“水里的照片捡完了吗？你的手脚真利索呀！不过，我在这树林中的一些树上还钉了几张，去找吧，我走了，拜拜。”

姗娜气得肺都要炸了，心里骂道：“混蛋！你不得好死！”

可怜的姗娜被折腾到凌晨一点才回到家。一进门，就见林彬还坐在沙发上等她。看见姗娜进来，林彬关切地问：“娜，你去哪儿啦？怎么才回来！”面对如此关心自己的丈夫，姗娜无言以对，她匆匆上楼，草草洗了个澡，钻进被窝，蒙头沉睡。

第二天等她醒来，林彬抚摸着她手臂上被树枝扯得红一条、青一块的伤痕，关切地问：“昨天你干什么去了，出了什么事了，你得告诉我啊。”

姗娜说：“我昨天在家觉得心里闷得慌，就出去走了走，散散心，不料走迷了路，我一时心慌，摔了跤，手臂被树枝扯伤了，不过现在没事了。”

林彬又说了些安慰的话，就上班去了。

林彬一走，姗娜感到伤心极了。自己受人家耍弄、折磨，却无处诉说，连向自己的丈夫哭诉都不可能！她默默地在床上想了好久，终于想通了，与其这样受折磨，还不如把一切都跟丈夫说了，大不了离婚。这么一想，虽然觉得心痛，但却踏实多了。

这时保姆进来了，交给姗娜一封信，说是一个陌生男人送来的。姗娜打开信封，信上的署名居然又是“香水男人”。信上说：“我今天坐下午四点的车回福州，希望你能和我一起去。如果不去的话，我就把你的照片发到互联网上去，让全世界的人都能看到你。”

姗娜气得把信狠狠扔在地上，拿了一把刀追出去，可是追到屋外一看，一个人影也没有。她回到房间，越想越气，却又顾虑重重。如果那家伙真的把自己的照片发到互联网上去，那自己活着还有什么意思？于是她决定去一趟福州。她随便准备了一下，也没和林彬说，就“打的”来到车站，等着香水男人的出现。

可是姗娜从十二点一直等到下午四点半，那个男人也没有出现。她觉得奇怪了：这混蛋，难道又在耍我！如果是这样，这福州到底去是不去？姗娜想了一会儿，最后还是决定去，好歹一定要把这件事解决了。于是，她上了一辆五点去福州的豪华长途汽车。上车后，她刚坐下，无意间看见一个熟悉的身影上了另外一辆去福州的汽车，好像就是那个香水男人！

姗娜想，自己乘的这趟车先开，正好到福州来个守株待兔！果然，姗娜的车先到了，她没出站，等后面那辆车到了，她两眼一眨不眨地看着乘客们一个接一个地下车，可是等到所有乘客都下完了，也没见到那个长得像香水男人的人。一问司机，司机说中途没有人下过车。姗娜心里骂了一句：见鬼！

人没等到，姗娜决定先找个地方住下来再说。一切收拾停当，她包里装了一把小刀，就开始四处寻找香水男人的踪迹。她去了他的海边别墅，可是那里看样子已经好久没有人住过了。接着姗娜又去了那家酒吧，还是没有香水男人的下落。最后，她只好去找了在福州公安局工作的老同学李小娟，请她帮忙查查吴祖茂的底细。可是三天过去了，依然没有香水男人的消息。

就在姗娜一筹莫展的时候，一个打扫卫生的老太太对她说："闺女，听人说你在找一个喜欢擦香水的先生是不是？你找他干什么呢？他几年前就死了啊！"

姗娜简直不敢相信自己的耳朵："他死了？不会吧，我前几天还看见他呢！"

老太太说："我记得那位先生姓吴，或许我们说的不是一个人吧。但是我在福州生活了快七十年了，要说男人擦香水的，而且像你所说的长相和风度的也只有吴先生了。"老太太说完，转身走了。

姗娜并不相信她的话。可是就在当天下午，姗娜接到了李小娟的电话，她告诉姗娜，调查结果显示，吴祖茂在三年前已经死了。姗娜一听，脑子"嗡"的一下子全乱了，这怎么可能呢？难道说是一个死人一直在和自己捉迷藏？

是人是鬼

姗娜怎么也想不通这究竟是怎么一回事，于是立刻"打的"去公安局找李小娟。李小娟递给她一个档案袋，上面写着吴祖茂的名字。姗娜颤抖着手打开档案袋，那照片上的人果然和三年前那个香水男人一模一样，可档案上已经盖了"死亡"章，并注明是自杀身亡，更为不可思议的是，死亡日期居然就是他们在海边别墅约会后的第五天！姗娜看了，差点晕倒。

李小娟不解地问："姗娜，你让我帮你找这么个死人干什么？而且都死了三年了。"

姗娜带着哭腔说："可是，可是他几天前还给我写过信呢！是他写信把我约到福州来的啊！"

李小娟听了，连连摇头说："这不可能，就凭一封信你能肯定就是他约你了？你认识他的字吗？姗娜，如今骗子多得很，可别自己吓自己啊！"

姗娜心乱如麻，不想跟李小娟多说，更不敢把自己的事告诉她，于是赶紧告别李小娟，"打的"回了宾馆。在回宾馆的路上，姗娜总觉得身后有一个影子在跟着自己。姗娜紧张极了，下车后飞快地跑进宾馆，"砰"地把门紧紧关上，而后钻进被窝，用被子把自己盖得严严实实，可她还是觉得身体冷得像个冰块，脑子里反复出现香水男人的身影和那恐怖的、发臭的人头。

第二天早上，姗娜昏昏沉沉地睁开眼，突然看见一个男人背对着自己坐着。姗娜惊得差点叫出声来，她赶紧又闭上眼睛，假装还在熟睡。但那个男人像是听到了响动，转过身来，姗娜偷偷睁眼一看，竟是那个死了的吴祖茂！姗娜骇得肝胆俱裂，惨叫一声："鬼！"然后连忙把被子蒙在头上，可还是浑身发抖。

这时，她仿佛听见一个声音从很远处传来："我，我不是鬼。你不要叫，我不会伤害你的。"

姗娜颤声说："你不要伤害我，你别过来啊！"

那声音叹了一口气说："这里有你的一封信，我不是坏人，但是让我来送信的人可能是个坏人，你可别上了他的圈套。"说完就像风一样消失了。

过了好大一会儿，姗娜才战战兢兢地爬起来打开信，信是打印的，上面写着："我想你现在已经知道我死了吧，可是我想告诉你，我其实还没有完全死。我有件事想告诉你，如果你想彻底解决我们之间的事儿，晚上十二点去图上画的地方找我。千万不要跟别人讲，否则你知道后果！——吴祖茂。"信的下面还画了一张简单的地图。

姗娜看完信愣住了：这家伙说他还没有完全死是什么意思？难道他是个活死人？为什么他刚才不把事情解决，却要我去这个地方？

生死拼搏

晚上，姗娜又在包里藏了一把小刀，然后就出发了。出租车出了城，开了好久，才在一个山坡前停住。姗娜下车一看，只见四周全是蜿蜒起伏的大山，山风习习，夜雾缭绕。这时，出租车已经开走了，这里只剩下她一个人。处在群山之中，姗娜觉得冷飕飕的，心中不禁打起了小鼓，但此时已无退路，她只好按照信上画的示意图艰难地往山上走去。

这山很高，快到山顶时，姗娜看见前面有几点火光，她忙向火光走去。当她来到一棵大松树前时，只见树上吊着一个人。姗娜吓得赶紧往回跑，刚跑了两步，却见对面站着两个黑衣人。姗娜腿一软，倒在了地上。

就在这时，她突然听到一个非常熟悉亲切的声音："姗娜，你别怕，有我呢！"姗娜抬头仔细一看，明白了，对面的黑衣人不是别人，正是自己的丈夫林彬和他的助手张威。姗娜再也控制不住情绪，大哭起来。林彬抱住她，轻声说："别怕，我来了，一切都好了。"

说完，林彬朝张威一摆手，张威便走到松树前，把那吊着的人放了下来。林彬对姗娜说："姗娜你过去看一看，吊着的人是谁？"姗娜走近一看，这不就是害得自己成天心惊胆战的香水男人——吴祖茂吗？

姗娜疑惑地看着丈夫，林彬神色自若地说：“姗娜，你那天没跟我打招呼就走了，害得我找得好苦。当我知道你来了福州，就马上赶来了。今天早上我打听到你的住处，就赶去找你，却看见这家伙从宾馆里出来，我就跟踪他到了这里，一问才知道他今晚是想把你骗到这里害你。我查清楚了，他不是吴祖茂，而是吴祖茂的弟弟吴同茂。他哥哥三年前自杀死了，他却认为是我害死了他哥哥，但他没机会对我下手，就选择了你。他承认设了好多圈套整你，把你整得很惨，让你受了很多罪。现在他被我们绑了，随你怎么处置。”

姗娜心想：幸好这人还没有讲出裸照的事，可是林彬就在眼前，他万一说出来怎么办？为了我未来的幸福，干脆一不做二不休，杀了他！姗娜刚想到这里，林彬已经把一把锋利的刀递了过来，姗娜略一愣怔，便接过刀，一步一步慢慢向吴同茂走去。林彬随即向张威递了一个眼色，张威就下山去了。

这时，一声“啊”的惨叫在山谷中显得分外刺耳。姗娜全身发抖，手中那把滴血的尖刀“当”的一声掉在了地上。黑暗中，林彬走过来问：“你杀了他了？”姗娜点了点头。

林彬长长地出了一口气，从衣袋里拿出一叠照片。姗娜不解地接过照片一看，不禁倒吸了一口冷气。那正是她和香水男人的裸照。林彬又拿出一卷胶卷，冷冷地说：“这就是你一直想拿到手的底片。”说完用打火机点燃，扔进了万丈深渊。

姗娜大声嘶叫着问：“为什么底片在你手里？”

林彬面无表情地回答：“你所遭遇的一切，全是我导演的一出戏，你没想到吧！”接着，林彬就得意地说出了真相。

原来，三年前吴祖茂在生意上遇到了危机，便找曾是自己生意伙伴的林彬借钱，没想到林彬却一分钱也不肯借。于是吴祖茂特意设局，拍下了姗娜和自己的裸照，想以此要挟林彬。但是棋高一着的林彬不但没有给他诈去一分钱，反而把吴祖茂杀了，并制造了一个自杀假象，把警察都蒙骗了。

林彬就是这样一个人——眼睛里揉不得沙子，谁要是侵犯他，背叛他，他就会加倍报复，甚至置对方于死地。在他眼里，姗娜是他的老婆，也是他的摆设和工具，就像他的财产一样归他所有。他知道了姗娜竟敢背着他偷汉子，岂肯善罢甘休！他要彻底地报复她，于是，他从假冒香水男人寄香水开始，拉开了报复的大幕，把妻子折磨得死去活来，神魂颠倒。林彬说的所谓吴祖茂的弟弟，其实是他从农村花钱雇来对付姗娜的，那人的长相与吴祖茂十分相似。现在，几乎所有的人，包括警察都认为姗娜精神出了问题，林彬自己也玩腻了，这才亲自出场了。

林彬狞笑着说："姗娜，你现在杀人了，你知道吗？而且所有人都觉得你精神有问题，然后你知道你会怎么样吗？你会在这里像三年前那个吴祖茂一样畏罪自杀！哈哈哈！"

姗娜挣扎着往后退，边退边喊："我不自杀，我不自杀！"

林彬阴森森地说："这可由不得你了，识相的还是自己选择一个死法吧，是从山上跳下去，还是我亲自给你一刀？"

姗娜继续往后退去，林彬叹了一口气说："看起来，要我亲自动手了。"说完他戴上手套，走过去拿刚才杀"吴同茂"的那把刀。正在林彬弯下腰的一瞬间，突然一双手掐住了他的脖子，把他按倒在地。按倒林彬的人竟然是"吴同茂"，他还没有死！

此时，两人厮打在一起，姗娜挣扎着爬了起来，拿出包中的小刀走过去，趁林彬翻在上面时，一刀扎了下去……林彬被捆了个结结实实。他想不通自己如此精明能干，怎么会栽在自己老婆和一个乡巴佬手里！他原想借姗娜之手杀了这个已无利用价值的知情人，却没料到这两人竟联手把自己给绑了。

姗娜好像看出了他的心思，淡淡地说：“你这是百密一疏啊！你叫这位先生给我送了一封信，他跟我说了几句话。真正的吴祖茂说的是标准的普通话，而他说的却是带浙江口音的普通话。当时我倒没在意，但是当你交给我一把刀时，我突然想到这个细节，觉得奇怪，并联想到那人早上曾对我说过的话，预感这可能是个阴谋，所以我没有杀他，而是偷偷割开了他的绳子，然后在他臀部扎了一刀。我想他一定知道我是要救他的，所以他就一动不动地瘫倒装死。”

林彬嘿嘿一笑说：“即便是这样，你们也别得意，这里可是深山，靠两条腿，一两天是走不出去的。我的助手张威就在山下，他可是有功夫的，对付你俩绰绰有余。”

姗娜冷静地说：“我们走不出去，可以打电话报警啊！”说完便拿出手机拨号。

林彬突然哈哈大笑起来：“在这儿手机根本没有信号，你打也是白打。要不我怎么会选择在这儿报仇呢？”

姗娜一听，恨得飞起一脚踢在了林彬的脸上。就在这时，电话里突然传来了“喂”的一声。

警察来了，张威和林彬都被抓获了。姗娜为了以防万一，出来时带的微型录音机帮了她的大忙。有了确凿的作案证据，林彬锒铛入狱了，姗娜一下子成了拥有千万家产的当家人。

但是当她回想起这几个月来发生的一切时，不禁觉得后怕：她没想到和自己生活了这么多年的丈夫居然如此奸诈、残暴。要不是那个被他雇来的人比较厚道，当怀疑林彬在做违法之事时突然来报信，并与自己默契配合制服了林彬；要不是恰好电信公司刚刚在山里安了信号塔，使自己顺利报警，自己现在肯定和那个香水男人吴祖茂一样变成了一个冤死鬼！

通过这件事，姗娜终于明白了：原以为自己做一个花瓶式的女人是幸福的，现在看来活出自我，才会拥有美好的生活！

（小　树）

（题图：杨宏富）